Les Historiques
Harlequin

Pleins feux sur la passion et les tumultes de l'Histoire

Dans *Les Historiques*, les orages du cœur se mêlent aux tempêtes de l'Histoire, depuis les croisades en Terre Sainte jusqu'à l'essor du Nouveau Monde, en passant par la Révolution russe et les soubresauts de la vieille Europe...

Les Historiques vous offrent tous les deux mois des récits captivants et des destins exceptionnels de personnages emportés par le souffle de l'aventure.

W0377999

Les Historiques Harlequin
4 romans inédits tous les deux mois

Les Historiques
Harlequin

Passions fortes sur la passion et les tumultes de l'Histoire

Dans les *Historiques*, les [illegible] se mêlent aux tumultes de l'Histoire, depuis [illegible] de la Terre Sainte jusqu'à l'essor du Nouveau Monde, en passant par la Révolution [illegible]

Les *Historiques* vous offrent tous les mois [illegible] de personnages entraînés par le souffle de l'aventure.

Les Historiques Harlequin
[illegible] tous les deux mois

Lisaveta et le prince blanc

SUSAN JOHNSON

Lisaveta et le prince blanc

HARLEQUIN

LES HISTORIQUES

Cet ouvrage a été publié en langue anglaise sous le titre :
GOLDEN PARADISE

Traduction française de
ENID BURNS

Ce roman a déjà été publié dans la collection
LES HISTORIQUES (N° 5)
en octobre 1992.

83-85, boulevard Vincent-Auriol, 75013 Paris — Tél. : 01 42 16 63 63
ISBN 2-280-11122-5 — ISSN 1159-5981

SUSAN JOHNSON

Lisaveta et le prince blanc

LISAVETA ET LE PRINCE BLANC, le captivant roman de Susan Johnson, débute en juillet 1877, alors que la Russie connaît une vive agitation révolutionnaire. A cette époque, en effet, la situation du pays est catastrophique : les paysans ne parviennent plus à s'acquitter des dettes contractées envers l'état, et, dans l'industrie, les ouvriers travaillent seize heures par jour pour un salaire de misère. Las des excès du tsarisme, les révolutionnaires ne se contentent plus de créer des cercles intellectuels et de combattre par la plume. Ils passent à l'action, multipliant les attentats. Une femme, Sophie Perovskaïa, issue d'une famille de la haute aristocratie et fille d'un ancien gouverneur de Saint-Pétersbourg, devient l'âme du petit groupe de terroristes qui, à partir de 1878, affole le gouvernement. La répression — pourtant terrible — menée par les autorités n'empêche pas le Comité exécutif révolutionnaire de publier une proclamation qui se conclut en ces termes: «Nous appelons tous les citoyens russes à nous aider dans notre lutte contre l'arbitraire insensé et inhumain sous l'oppression duquel périssent les meilleures forces de la patrie».

Le tsar Alexandre II est prévenu : il est condamné. Dès lors, il vit dans une inquiétude constante, modifiant ses horaires, n'osant se coucher deux nuits de suite dans le même lit, tremblant d'être empoisonné. Mais les précautions dont il s'entoure ne l'empêcheront pas d'être tué par une bombe, le 1er mars 1881.

1.

Karakilisa (Empire ottoman), juillet 1877

Bâtie au sommet d'une montagne, la noire forteresse de Karakilisa rappelait la puissance des premiers *khans* — les seigneurs — qui l'avaient bâtie au Moyen Age. Leurs successeurs, cependant, de mœurs moins guerrières, l'avaient adaptée à l'art de vivre qu'ils entendaient pratiquer : à l'abri des hauts murs austères, invisible au regard des caravaniers qui parcouraient lentement la vallée brûlée de soleil, nichait un palais digne des Mille et Une Nuits.

Dans une chambre de ce palais, Lisaveta Lazaroff préparait ses bagages — ou plutôt, elle distribuait ses ordres à trois servantes qui s'activaient à cette tâche. Hôte attentionné, Javad Khan veillait à ce que le moindre effort fût épargné à son invitée.

— Ceci ! dit-elle en montrant une robe. Et cela ! Juste une chemise. Pas de fanfreluches !

Pour rallier Alexandropol — expédition fort dangereuse ! —, elle ne devait emporter que l'essentiel, à peine de quoi remplir ses deux sacoches.

Ayant réglé la question des vêtements, elle avisa son livre préféré, une lourde édition des œuvres complètes du poète Hafiz, et se demanda si elle l'emporterait... Non, ce ne serait pas raisonnable. Mais après la guerre, elle reviendrait pour en terminer l'étude.

— Tu es sûre de ne plus changer d'avis ?

Lisaveta fit volte-face. Sur le pas de la porte se tenait l'ami de son père, Javad Khan. Très grand, hiératique dans sa longue robe de soie, l'air sévère sous son turban enroulé avec art, il souriait.

— Non, répondit la jeune femme, je ne change pas d'avis. Mais que mon départ ne soit pas une insulte à ton hospitalité.

— Je ne me sens pas insulté. Au contraire, c'est à moi de te présenter des excuses pour la conduite de mon neveu.

Arrivé deux jours plus tôt, Faizi Pacha — le neveu en question — avait en effet informé la jeune femme qu'il comptait l'intégrer à son harem.

Javad Khan s'avança jusqu'à la fenêtre qui surplombait une courette égayée d'une ravissante fontaine et de rosiers. L'air dégoûté, il laissa échapper un profond soupir.

— Il faut savoir que le père de Faizi est un Turc.

Puissant seigneur, homme riche et cultivé, Javad Khan appartenait à la nation perse, et n'éprouvait que mépris pour les Turcs, qu'il considérait comme des barbares.

— Je peux te protéger contre les entreprises de Faizi, reprit-il. Tu n'as pas besoin de fuir.

— Il vaut mieux que je parte, assura Lisaveta. Lorsque la guerre sera terminée, je reviendrai pour continuer mes recherches dans ta bibliothèque. Je te suis si reconnaissante de m'avoir laissée y accéder.

Bibliophile raffiné, Javad Khan collectionnait les œuvres de Hafiz, le grand poète persan, mais n'ouvrait pas ses trésors à n'importe qui.

— Ton père et moi étions de bons amis, dit-il avec simplicité. Toi, je te connais depuis ta naissance. Ma maison est la tienne, tu le sais.

— Mais la guerre vient d'éclater entre les Russes et les Turcs. Il faut que je rentre dans mon pays.

— C'est de la folie !

— Alexandropol n'est qu'à une journée de cheval. J'y serai vite.

— Mais les troupes en maraude... Y as-tu pensé ?

— Je prends le risque. De toute façon, il faut que j'aille à Saint-Pétersbourg, puisque le tsar veut rendre honneur aux travaux de mon père.

— On ne met pas sa vie en danger pour une réunion mondaine !

Javad Khan et Lisaveta soupirèrent en même temps ; lui parce qu'il laissait une femme lui tenir tête — ce qui n'arrivait jamais avec ses épouses et concubines ! — ; elle parce qu'elle n'aimait pas qu'on l'empêchât d'agir à sa guise.

— A ce qu'on dit, reprit-elle, le siège de Kars a été levé. C'est donc le meilleur moment pour voyager, puisque les hostilités ont provisoirement cessé.

— La région fourmille encore de troupes, fit remarquer Javad Khan.

— Je voyagerai de nuit.

— Les soldats aussi voyagent de nuit. Gare à toi s'ils te trouvent !

— Javad Khan, dit Lisaveta avec douceur, je veux partir. Je ne peux pas rester.

Un éclair de colère passa dans les yeux noirs du vieux potentat. Mais il se radoucit pour conclure :

— Qu'il en soit donc fait selon ta volonté. Je te donnerai une escorte, et je prierai Allah pour toi.

Heureuse d'avoir gagné la partie, Lisaveta sourit.

— Merci à toi, dit-elle. Mais tu verras que tes craintes sont exagérées.

— Je te ferai donner des vêtements de paysan, car si tu voyages dans la tenue que tu portes actuellement, tu te feras repérer à des lieues à la ronde... Et alors, le harem serait la moins cruelle des punitions.

« L'enfer, sans doute, est moins terrible que ça ! » songea le prince Stefan Bariatinsky en regardant autour de lui.

Pas un arbre ne venait égayer le paysage calciné, pas un brin d'herbe ne poussait sur le sol aussi dur que le roc. Il n'y avait rien que la terre chauffée à blanc par un soleil implacable, sur lequel la petite troupe progressait lentement.

— Allons-nous y arriver? demanda Haci, le fidèle Kurde, chef de la garde.

— Non, répondit le prince avec humour. Nous sommes cuits. Mais je veux des funérailles grandioses, avec une myriade de belles jeunes femmes pour danser sur ma tombe.

Il sourit, ce qui atténua la sévérité de son visage tanné par les innombrables campagnes accomplies au service du tsar. Sa tenue affectait un débraillé qu'excusaient les circonstances : tunique déboutonnée ouverte sur une poitrine musclée, pantalon sale et trempé de sueur, collant aux jambes... Il se demanda ce que penseraient de lui ses belles amies si elles le voyaient dans cet état.

Le prince Stefan Bariatinsky, l'homme le plus aimé de l'empire après le tsar, avait tout : la noblesse, la richesse, la beauté...

« Pas si beau que cela », disaient les hommes en surveillant jalousement leur femme ou leur fiancée.

« Pas si beau que cela », affirmaient certaines femmes, dépitées de le voir s'intéresser à d'autres.

« En tout cas, tout le portrait de son père », disaient les plus anciens courtisans qui se rappelaient les frasques du maréchal Bariatinsky, le père de Stefan.

— Nous ne sommes plus très loin, reprit Haci en montrant l'horizon.

Des vingt lieues qui séparent Kars d'Alexandropol, ils avaient déjà parcouru les quatre cinquièmes environ.

— Dans quelques jours, poursuivit le Kurde, vous vous reposerez dans votre refuge montagnard, et Choura dansera sur votre... Enfin, elle dansera où elle voudra !

Choura, la belle gitane... Son corps faisait tourner toutes les têtes masculines, et sa science amoureuse les rendait fous. Pour lors, Stefan Bariatinsky avait ses faveurs, et elle l'attendait dans le chalet niché au sommet des montagnes.

— Merci de me rappeler Choura, dit le prince en souriant. Je vais essayer de survivre jusqu'à Alexandropol.

— Ce ne sera pas un effort surhumain. Il nous reste à peine quatre lieues à parcourir.

— Peut-être, mais Alexandropol me semble situé au bout du monde.

Le prince se redressa sur sa selle et chercha une position un peu moins inconfortable. Il avait mal partout. Il évalua la température ambiante à trente degrés à l'ombre... D'ailleurs, il n'y avait d'ombre nulle part. La sueur lui brûlait les yeux.

Il ralliait Tiflis, capitale de la Géorgie, où il comptait jouir d'une permission bien méritée après trois mois passés au siège de Kars. Un siège difficile : les Turcs ne semblaient pas disposés à se rendre, et ils renforçaient encore leur position.

— Dès que nous serons à Alexandropol, reprit-il, je demanderai un bain chaud, un bon repas et une jolie femme. Dans cet ordre exactement.

La guerre avait commencé en avril, lorsque le tsar Alexandre II avait décidé de voler au secours des minorités chrétiennes opprimées par les autorités ottomanes. Mais à cause des chaleurs de juillet, insupportables même aux militaires, les hostilités s'étaient un peu calmées. Les Russes et les Turcs se surveillaient désormais de loin et reprenaient des forces avant de repartir à l'assaut.

Après trois mois de guerre, peu de progrès avaient été faits. L'armée turque, retranchée dans ses forteresses, se contentait de repousser les assauts ennemis et bloquait la Russie dans sa marche vers les Dardanelles, le véritable enjeu du conflit. Kars, la plus puissante forteresse turque sur la frontière de l'est, était le pivot du dispositif ottoman. C'est contre elle que s'acharnait Stefan Bariatinsky, le plus jeune et le plus talentueux général du tsar.

— Bachi-bouzouks en vue ! chuchota brusquement Haci.

Incrédule, Stefan tourna la tête dans la direction indiquée. Ils approchaient maintenant d'Alexandropol, tenue par les Russes. Or, les francs-tireurs turcs évitaient en général de se frotter aux trop grosses garnisons. Pourtant, le prince aperçut distinctement la petite troupe des irréguliers galopant à l'horizon. Les jugeant moins nombreux que son propre détachement — une trentaine d'hommes —, il décida de se lancer à leur poursuite.

Il claqua de la langue et Cléo, sa jument noire, se mit au galop sans rechigner, suivie par la troupe multicolore. Tous les hommes composant la garde personnelle de Stefan Bariatinsky étaient choisis pour leur endurance et leur science du combat. Ils avaient en outre le privilège de conserver le costume de leur tribu. Ainsi, le turban rouge et blanc des Barzanis, l'écharpe verte des Soyides, la robe pourpre des Zibaris éclataient sur l'ocre du paysage. Tous les chevaux portaient de riches harnachements dont les éléments métalliques brillaient sous le soleil.

Les bachi-bouzouks avaient tout de suite compris qu'ils n'auraient pas l'avantage du nombre et, déjà, ils s'enfuyaient. Toujours galopant, Stefan prit sa carabine et tira plusieurs coups de feu au jugé. Ses hommes l'imitèrent. Un feu nourri accabla alors les fuyards, dont l'un tomba à terre.

Trop chargé de butin, un autre restait à la traîne. Il se retourna plusieurs fois et, constatant qu'il ne réussissait pas à distancer les poursuivants, il précipita sur le sol la silhouette en robe noire qu'il portait en travers de sa selle, puis piqua des deux pour rattraper le groupe.

Stefan abandonna la poursuite pour se porter au secours de la prisonnière : les bachi-bouzouks n'ayant pas l'habitude de s'embarrasser de captifs, la déduction s'imposait. Il se laissa donc dépasser par ses hommes et sauta au bas de sa monture pour examiner la forme allongée, toujours immobile. Peut-être morte.

Se penchant sur elle, il s'aperçut qu'elle n'était qu'assommée. Sa respiration à peine perceptible soulevait légèrement ses grossiers vêtements, un amas incroyable de robes et de voiles, qui la dérobait entièrement aux regards et lui avait peut-être sauvé la vie en amortissant le choc.

Etait-elle jolie ? Poussé par la curiosité, Stefan souleva un coin du voile qui cachait le visage de la rescapée et le laissa bien vite retomber. Quelle déception ! Il avait découvert une figure chiffonnée, crispée, et de plus couverte d'une teinture bizarre qui lui donnait l'air d'une véritable sauvage. Les cheveux, fort beaux et plus propres, ne parvenaient pas à racheter l'impression d'ensemble ; ils étaient en outre beaucoup plus clairs que ceux des femmes de la région, et Stefan se demanda s'il n'avait pas affaire à une Kurde. Ou alors, elle avait des ancêtres en Géorgie...

— Comme si la généalogie de cette femme pouvait m'intéresser ! maugréa-t-il en haussant les épaules.

Elle l'embarrassait, maintenant ; elle allait le retarder.

Pourtant, même s'il n'éprouvait aucun plaisir à sa compagnie, il ne pouvait décemment l'abandonner dans le désert. En pestant contre la folie qui l'avait poussé à s'arrêter, il glissa ses mains sous les épaules et les genoux de la femme et la souleva.

Surpris, il la trouva fort légère.

Debout sous le soleil implacable, il examina l'horizon vide et plat. Ses hommes avaient disparu. Plus rien ne bougeait, sauf les vagues de chaleur montant du sol aride. Connaissant la haine traditionnelle entre les Kurdes et les Turcs, il savait que la poursuite engagée par les premiers ne se terminerait que par l'extermination des seconds. Seul il était, seul il resterait avec ce fardeau dont il n'avait pas besoin.

Il laissa échapper un juron sonore, un vrai juron de militaire. Cléo, sa jument, broncha pour lui faire écho.

Stefan avait besoin de repos ; il voulait profiter, et le plus vite possible, des douceurs que procure la civilisation à un soldat en permission. Fâché, il secoua la femme avec rudesse, espérant qu'elle se réveillerait pour lui dire : « Merci de m'avoir sauvée, mais ne vous mettez pas en peine pour moi. Ma famille habite à deux pas d'ici, je vais la rejoindre à pied... »

Mais elle resta inconsciente, et il lui sembla même qu'elle respirait plus mal.

La sueur coulait dans son dos en petites rigoles. S'il attendait plus longtemps, il risquait de se dessécher complètement.

— Que faire, bon sang ? Que faire ?

Il pouvait confier la malheureuse à la caravane de réfugiés arméniens qu'il avait croisée quelques heures plus tôt. Cette solution avait cependant l'inconvénient, en l'obligeant à rebrousser chemin, de lui faire perdre un temps précieux.

— Par cette chaleur ? Pas question !

Puisqu'il se dirigeait sur Alexandropol, Stefan décida qu'il emmènerait la femme et l'abandonnerait en ville. Là, elle serait au moins en sécurité, et elle n'aurait qu'à se débrouiller.

Satisfait de cette décision, il jeta l'évanouie en travers de l'encolure de son cheval, se mit en selle et reprit son chemin vers le nord.

Le soleil avait un peu décliné sur l'horizon, et une brise légère se leva, bienfaisante comme une caresse. Stefan sourit d'aise. Adoucissant la dure ligne de la mâchoire, modifiant la barre sévère des sourcils et éclairant le regard trop sombre, ce sourire métamorphosait comme par miracle son visage fermé et dur pour lui donner une grâce toute juvénile.

Stefan passa la main dans ses cheveux noirs comme le jais, souleva les boucles qui couvraient le col de son uniforme et apprécia à sa juste mesure le souffle d'air frais sur sa nuque.

« Plus que quelques lieues, pensa-t-il avec soulagement. Ensuite, un bain. Puis un repas. Puis une femme... »

Lisaveta entrouvrit les yeux et tourna imperceptiblement la tête... Terrifiée en apercevant le visage rugueux, mal rasé et couvert de poussière, elle crut qu'elle avait été reprise par les bachi-bouzouks. Puis elle vit les insignes qui ornaient le col du cavalier. Des insignes russes. Evidemment, il pouvait s'agir d'une prise de guerre...

Le regard de la jeune femme tomba alors sur la main droite du cavalier, et elle y vit briller une bague ornée d'une grosse émeraude. Cette main reposait sur une culotte de cavalier, très serrée, de cuir autrefois blanc. Deux indices prometteurs, puisque les guerriers turcs ne portaient ni bijoux ni vêtements épousant de trop près les formes du corps. Rassurée, Lisaveta comprit qu'elle avait bien affaire à un Russe authentique.

Elle était sauvée !

Elle ne se manifesta pas pour autant, car elle voulait savourer encore le bonheur de se sentir en sécurité. Elle regarda à la dérobée l'homme qui l'emmenait... Où l'emmenait-il, au fait ? Il ruisselait de sueur et clignait des yeux à cause de la lumière trop vive qui ricochait sur les éclats de granite.

Lisaveta le trouvait quand même bien jeune pour être général, bien jeune malgré cet air sévère qu'il se donnait...

Soudain, il tourna la tête ; il la regarda et vit qu'elle était revenue à elle. Son regard impérieux reflétait une autorité peu habituée à être remise en cause, mais sa voix grave, courtoise, avait des inflexions agréables.

— Comment vous sentez-vous ? demanda-t-il dans le dialecte local.

Lisaveta souleva les paupières et se redressa, révélant ainsi à Stefan de magnifiques yeux fauves aux reflets d'or, des yeux qu'il reconnut aussitôt : des yeux Kouzan ! Son meilleur ami, Nikki Kouzan, avait des yeux de cette sorte, très orientaux déjà, en forme d'amande, et surtout de cette couleur si rare. Mais par quel mystère une indigène, née à trois mille lieues de Saint-Pétersbourg, pouvait-elle arborer les caractéristiques d'une des plus grandes familles princières de l'empire ?

— Je me sens merveilleusement en vie, merci à vous, dit la femme.

Elle avait parlé en français !

— Ah, murmura Stefan, de plus en plus surpris. En plus, vous connaissez le français ?

Cette langue était en effet la langue de l'aristocratie russe...

— Je parle bien d'autres langues et je me débrouille

fort bien. La caravane dans laquelle je me trouvais a été attaquée et j'ai été enlevée. Si vous n'étiez pas venu à mon secours, j'aurais été la victime de ces bandits. Je suis donc votre débitrice ; je saurai vous récompenser à la première occasion.

Convaincu désormais qu'il n'avait pas affaire à une indigène, Stefan examina sa protégée avec un peu plus d'attention. La femme d'un marchand ou d'un fonctionnaire ? Ses vêtements trop modestes ne permettaient pas de lui supposer un rang plus élevé, mais elle devait jouir d'une certaine aisance, puisqu'elle avait parlé d'offrir une récompense.

Justement, cette récompense blessait Stefan dans son amour-propre. A lui, prince Bariatinsky, proche du tsar, apparenté par sa mère aux Orbeliani, la dynastie la plus riche et la plus puissante de Géorgie depuis le IIIe siècle, on avait offert une récompense comme à un petit bourgeois qui aurait rapporté un portefeuille trouvé sur le trottoir !

— Je n'ai pas besoin de récompense, répliqua-t-il d'un ton rogue. N'y pensez plus.

— Pourtant, je me sentirais mieux si je pouvais vous manifester ma reconnaissance.

D'ordinaire, Stefan avait une réponse toute prête pour les jeunes femmes qui voulaient lui manifester de la reconnaissance... Mais que dire à celle-ci, dont les pouvoirs de séduction laissaient à désirer ? Il préféra donc décliner l'offre qu'on lui faisait.

— Vous savoir heureuse, madame, est la seule récompense que je demande, répondit-il platement.

— Mademoiselle, si vous n'y voyez pas d'inconvénient.

— Excusez-moi... Est-ce que votre famille...

Il ne savait comment évoquer l'assassinat éventuel des proches de cette jeune femme.

— Rassurez-vous, je voyageais seule.

Après une vie presque exclusivement consacrée au libertinage — pour ne pas dire à la débauche —, Stefan considérait que plus rien ne pouvait l'étonner en matière de mœurs. Pourtant, il fut confondu par cette demoiselle qui voyageait seule et l'avouait si crûment. Les jeunes filles, même pour Stefan Bariatinsky, *ne devaient pas* sortir seules. Evidemment, il y avait la guerre, qui bouscule parfois les règles de la bienséance...

— En fait, corrigea l'inconnue, je n'ai pas commencé seule mon voyage. Javad Khan m'avait donné une escorte.

Pour Stefan, c'était un troisième choc. Et la source de nouvelles interrogations. Javad Khan, une puissance qui comptait dans l'ouest de l'Azerbaïdjan, avait-il donné congé à une pensionnaire de son harem ? Peu probable. En outre, les houris de ce potentat aux goûts raffinés devaient avoir une autre mine...

— Nous étions tout proches d'Alexandropol lorsque nous avons rencontré cette caravane, poursuivit la jeune femme. J'ai donc renvoyé ses soldats à Javad Khan. Sur le sol russe, je ne risquais plus rien. Mais qui aurait supposé que les bachi-bouzouks oseraient franchir la frontière ?

Comme pour le prendre à témoin, elle leva vers son sauveur un regard clair et pur comme celui d'un enfant.

— Habitez-vous à Karakilisa ? lui demanda Stefan.

— Pas du tout ! J'étais en visite chez Javad Khan, et j'étudiais les œuvres de Hafiz lorsque la guerre a éclaté. Il m'avait donné l'autorisation de consulter sa bibliothèque, et je pensais rester chez lui plusieurs mois, en attendant que la zone des combats se déplace vers l'ouest. Mais... les circonstances ont voulu que je m'enfuie précipitamment.

Chacune de ces déclarations augmentait l'étonnement

de Stefan, qui finissait par se demander s'il n'était pas le jouet d'une hallucination. Qu'une femme s'adonnât aux études littéraires et consacrât ses travaux à un poète préoccupé d'érotisme, voilà qui dépassait l'entendement. A Karakilisa, cité provinciale de l'Empire ottoman !

— Vous avez bien dit Hafiz? Le poète persan? interrogea-t-il.

— Oui. Est-ce que vous le connaissez ? C'est pour moi le plus grand !

Perplexe, Stefan détailla son interlocutrice. Que pouvait-elle comprendre à un poète comme Hafiz ?

— Bien sûr que je connais Hafiz. J'ai plusieurs de ses ouvrages dans ma bibliothèque, mais franchement...

La femme sourit.

— Je sais que cela peut paraître inhabituel. Cela vous choque, peut-être ?

— N... non.

— Mais c'est ce genre de littérature que j'aime, et je l'étudie depuis des années. D'ailleurs, si cela ne vous dérange pas, j'aimerais examiner votre collection. Avez-vous des éditions rares ? Au fait, je ne me suis pas présentée. Lazaroff. Felixovna Lazaroff. La fille du comte Lazaroff.

Elle avait prononcé le nom de son père avec un orgueil non dissimulé, le sachant universellement connu et respecté. Avant sa mort prématurée, trois ans plus tôt, cet homme confiné dans ses études avait été le plus grand connaisseur russe des manuscrits persans.

— Si je comprends bien, remarqua Stefan, vous suivez les traces de votre père. Naturellement, vous serez la bienvenue dans ma bibliothèque. Mais je ne comprends toujours pas pourquoi vous avez quitté la sécurité de Karakilisa pour vous jeter sur des routes encombrées de guerriers de tout poil.

— C'est que je devais partir ! s'impatienta Lisaveta.

— Expliquez-moi. Sans vous énerver.

— Que je fusse russe n'avait aucune importance pour mon hôte, et j'ai pu continuer mes travaux dans sa bibliothèque malgré les hostilités qui venaient d'éclater entre nos deux pays. Mais le neveu de Javad Khan, Faizi Pacha, est venu rendre une visite impromptue à son oncle. Il est colonel dans l'armée ottomane, savez-vous ? Et ce... porc a décidé de me faire entrer dans son harem !

La voix de Lisaveta vibrait d'indignation. Un peu étonné, Stefan se demandait ce qui, chez cette femme intelligente certes, mais peu attirante, avait bien pu séduire Faizi Pacha. Il n'osa pas formuler sa question.

— Je comprends maintenant, dit-il simplement.

— Oui, je n'avais rien d'autre à faire que partir.

Depuis un moment, la jeune femme affectait un ton péremptoire qui commençait à agacer sérieusement Stefan. Il avait de plus en plus hâte de se débarrasser d'elle.

— Que les armées turques et russes soient mille fois maudites, qui ont troublé la sérénité de vos chères études.

Il n'avait pas pu retenir le sarcasme. Etonnée, Lisaveta le regarda brièvement, avant de répondre :

— Ces histoires de harem vous font peut-être rire, mais moi, je n'ai pas envie de terminer ma vie enfermée dans une cage. Même dorée.

Stefan regretta aussitôt son impair.

— En somme, dit-il, vous n'avez échappé à un péril que pour en affronter d'autres, plus grands encore.

— Aucun n'est aussi dangereux que les manigances de Faizi Pacha. Il y a quelque chose d'implacable dans les harems. C'est comme une porte de prison qui se referme sur vous pour toujours.

L'aigreur reprit le dessus chez Stefan, et il se retint de ne pas faire remarquer à Lisaveta que seule une femme stupide et sans cervelle pouvait imaginer de voyager seule dans cette région. Et en temps de guerre !

— En fait, reprit-elle, j'avais donné mon cheval à une femme enceinte. Sans quoi, j'aurais pu échapper aux bachi-bouzouks, galoper jusqu'à Alexandropol et y arriver saine et sauve.

— Pensez-vous ! C'est qu'ils savent tirer ! Armés d'un bon fusil, ils se seraient bien moqués de votre cheval au galop. Au contraire : ils se seraient amusés à vos dépens, croyez-moi.

Lisaveta sentit bouillonner en elle la colère et elle eut envie de river son clou à cet insolent qui la prenait pour une écervelée. Mais comme il l'avait sauvée et qu'il pouvait encore l'abandonner là si elle se montrait par trop désagréable, elle s'obligea à lui manifester une politesse formelle — teintée d'ironie.

— Vous avez bien raison. Comment n'y ai-je pas pensé plus tôt, en effet ? Mais que voulez-vous ? Je ne suis qu'une femme !

Stefan répondit d'un geste vague, que Lisaveta ne sut trop comment interpréter. Ils observèrent un long moment de silence, qu'ils mirent à profit pour éponger la sueur qui inondait leur visage. Puis, Lisaveta reprit la parole.

— Il me faudra de l'argent à Alexandropol. Si vous aviez l'obligeance de me prêter quelques centaines de roubles, je pourrais trouver à me loger. Après un long voyage, par cette abominable chaleur, je vendrais mon âme pour un bon bain.

Peu familière avec les ruses qu'emploient d'ordinaire les femmes pour circonvenir les hommes, habituée qu'elle était à analyser les données d'un problème pour le résoudre de la manière la plus logique et la plus efficace possible, Lisaveta ne se doutait pas que sa requête éveillerait la suspicion de son sauveur.

Celui-ci n'ignorait pas qu'avec trente-deux mille hommes cantonnés à Alexandropol, la seule façon de trouver une chambre serait de faire valoir son titre princier et son grade militaire, et que cela n'irait pas sans peine malgré tout. Il n'avait aucune envie, en plus, de jouer les bons Samaritains pour une femme pour laquelle il n'éprouvait aucun intérêt...

Mais cette Lisaveta était une femme, malgré tout, et de plus la fille du comte Lazaroff. Il ne pouvait décemment l'abandonner au milieu de tous ces soldats ! Obligé d'agir en gentilhomme, Stefan soupira.

— Permettez-moi, comtesse, de vous aider à vous loger cette nuit.

— Comme c'est aimable à vous !

Et voilà qu'elle minaudait comme si elle se trouvait dans un salon ! Agacé de s'être laissé piéger par les usages et son bon cœur, Stefan songea un instant revenir sur sa proposition. Mais il se contenta de répondre platement :

— Ce sera avec plaisir, comtesse !

— J'apprécie votre aide à sa juste mesure et je vous devrai une reconnaissance éternelle !

Lisaveta elle aussi se faisait violence pour prononcer des mots auxquels elle ne croyait pas. Le prince Bariatinsky condensait en sa personne tout ce qu'elle haïssait dans l'aristocratie : trop riche, trop beau, trop aimé, trop débauché... Il n'avait rien qui pût la séduire !

Car elle l'avait reconnu sans qu'il eût besoin de se présenter. Les gravures du prince circulaient en effet dans toute la Russie, et il était difficile de ne pas connaître par cœur les traits de son visage. On s'arrachait les portraits répandus par les colporteurs. Beaucoup de femmes en faisaient collection et ressassaient à perdre haleine les mérites d'un héros qu'elles n'auraient jamais la chance de rencontrer.

A vingt-deux ans, le prince Bariatinsky avait conquis la citadelle de Toubrouz. A vingt-cinq ans, il volait au secours des populations de Miroum et vengeait leurs morts avec éclat. Ses victoires en Asie avaient soumis les Khanats de Khiva et de Khokand.

On l'appelait le général blanc, parce qu'il portait toujours son uniforme de chevalier-garde pour charger à la tête de ses troupes. On frissonnait délicieusement en rapportant les exploits accomplis avec une témérité incroyable. A chaque bataille, il lançait un défi renouvelé à la mort, un défi dont on ne doutait plus qu'il sortirait toujours vainqueur.

Héros incontesté des champs de bataille, Stefan Bariatinsky brillait encore plus dans les alcôves. Sa vie amoureuse défrayait régulièrement la chronique. Il n'avait même pas d'efforts à faire : les jolies femmes se battaient pour se pendre au bras de ce prince si beau, si grand, si fort !

Non sans amertume, il savoura amèrement l'ironie de sa situation : Choura, la belle gitane, l'attendait avec impatience dans son chalet de montagne ; bien d'autres femmes n'auraient pas demandé mieux que de lui être agréables ; or, le malheur voulait qu'il fût accompagné de la moins séduisante de toutes, une étudiante prolongée sans aucun charme et sans doute aussi peu habile aux jeux de l'amour que lui dans l'art du tricot.

« Je n'ai pas mérité cela ! » songea-t-il avec dépit.

2.

Alors qu'ils approchaient d'Alexandropol, la base avancée des armées russes, Stefan ordonna, d'une voix rendue cassante par l'épuisement :

— Jusqu'à ce que nous ayons trouvé un logement, je veux que vous m'obéissiez en tout. Cette ville est remplie de soudards et, s'il vous arrive des ennuis, je ne tiens pas à ce que vous puissiez me les imputer.

Il n'ajouta pas qu'ils étaient privés de femmes depuis des semaines, mais précisa néanmoins :

— On ne peut exiger des soldats en guerre qu'ils se conduisent comme des gentlemen. Si vous voyez ce que je veux dire.

Lisaveta, point sotte, avait bien compris.

— Oui, monsieur, répondit-elle d'une voix suave. Bien, monsieur.

Elle examina les soldats qui se promenaient aux abords de la ville, casquette repoussée sur la nuque et pipe à la bouche. Eux aussi l'avaient repérée, et ils la lorgnaient avec insistance, d'un regard où la jeune femme pouvait lire des désirs de luxure brutale. Moins rassurée tout à coup, moins sûre d'elle-même, Lisaveta se dit qu'elle avait de la chance, tout compte fait, de se trouver sous la protection d'un général-prince.

Mais Stefan fut soudain reconnu par quelques hommes,

qui poussèrent une série de *hourras!* tonitruants pour lui souhaiter la bienvenue. La nouvelle de son arrivée se répandit de proche en proche, et les cris de joie accompagnèrent le cavalier qui franchissait la porte de la ville pour pénétrer dans les rues étroites et tortueuses.

Avec jubilation, Stefan répondait aux acclamations, par des saluts distribués à droite et à gauche, tout en abandonnant sa main droite à ceux qui réussissaient à s'approcher pour la baiser. Il interpella plusieurs hommes par leur nom et ceux-ci, ravis d'être reconnus, redoublaient leurs vociférations enthousiastes. Etonnée, Lisaveta constata que la rumeur n'avait pas menti : le général était pour son armée un véritable héros.

Tout à la dévotion envers leur chef, les soldats n'en continuaient pas moins à considérer la femme qui l'accompagnait. Des plaisanteries graveleuses fusaient, et le général répondait sur le même ton. Plusieurs fois, Lisaveta lui décocha un regard furieux pour lui faire comprendre qu'il outrepassait les bornes de la bienséance. Mais lui faisait semblant de ne pas la voir et continuait son échange de quolibets avec la troupe.

Après une douzaine de carrefours, ils prirent une rue montante, encore plus étroite et beaucoup plus calme. Moins de soldats hantaient les parages, les clameurs s'étaient tues, et on n'entendait plus que le murmure normal d'une grande ville bourdonnant d'activité.

Stefan et Lisaveta atteignirent une petite villa que le prince semblait bien connaître. Après avoir passé le portail ouvert — un des deux battants de la porte gisait sur le sol, arraché —, ils débouchèrent sur une petite cour pavée de galets ronds.

— Attendez-moi ici ! ordonna le général en sautant de sa monture. Ne descendez pas de cheval. Sous aucun prétexte.

Il tendit son pistolet à Lisaveta et ajouta :

— Tirez sur le premier qui viendra vous importuner. Sans pitié.

— Tirer ? balbutia la jeune femme qui n'osait prendre l'arme.

Agacé par ces émois d'intellectuelle, Stefan eut envie de répondre que même fagotée comme elle l'était, Lisaveta risquait gros dans cette ville où les femmes se faisaient si rares. Au lieu de cela, il dit simplement :

— Simple précaution, mademoiselle. Au cas où.

— Ne ferais-je pas mieux d'entrer avec vous ?

— Surtout pas ! Cela ne me prendra qu'un moment.

Stefan savait ce qu'il allait faire : houspiller les actuels occupants de la villa. Son grade l'autorisait à cette action de force, mais il se doutait que l'échange de paroles serait sans doute fort peu civil. En outre, il était possible que les hommes fussent en train de se distraire avec quelques courtisanes, spectacle qu'il ne voulait pas offrir à sa protégée. Il lui plaça donc d'autorité le pistolet dans les mains et demanda :

— Savez-vous tirer ?

Lisaveta acquiesça d'un hochement de tête.

— Avez-vous peur ?

Nouveau hochement de tête.

Alors, Stefan la rassura d'un sourire, le premier qu'il lui consentait depuis leur rencontre.

Ce sourire fugace, que le prince éteignit aussitôt comme s'il s'agissait d'une faiblesse coupable, fit naître chez la jeune femme un bonheur déconcertant. Elle voulut dire quelque chose de gentil à celui qui se mettait en peine pour elle...

Il lui avait déjà tourné le dos et gravissait quatre à quatre les marches du perron.

Moins de dix minutes plus tard, Stefan Bariatinsky dévalait les mêmes marches en se frottant les mains.

— Voilà, nous sommes installés ! annonça-t-il.

Il tendit la main à Lisaveta pour l'aider à descendre de cheval. Elle sauta prestement sur le sol malgré l'enchevêtrement de ses voiles et se trouva debout à côté du prince.

Qu'il était grand ! Il la dépassait des épaules et de la tête... Aussitôt, Lisaveta repoussa ce genre de considération. L'aspect physique du prince ne l'intéressait pas plus que sa vie privée.

— Vous voulez *vraiment* garder ce pistolet ?

Il devait avoir répété la question, mais Lisaveta, tout à ses pensées, n'avait rien entendu. Perplexe, Stefan tendait la main.

— Non, non... Non, bien sûr, bégaya-t-elle, fort mal à l'aise.

Comme si elle n'avait jamais vu un homme en culotte de cheval, nu jusqu'à la ceinture, la poitrine luisante de sueur, et avec des muscles...

« Des muscles comme je n'en souhaiterais pas à mon pire ennemi », songea-t-elle drôlement.

Comme elle ne se décidait pas à lui rendre l'arme, il la lui prit et la replaça dans son étui. Puis il défit les sacoches de sa selle et les jeta sur son épaule.

La jeune femme cherchait désespérément une remarque de bonne compagnie à formuler pour cacher son trouble, mais elle n'en trouva pas. A quoi servaient les études littéraires ? se demanda-t-elle avec dépit.

Stefan, qui n'avait pas les mêmes angoisses, lui prit le coude, comme au bal ou à la promenade, et lui dit :

— Par ici, mademoiselle, je vous prie. Nous allons entrer.

— La villa était-elle vide ? s'enquit Lisaveta, heureuse de tenir enfin son sujet de conversation.

Au vrai, elle n'avait vu sortir personne. Stefan se montra fort évasif.

— Quelques officiers seulement, mademoiselle, qui se sont montrés fort heureux de vous obliger en vous abandonnant les lieux.

— Sont-ils partis ?

— Je le crois volontiers.

Stefan ne jugea pas utile de s'appesantir sur les détails de la confiscation à laquelle il venait de procéder. Il avait dû employer la force — un peu, juste ce qu'il fallait — pour appuyer l'autorité que lui donnaient ses galons de général. Le colonel d'artillerie avait juré atrocement en franchissant la porte de derrière, mais s'était assez vite résigné. Les officiers du train, plus coriaces, avaient tenté de négocier, offrant à Stefan les services de la femme qui les accompagnait ; mais le prince n'appréciait guère les souillons et avait décliné l'offre.

En traversant la cour intérieure, dont la fontaine fonctionnait miraculeusement malgré les émois de la guerre, il déclara :

— Je vous ai fait préparer une chambre avec bain et souper. J'espère que vous trouverez le cadre confortable. Demain matin, je vous procurerai une escorte et je vous ferai une place dans un des convois qui remontent sur Tiflis.

Il parlait avec rapidité et précision, comme s'il se trouvait au sein de son état-major. Lisaveta le sentait efficace, mais aussi très heureux d'en finir avec elle.

Ils pénétrèrent dans le grand hall de la villa. L'endroit était luxueux, mais il y régnait une confusion indescriptible. Une vieille servante s'occupait d'ailleurs à y remettre un semblant d'ordre.

— Nous aurons aussi des sentinelles, indiqua encore Stefan. Vous pourrez donc dormir sur vos deux oreilles.

Au pied de l'escalier, il s'inclina devant Lisaveta, fit signe à la servante d'accompagner la jeune femme à l'étage, et tourna les talons sans même attendre qu'elle eût gravi les premières marches.

Lisaveta se sentit prise de rancœur envers cet homme qui se débarrassait d'elle sans cérémonie. Puis elle s'interrogea : pourquoi ce chagrin dont elle ne se serait pas crue capable auparavant ? Pourquoi ce soudain souci des conventions ? N'était-elle pas au-dessus de ces vanités ?

Après la mort de sa mère, son père s'en était retourné sur ses terres pour ne plus jamais fréquenter la société. Lisaveta avait donc été élevée dans le confort tranquille d'une grande propriété campagnarde, mais elle n'avait jamais oublié ses premières années à Saint-Pétersbourg. Elle gardait aussi un pieux souvenir de sa mère, princesse issue de la famille Kouzan, et se rappelait le palais de marbre rose, véritable écrin pour cette femme admirable.

Tous les soirs, ou presque, les parents de Lisaveta se rendaient à une réception, un concert ou à un bal ; ou bien, ils recevaient eux-mêmes une foule nombreuse et choisie. Mais avant que ne commençât la soirée, ils ne manquaient jamais de venir dans la nursery pour border le lit de leur petite fille et lui souhaiter une bonne nuit. Sa mère portait toujours une robe merveilleuse et des bijoux splendides. Lorsqu'elle se penchait sur Lisaveta, son parfum chatouillait les narines de la fillette. Parfois, elle ôtait sa tiare de diamants pour la poser sur le front de celle qu'elle appelait « ma petite princesse »...

Mais cette période, trop heureuse, s'était terminée, trop vite, à la mort de la mère bien-aimée. Ensuite, Lisaveta n'avait plus vécu qu'à la campagne, s'était entièrement consacrée à ses études et avait fini par tout oublier de la vie mondaine.

Elle se considérait comme insensible aux frivolités...

Et voilà que le prince Bariatinsky, qu'elle connaissait à peine, sinon de réputation — et quelle réputation ! — lui donnait tout à coup le sentiment d'être une femme inintéressante, donc incomplète.

Sentiment fort déplaisant ! Et si nouveau...

Il y avait là comme un défi à relever, Lisaveta le sentait bien. Il lui fallait, pour cela, affirmer sa féminité, cette féminité qu'elle avait si longtemps feint d'ignorer.

Après avoir trouvé une écurie pour son cheval et fait préparer un cantonnement pour ses hommes, qui finiraient bien par arriver après avoir taillé des croupières aux bachi-bouzouks, Stefan retourna à la villa. Dans l'escalier, il arrachait déjà son uniforme maculé de poussière ; et, entrant nu dans sa chambre, il ne fit que trois pas pour sauter dans son bain. Il s'immergea complètement dans l'eau tiède pour laver et rafraîchir son visage. Puis, il émergea et s'ébroua. Tendant alors la main, il saisit la fiasque de cognac posée sur un tabouret. Il s'allongea ensuite de tout son long, posa sa tête et ses pieds sur le rebord de faïence et poussa un soupir d'aise. Le premier depuis trois mois !

Portant le flacon d'argent — un cadeau du tsar — à ses lèvres, il but une première gorgée du liquide ambré et sourit tout seul dans la quiétude de sa chambre.

« Le bonheur naît de plaisirs simples », songea-t-il avec philosophie.

Il lui fallut une heure pour vider la fiasque, tandis que l'eau refroidissait doucement. Suffisamment relaxé ensuite, il procéda à une toilette minutieuse.

La vieille servante fit une entrée discrète, porteuse d'un plateau chargé d'un repas simple, mais plantureux. Allongé sur le lit, Stefan lui fit signe de poser le tout sur une table. Il se servirait lui-même.

Il portait une des robes de chambre abandonnées par le propriétaire de la villa lorsque son domicile avait été réquisitionné par l'armée russe. C'était un brocart couleur de cannelle, brodé de fils de soie multicolores, qui accentuait le côté oriental de sa personnalité et rendait plus sensible, par contraste, sa virilité exacerbée.

Le dîner se révéla excellent, et Stefan mangea avec une hâte qui eût été malvenue dans le monde. Mais il se trouvait seul, il avait grand faim et il n'avait rien goûté d'aussi bon depuis trois mois. A Kars, la nourriture se signalait par son indigence extrême, et il avait l'intention de savourer ce premier vrai repas sans souci des convenances.

Pendant qu'il mangeait, il entendit s'élever un chant fort mélodieux et il reconnut la voix de la comtesse. Prenait-elle elle aussi son bain ? Avec un soupir, il se dit que s'il avait eu affaire à une créature plus séduisante, il l'aurait invitée à venir prendre place dans sa propre baignoire...

« Une femme peu ordinaire, malgré tout », songea-t-il.

Stefan avait recouvré sa bonne humeur et se reprochait même d'avoir été un peu dur avec elle, à certains moments. Il se promit de lui faire des excuses le lendemain matin, lorsqu'il l'intégrerait au convoi remontant vers le nord...

Il vida dans son verre ce qui restait de la bouteille de vin. Lisaveta chantait toujours.

Après les dangers courus les jours précédents, il était plutôt remarquable qu'elle pût ne manifester aucun abattement ; cela dénotait une force d'âme peu commune ! Et parmi toutes les femmes qu'il connaissait, Stefan n'en voyait aucune qui aurait surmonté aussi vite une aventure tellement éprouvante.

Lisaveta chantait. Stefan écoutait et méditait.

« Quel malheur qu'elle ne soit pas jolie ! » pensa-t-il encore.

En officier exemplaire, il s'habilla après le dîner et sortit dans la nuit pour inspecter le cantonnement de ses troupes. Sa garde personnelle était enfin arrivée et les hommes, riches des dépouilles prélevées sur les bachibouzouks enfin rattrapés, fêtaient leur succès à grand renfort d'arak, cette liqueur puissante au goût acide. Les bouteilles circulaient de main en main, tandis que les heureux vainqueurs narraient leurs exploits de la journée. Ils firent à leur général une nouvelle ovation, l'invitèrent sans façon à venir prendre place avec eux, et l'on poursuivit la petite fête fort avant dans la nuit.

2 heures sonnaient aux clochers de la ville lorsque Stefan put enfin retourner à la villa.

Les festivités martiales continuaient dans toute la localité. Plongée dans l'obscurité complète, presque trop calme en comparaison de l'animation ambiante, la maison semblait abandonnée.

Une sentinelle salua le général qui rentrait.

— Rien à signaler ?

— Non, Votre Excellence. Tout va bien.

La chaleur avait à peine diminué malgré l'heure avancée de la nuit. L'air trop chargé de parfums oppressait les poitrines. Mais au milieu de la cour, la petite fontaine murmurait des promesses de fraîcheur auxquelles Stefan ne résista pas : il s'y baigna le visage avant d'entrer dans la villa silencieuse.

Il se débarrassa de sa chemise en montant l'escalier et jeta ses bottes à terre, la porte à peine refermée derrière lui. Posant la chemise sur une chaise, il repoussa la porte de la chambre de son pied nu et traversa le moelleux tapis d'Anatolie qui conduisait au lit. Il défit alors la ceinture de son pantalon de laine et le laissa tomber sur le sol.

Avec délices, il s'étendit sur les draps presque frais. La première nuit loin de Kars ! L'oreiller sur lequel il s'appuyait était un luxe dont il ne rêvait même plus. La première nuit où il pourrait dormir à poings fermés, sans avoir à écouter les appels des sentinelles ; une nuit qu'il n'aurait pas à interrompre pour aller faire une ronde. Une nuit qu'il aurait pu passer, s'il en avait eu l'occasion, avec une femme. Malheureusement, dans une ville qui accueillait trente mille soldats, il ne fallait pas espérer de miracle, et Stefan s'était résigné à dormir seul.

Tandis qu'il sombrait dans le sommeil, ses pensées vagabondèrent vers les plaisirs qui l'attendaient. « Plus que deux jours... », se dit-il. Puis, il se demanda si Choura l'attendait toujours dans son chalet montagnard, ou si la belle gitane, lassée de vivre seule, n'était pas redescendue vers la vallée pour lui trouver un remplaçant.

Le souvenir de ses nuits d'amour avec Choura réveilla en lui les désirs qu'il avait voulu réprimer, faute de pouvoir les satisfaire. Avec complaisance il se rappela la sensualité brutale de la jeune fille, la violence de ses ardeurs, le zèle avec lequel elle s'adonnait à l'amour. Elle lui avait révélé des horizons insoupçonnés, et Stefan avait compris que les jeunes femmes de l'aristocratie, même nues, gardaient sur elles un vernis de civilisation qui les empêchait de s'abandonner tout à fait.

Stefan s'assoupit en songeant à Choura. Il se demanda si elle aimait toujours mordre, si elle voudrait encore danser pour lui jusqu'à l'épuisement et lui abandonner ensuite son beau corps brûlant et luisant de sueur.

Le sourire aux lèvres, il s'endormit.

Il ne dormait pas depuis plus de vingt minutes qu'un cri affreux le réveilla, qui lui rappela celui qu'il avait trop souvent entendu devant Kars : le cri des prisonniers russes torturés par les Turcs. Pendant un moment, il se crut de nouveau sur le front, mais il ne reconnaissait pas le cadre qu'il entrevoyait dans la pénombre. Son esprit travaillait désespérément pour sortir des limbes du sommeil, mais ses sens engourdis refusaient de collaborer avec lui.

C'est en posant les pieds sur le tapis qu'il identifia à la fois l'endroit où il se trouvait et la source des cris, de plus en plus perçants.

La comtesse ! Une agression !

D'un seul mouvement, Stefan se leva, saisit sa robe de chambre, se précipita dans le couloir et parcourut la courte distance qui le séparait de la chambre de Lisaveta. Sans s'arrêter, il donna de tout son poids contre le solide panneau de bois. La porte céda trop facilement sous sa rude poussée et s'écrasa sur la paroi, faisant voler de multiples éclats de plâtre. Continuant sa course, le prince se prit les pieds dans un tapis, s'écrasa au sol et fit trois tonneaux.

Se relevant aussitôt, il inspecta soigneusement toute la pièce, les muscles tendus, prêt à sauter sur l'intrus... Personne. Il n'y avait personne. Chaque objet se trouvait en place. Les treillis protégeant les fenêtres n'avaient subi aucun dommage. Et la comtesse, allongée dans son lit, ne criait plus, mais poussait des gémissements étouffés qui s'atténuaient peu à peu.

Rassuré, Stefan s'approcha du lit. Lorsqu'il vit la comtesse Lazaroff, baignée de clair de lune, il s'arrêta, comme pétrifié. Les yeux agrandis par la stupéfaction, incrédule, il fit ensuite quelques pas pour se rapprocher encore.

Il en vint même à se demander s'il ne s'était pas trompé de chambre.

Débarrassée de ses voiles, débarbouillée de la poussière et des teintures dont elle s'était enduite pour décourager les éventuels suborneurs, la comtesse était éblouissante. Sa chevelure couleur de noisette étincelait dans le clair de lune. Sa peau, d'un blanc laiteux, était celle d'une femme plus habituée à fréquenter les bibliothèques qu'à courir au grand air. Ravi, Stefan se demanda furtivement si elle pratiquait les leçons qu'elle étudiait si assidûment dans les manuscrits érotiques de Hafiz...

Nue, Lisaveta se blottissait peureusement contre son oreiller. Une de ses mains serrait contre sa gorge un morceau de drap, mais elle offrait presque tout son corps, admirable, au regard du prince. Celui-ci dut détourner un moment les yeux, tandis qu'un frémissement de désir le parcourait.

Jamais il n'avait vu une femme aussi belle, une femme telle qu'aurait pu la concevoir un artiste désireux de mettre dans un corps toutes les perfections propres à enflammer les sens masculins.

Sans la quitter des yeux, Stefan recula jusqu'à la porte, qu'il referma doucement derrière lui, avant de revenir vers le lit.

Lisaveta ne geignait plus, mais sa respiration restait agitée, comme celle d'un enfant qui a pleuré trop longtemps. Stefan s'approcha, et elle ouvrit les yeux. Il y lut, avant qu'elle en eût elle-même conscience, son acquiescement à ce qui allait arriver. Lentement, il s'approcha encore, s'assit à côté d'elle et lui dit doucement :

— Ce n'était qu'un rêve.

Elle hocha la tête. Trop prise encore par les songes affreux qui venaient de la quitter, elle ne pouvait parler. Incapable de bouger, elle regarda cet homme — presque un inconnu pour elle — qui avançait la main pour toucher sa gorge et faire glisser ses doigts, en une caresse pleine d'attention, vers la main qui cramponnait le drap. La pièce de tissu retomba sur le lit.

— Les bachi-bouzouks ne peuvent plus vous faire de mal, reprit-il en gardant sa main dans la sienne.

Il l'attira lentement jusqu'à ses lèvres et effleura chaque doigt, avant de la reposer sur le lit.

Ses yeux jetaient un feu noir, intense et beau, qui ne contenait plus rien de l'insouciance que Lisaveta y avait lue dans l'après-midi. Dans une inspiration subite, elle comprit pourquoi les femmes aimaient tant cet homme : sans parler, d'un seul regard, il leur promettait de satisfaire leurs désirs les plus fous, des désirs dont elles n'avaient même pas conscience.

Pantelante, Lisaveta perçut en elle des ondes qui, naissant au bout de ses doigts, se répandaient dans tout son corps et ébranlaient le centre de son être. Ces sensations, pour étranges qu'elles fussent, ne l'effrayaient point. Au contraire ! Lisaveta ressentait en plus un désir vertigineux, fiévreux, un désir effréné, qui lui faisait monter le rouge aux joues. Pour la première fois, un homme lui avait baisé les mains... Elle s'exposait, nue devant lui, et loin de trouver cette situation gênante, elle y puisait les raisons d'un enthousiasme incompréhensible. Plus que cela : magique !

— Votre rêve était-il si terrible ? lui demanda-t-il.

— Ils étaient si nombreux ! murmura Lisaveta, frissonnant à cette pensée. Je n'aurais pas survécu, n'est-ce pas ?

« Vous auriez préféré ne pas survivre, après ce qu'ils vous auraient fait subir », pensa Stefan. Mais c'était une réponse qu'il ne pouvait faire.

— Oubliez tout cela, dit-il simplement. Ce n'était qu'un rêve.

La réputation de sauvagerie des bachi-bouzouks envers les femmes n'était plus à faire. Supplétifs de l'armée turque, ils n'avaient que le pillage pour salaire et le viol comme unique plaisir. Même les Turcs les redoutaient. Pour voyager vite, ils ne s'encombraient pas de bagages ; dès qu'une femme avait satisfait leurs besoins immédiats, ils la tuaient, d'une manière toujours atroce. Dans ces conditions, il n'était pas étonnant que la comtesse eût des cauchemars à la suite de son aventure.

Ses yeux étaient toujours agrandis par la terreur.

— Je vous dois une reconnaissance éternelle, dit-elle dans un souffle. Et je suis confuse de m'être conduite comme une sotte avec vous. Je vous ai irrité, je le sais.

— Mais non, c'est moi qui dois vous présenter des excuses pour ma brutalité, répondit Stefan. Ma seule excuse est que je viens de passer trois mois en campagne et que je suis exténué. Je suis désolé.

— Dans ce cas, il faut aussi que je me fasse pardonner de vous avoir donné un travail supplémentaire.

Stefan sourit, et son visage s'éclaira d'un charme juvénile.

— Je pense, dit-il, que nous avons maintenant accompli nos devoirs de société. Vous êtes désolée. Je suis désolé. Nous avons battu notre coulpe. A présent, j'aimerais penser que notre rencontre fortuite fut une merveilleuse chance, et j'ai l'intention de remercier comme il se doit mon magicien kurde pour son intervention.

Stefan ne plaisantait qu'à moitié. Lisaveta avait été littéralement jetée sur son chemin, et son tempérament mystique le poussait à reconnaître dans cette affaire une intervention quasi divine.

— Etes-vous sérieusement blessée? demanda-t-il en se rappelant soudain la violence du choc lorsque la jeune femme était tombée sur le sol.

— Ma tête... tout près de l'oreille droite.

« Il faudra que je fasse attention », songea Stefan.

— Et puis... comment dire... j'ai aussi très mal dans le bas du dos, ajouta la comtesse en rougissant.

« Une autre zone à protéger », ajouta Stefan pour sa propre gouverne.

— Je... je crois que je devrais m'habiller, dit alors Lisaveta qui commençait à trouver gênante sa nudité.

Mais le prince avait d'autres projets. Entre eux, le jeu ne faisait que commencer.

— La servante vous a-t-elle apporté de nouveaux vêtements? demanda-t-il.

— Non.

— Alors, attendez jusqu'à demain matin, et je vous trouverai un tailleur. J'enverrai Haci en recruter un pour vous.

— C'est que je ne suis pas aussi libertine que vous...

Lisaveta venait de comprendre ce qu'impliquait la proposition du prince.

— Je pense, petit cœur, répondit Stefan en approchant ses doigts, que vous êtes encore plus libertine que moi, et j'ai l'intention de le prouver.

— Votre réputation...

— Foin de ma réputation. Embrassez-moi.

Lisaveta obéit. Elle se pencha vers lui, comme attirée par une force extérieure à elle.

— Je ne devrais pas, murmura-t-elle cependant.

Comme si ses mots pouvaient encore stopper ce que tout son corps réclamait.

Stefan sut, immédiatement, qu'elle n'avait jamais encore embrassé d'autre homme avant lui. Devait-il en concevoir des scrupules ? Pas du tout ! décida-t-il. Après trois mois de campagne, il ne voulait penser qu'à la chance insensée qui mettait une ingénue en sa présence, une ingénue avec qui il ferait l'amour. Il n'avait pas le droit de refuser ce don de l'innocence et de la pureté, après les interminables semaines de carnage qu'il venait de vivre.

Il lui déposa une longue chaîne de baisers.

A présent, Lisaveta n'était plus que joie et orgueil. « Il se sent attiré par moi, songeait-elle. Je suis une femme ! » Ce sentiment, merveilleux dans sa splendeur et sa nouveauté, la bouleversa, et elle crut que son être s'épanouissait enfin, après avoir été tenue trop longtemps sous le boisseau. Elle ne s'étonnait plus que les gravures représentant le prince Bariatinsky fussent si amoureusement collectionnées par toutes les femmes de l'empire. Car il était comme un ange déchu, envoyé sur la terre pour pervertir délicieusement les femmes.

— J'aime vos baisers, murmura-t-elle. Ils me font frissonner. J'ai chaud et j'ai froid partout.

Stefan accueillit avec gratitude cet aveu si plein de spontanéité. Le sourire aux yeux, il répondit :

— Merci.

La naïveté de la jeune femme l'enchantait, et la façon dont elle commentait ce qui lui arrivait l'amusait.

— Embrassez-moi encore, dit-elle sur le ton d'un enfant qui redemande des sucreries.

— A votre service, mademoiselle.

Stefan Bariatinsky, l'homme le plus décoré et le plus célèbre de l'empire, le soldat le plus sourcilleux de son honneur et de son indépendance, ne refusait jamais d'obéir aux ordres d'une jolie femme.

— Il faut me dire..., murmura-t-il. Comme ceci... est-ce que vous aimez ? Et là ?

Un soupir lui répondit.

Il couvrit Lisaveta d'une myriade de baisers, rapides ou attentifs, parcourant ainsi, à petites étapes, le corps qui lui était offert. Il parvint au long cou de cygne palpitant de désir, et déversa dans une oreille un chapelet de mots amoureux — dont il savait qu'ils éveillent les sens plus sûrement que certaines caresses précises.

Il connaissait tout des jeux de l'amour, et Lisaveta, l'ingénue, répondait à ses initiatives de la façon qu'il avait prévue, ses petites mains accrochées aux galons bleus de sa robe de chambre couleur de cannelle.

— Il faut que vous me fassiez l'amour, murmura-t-elle en l'attirant plus près.

— Et si je ne veux pas ?

Ce n'était qu'un jeu, car le désir habitait Stefan, plus impatient que certaines fièvres tropicales.

— Je vous donnerai du plaisir, promit la jeune femme.

Déjà, elle ouvrait la robe de chambre qui la gênait dans son projet, jouait avec la ceinture, s'activait sur le nœud qu'elle n'arrivait pas à défaire.

C'était un appel que le prince ne pouvait ignorer. Rejetant son vêtement d'un coup d'épaule, il s'affala sur le lit et enlaça la comtesse.

⁂

— Est-ce que je suis morte ? demanda Lisaveta beaucoup plus tard.

— Non, chérie. Mais croyez-moi, vous venez de vivre pour la première fois ce qui constitue le meilleur de la vie...

3.

Le lendemain matin, Stefan décida de ne pas rentrer directement à Tiflis. Il envoya sa garde en avant et passa plusieurs jours en compagnie de la comtesse, dans la villa. Ils ne sortirent pas beaucoup... Lorsque enfin ils se résolurent à reprendre la route du nord, Lisaveta disposait d'une garde-robe hétéroclite mais décente, constituée de bric et de broc par le seul couturier français d'Alexandropol.

Le voyage, qui dura plusieurs jours, se déroula sans incident notable et Lisaveta put, pour la première fois de sa vie, admirer le panorama de Tiflis.

L'arrivée des voyageurs avait été annoncée au palais, et lorsqu'ils se présentèrent au pied du grand escalier de marbre qui y conduisait, toute la domesticité se trouvait réunie pour les accueillir. Stefan adressa de loin un premier salut à tout le monde.

Puis, apercevant les deux femmes sur le perron, il tressaillit.

Sa tante Militza vivait avec lui, sa présence n'était donc pas étonnante. Mais Nadejda ? Que faisait-elle ici, à trois mille kilomètres de Saint-Pétersbourg ? Sans rien montrer de ses préoccupations, Stefan aida Lisaveta à descendre de cheval et la présenta à son majordome qui s'inclina avec respect. Après quoi, il lui fit monter les marches conduisant à la terrasse où attendaient les deux femmes.

Lui prenant le coude, il la conduisit d'abord devant la plus âgée, une femme très digne aux cheveux gris, vêtue d'une robe violette.

— Tante Militza, permettez-moi de vous présenter la comtesse Lazaroff.

Après un rapide échange de politesses, Stefan attira Lisaveta devant la jeune personne très blonde. Si blonde qu'elle en paraissait insipide.

— Et voici ma...

Il hésita.

— Sa fiancée, assura l'intéressée avec un sourire pincé.

— Princesse Nadejda Taneiev, puis-je vous présenter la comtesse Lazaroff ?

— Etes-vous la fille de Félix ? intervint Militza.

— Oui, répondirent simultanément Lisaveta et Stefan.

— J'ai connu votre père il y a bien des années, reprit la vieille dame avec un bon sourire. C'était un merveilleux danseur.

Lisaveta ne put s'empêcher de sourire à son tour, malgré le ressentiment qui montait en elle contre Stefan. Pourquoi avait-il omis de lui préciser qu'il avait des engagements envers une jeune fille ? Non pas qu'elle fût assez naïve pour espérer se faire épouser après quelques nuits amoureuses : après tout, elle était autant responsable, sinon plus que le prince, de ce qui leur était arrivé. Mais elle attendait un minimum d'honnêteté dans leurs relations.

— Je ne savais pas que papa dansait si bien, dit-elle. Je ne l'ai même jamais vu exercer cet art.

— Il était adoré de toutes les femmes, puis il a rencontré votre mère... Comment avez-vous fait la connaissance de mon neveu ?

Lisaveta ne répondit pas immédiatement, ne sachant comment présenter ces circonstances... délicates.

— Elle avait été enlevée par les bachi-bouzouks, indiqua Stefan. Nous leur avons donné la chasse et...

— Et vous l'avez sauvée, on avait déjà compris !

Le ton aigre de la blonde Nadejda disait assez qu'elle ne voyait rien de bon dans cette aventure. Militza proposa une diversion.

— Pourquoi n'entrez-vous pas prendre le thé ?

— Auparavant, il faudrait que nous fassions un peu de toilette, lui opposa Stefan.

Il voulait gagner du temps avant une réunion qui promettait d'être houleuse. « Quel manque de chance ! songeait-il. Nadejda devrait être à Saint-Pétersbourg. Qu'est-ce qui a pu la décider à faire ce voyage, avec la poussière sur les routes en cette saison ? »

Lisaveta aussi se trouva soulagée d'échapper, pour un moment encore, à une confrontation qui la gênait. Tout ce qu'elle désirait maintenant, c'était trouver une diligence prenant la direction du nord, et laisser Stefan s'expliquer avec sa peu aimable fiancée.

Tante Militza comprit parfaitement ce qui se passait dans l'esprit des deux jeunes gens. Avec un sourire entendu, elle répondit :

— Bien sûr, où avais-je la tête ? Vous devez vous rafraîchir un peu. Nous vous attendrons sur la terrasse dans une demi-heure.

Puis elle se tourna vers la fiancée maussade.

— Venez, Nadejda. Vous m'aiderez aux préparatifs.

La blonde hésita brièvement. Son regard allait de Stefan à Lisaveta et de Lisaveta à Stefan. Elle semblait prête à éclater. Finalement, elle pivota abruptement sur ses talons et rentra à l'intérieur du palais, où Militza la suivit.

Après le départ des deux femmes, Stefan et Lisaveta restèrent silencieux. Les seuls sons qu'on entendait sur la terrasse étaient le murmure du vent dans les grands cyprès qui bordaient l'escalier. Issus de ceux qu'avait plantés la Grande Catherine au cours de son voyage triomphal en Crimée, un siècle plus tôt, ils réussissaient à faire paraître plus petit le palais, pourtant colossal, qui surplombait la colline et offrait une vue magnifique sur Tiflis.

Enfin, Lisaveta prit la parole, d'une voix douce, mais forte d'une violence contenue.

— Pourquoi ne m'avez-vous rien dit ?

Stefan ne répondit pas. Il la regardait en songeant que sa robe de soie piquée mettait parfaitement en valeur son teint hâlé après plusieurs jours de voyage au soleil. Et comme il connaissait la douceur de sa peau, il pensa : « Soie sur soie. »

— Pourquoi ? insista Lisaveta d'une voix un peu plus aiguë.

— Je pensais que cela n'avait pas d'importance, dit-il avec simplicité.

C'était la vérité. Stefan n'avait pas encore réussi à penser que sa fiancée faisait partie de sa vie.

— Pas d'importance ? s'exclama Lisaveta, les yeux emplis de colère et d'incrédulité.

Il aurait voulu lui dire que Nadejda n'avait rien à voir avec leur relation mais il n'osa pas se montrer si cruellement cynique. Au lieu de quoi, il expliqua platement :

— Je n'ai pas trouvé l'occasion de le faire.

— En huit jours ?

Stefan laissa alors échapper un soupir bruyant, comme il faisait toujours lorsqu'il se trouvait en face de femmes blessées, et confronté à leurs questions insolubles.

— Je suis désolé, dit-il encore.

La comtesse Lazaroff le toisa avec un regard plein de mépris, de colère et d'incrédulité.

— De quoi êtes-vous désolé ? De ce que j'aie découvert l'existence de Nadejda ?

Il y avait de la vérité là-dedans, reconnut Stefan. Mais pouvait-il l'avouer ?

— Je suis vraiment désolé, reprit-il en désespoir de cause. J'aurais dû tout vous expliquer.

— Ça oui, vous auriez dû.

— Est-ce que cela aurait changé quelque chose entre nous ? demanda-t-il en prenant doucement le bras de la jeune femme, comme il l'avait fait si souvent au cours des jours précédents.

En réponse, il reçut un : « Ne me touchez pas ! » qui lui apprit qu'en effet, l'existence de Nadejda changeait quelque chose dans leurs relations.

— Mais elle n'a aucune importance pour moi ! affirma-t-il.

— Elle devrait ! C'est votre fiancée.

Stefan haussa les épaules, puis se rapprocha pour enlacer Lisaveta.

— Faites attention ! lui reprocha-t-elle en faisant un pas en arrière. On nous épie peut-être.

— Et alors ? Nous ne faisons rien de mal.

— Je ne suis pas blasée comme vous.

— Je vous apprendrai...

Pour s'empêcher de sourire, Lisaveta essaya de bien se mettre en tête qu'elle avait affaire à un homme sans principes et trop beau pour être honnête. Elle connaissait sa réputation, et elle ne devait en aucune façon se soumettre à son sourire enjôleur. Mais à son sourire malicieux, il ajouta un clin d'œil qui fit fondre toutes ses préventions.

— Vaurien ! lui jeta-t-elle en désespoir de cause.

— Ça, c'est un terme de moraliste, et c'est la première fois que je vous entends parler de cette façon.

— C'est aussi la première fois que j'entends parler de votre fiancée. La situation est délicate.

— Allons donc ! Mon palais comprend plus de deux cents chambres. Si tel est votre souhait, vous ne verrez plus cette petite Nadejda.

— Vous êtes trop accommodant.

— C'est une capacité que je dois à ma longue vie de militaire. Pardonnez-moi, douchka, et pardonnez à Nadejda son intrusion dans notre vie. Je la tancerai, car je ne veux pas qu'elle gâche notre séjour ici : je n'ai qu'un mois de permission.

C'était la première fois que Stefan indiquait aussi clairement à Lisaveta qu'il désirait qu'elle passât avec lui la durée de son congé. Peut-être était-ce une affaire entendue pour lui, peut-être était-il habitué à ce que ses conquêtes restassent à son côté aussi longtemps qu'il le désirait ? Après l'enchantement qu'avaient été pour elle les huit derniers jours, Lisaveta imaginait parfaitement ce que serait son séjour dans le palais du prince. Cependant, elle était trop sensée, trop raisonnable pour se résigner à n'être qu'une image de plus dans la longue suite des femmes qui passaient plus ou moins brièvement dans la vie de Stefan Bariatinsky.

— Je vous remercie de votre offre, lui dit-elle d'un ton résolu, mais je dois retourner dans mes terres aussi tôt que possible.

— Vous resterez bien quelques jours, au moins ?

Lisaveta fit « non » de la tête.

— Vous ne voulez pas ? insista Stefan.

— Je ne peux pas.

— Pourquoi ?

— J'ai beaucoup à faire.

— Pourtant, j'ai risqué ma vie pour vous tirer des griffes turques. Vous me devez bien un petit quelque chose.

Lisaveta sourit.

— Ce genre d'argument fait-il habituellement de l'effet ?

— Ça marche à tous les coups, répondit Stefan en lui rendant son sourire.

— Eh bien, voici l'exception qui confirme la règle !

— Vraiment ?

— Vraiment.

Stefan, sans doute sincèrement chagriné, prit l'air trop poli d'un petit garçon à qui on vient de refuser un jouet onéreux et qui essaie d'obtenir un prix de consolation.

— Alors, vous resterez bien jusqu'à demain matin. Tante Militza serait inconsolable si vous ne lui racontiez pas vous-même vos aventures... N'oubliez pas qu'elle était une amie de votre père.

Lisaveta hésita, mit en balance ses sentiments et ses intérêts.

— Simplement une nuit de plus, accorda-t-elle. D'accord ?

— Promis.

— A condition que votre fiancée n'ait pas à en souffrir.

— Cela va de soi, répondit Stefan, un peu trop vite.

Il avait confiance en lui. En une nuit, il réussirait à faire changer d'avis la comtesse Lazaroff.

Une vue superbe depuis la terrasse, un soleil atténué par un treillis de roses, une brise rafraîchissante et chargée de parfums, un samovar immense au centre d'une table magnifiquement préparée pour le thé. Cette petite cérémonie domestique promettait d'être intéressante.

Intéressante, mais aussi très instructive : Lisaveta ne tarda pas en effet à apprendre que Stefan ne connaissait Nadejda que depuis trois jours lorsqu'il lui avait proposé le mariage.

— Avez-vous été violée, ma chère ? s'enquit tante Militza après avoir sacrifié aux considérations d'usage sur le temps, l'état des routes et la situation de la guerre.

En posant sa question, elle passa à Lisaveta un plateau chargé de petits fours. Comme la jeune femme lui jetait un regard effaré, elle crut utile de préciser :

— Je veux dire... par les bachi-bouzouks, bien sûr.

Choqué lui aussi, Stefan reposa sa tasse et déglutit avec difficulté. Quant à Nadejda, elle faisait celle qui n'avait rien entendu. Comme Lisaveta tardait à répondre, le prince entreprit de le faire à sa place.

— Rassurez-vous, ma tante, nos troupes sont intervenues à temps.

— Quelle chance ! s'exclama la digne vieille dame, du ton dont elle aurait salué le retour du soleil après plusieurs jours de pluie ininterrompue.

Elle se tourna vers Nadejda pour lui dire :

— Vous êtes bien d'accord avec moi pour reconnaître que nous avons là une pure manifestation de la chance ?

— Il est bien connu que la fortune favorise toujours Stefan, rétorqua Nadejda d'un ton glacial.

— Lisaveta aussi a de la chance de s'être si bien tirée d'un voyage dans la zone des combats, reprit le prince d'un ton enjoué. Expliquez-nous un peu ce que vous faisiez là.

— Je fuyais pour échapper à un harem, répondit brièvement Lisaveta.

— Un harem ? s'exclama tante Militza. Comme c'est intéressant !

— C'est dégoûtant, oui ! répliqua Nadejda en jetant néanmoins un coup d'œil quelque peu égrillard à la comtesse.

— Mon neveu m'a dit que vous vous intéressez au poète Hafiz. Il est aussi un de mes auteurs préférés. Il faudra que vous voyiez la collection qui se trouve ici.

— Je ne l'ai jamais vue, minauda la fiancée de Stefan. Pourquoi ne m'en avez-vous jamais parlé ?

— Cela ne vous intéresserait pas ! coupa Militza d'un ton abrupt.

Mais Nadejda tenait à faire valoir ses droits. Ignorant la remarque de la vieille dame, elle adressa des reproches à Stefan.

— Je pense que s'il y a ici une collection à laquelle vous tenez particulièrement, je devrais être la première à la voir. Surtout s'il s'agit de poésie. Savez-vous qu'à l'académie de Mme Lebsky, j'ai obtenu un premier prix de poésie ? Mme Lebsky affirmait volontiers que mes compositions soutenaient la comparaison avec les grands auteurs grecs.

Stefan, qui n'avait pas l'habitude d'évoquer sa collection d'érotiques avec des dames de la bonne société, ne savait plus que dire. Il adressa un froncement de sourcils à sa tante pour la prier de changer de sujet.

De son côté, tout au souvenir des vers qu'elle avait commis, Nadejda essayait de se les rappeler pour en faire profiter les convives. Comme prise d'une inspiration subite, elle se leva, un sourire extatique aux lèvres et s'adressa à Stefan comme s'ils étaient seuls sur la terrasse.

— Mon chéri, voulez-vous entendre le poème qui m'a valu un premier prix ?

Sa bonne éducation n'autorisait au prince qu'une seule réponse. A regret, il la donna.

Alors, le petit auditoire médusé fut régalé par une description rimée d'un coucher de soleil sur le grand lac Baïkal. Nadejda n'avait pas lésiné sur les métaphores, qui tournaient toutes autour de la pâtisserie. Lorsque l'œuvre arriva à son terme, Stefan se demanda s'il pourrait jamais revoir un coucher de soleil sans imaginer qu'une immense gamelle de caramel se déversait à l'horizon.

Des applaudissements polis suivirent la conclusion du poème, et un sourire satisfait éclaira le visage habituellement boudeur de Nadejda. Stefan, lui, s'inquiétait sérieusement : il n'avait jusque-là que peu fréquenté sa fiancée, que ce fût au bal ou en promenade, et toujours en compagnie d'autres personnes. Jamais il n'avait eu avec elle de vraie conversation, et il se demandait s'il était possible qu'elle eût la tête aussi futile et aussi vide.

— Merci, Nadejda, soupira Militza, d'une voix empreinte d'une jovialité toute factice.

Avec un sourire un rien narquois, elle se tourna vers son neveu pour lui proposer :

— Vous devriez emmener votre fiancée faire une petite promenade. Ainsi, la comtesse et moi aurons tout loisir de parler de poésie.

En temps ordinaire, Stefan aurait accepté la suggestion de sa tante, qui avait sur lui une autorité qu'il ne discutait pas. Mais cette fois, il se rebella.

— Je regrette, ma tante, mais la comtesse et moi avons plusieurs sujets à discuter. Il faut qu'elle se procure de l'argent pour son voyage de retour. Si vous voulez bien nous excuser jusqu'à l'heure du repas...

La tante ne s'offusqua pas. Avec ce sourire entendu qu'elle produisait chaque fois qu'elle prononçait des paroles lourdes de sous-entendus, elle donna sa permission à Stefan.

— Bien sûr, dit-elle. Vaquez à vos occupations. Nous pouvons, si vous le voulez, fixer l'heure du dîner à 10 heures.

Le « oui » ravi de Stefan et le « non » de Lisaveta résonnèrent en même temps.

— Ma situation financière ne sera pas longue à débrouiller, expliqua la comtesse avec un calme qu'elle était loin d'éprouver. Je suis sûre qu'un banquier de Tiflis acceptera de me procurer l'argent nécessaire. Et même si mon nom n'est pas connu ici, celui de père ou de mon cousin Nikki sera un gage suffisant.

Lisaveta refusait absolument de tomber dans les pièges tendus par Stefan. S'il ne pouvait supporter la présence de sa fiancée, elle ne serait pas une compagne de remplacement ; et s'il pensait qu'il n'avait qu'à claquer des doigts pour la faire accourir, il se trompait lourdement.

— Je vous remercie vivement, lui dit-elle avec un bon sourire, mais vous prenez trop de peine pour moi. Je saurai me débrouiller seule.

Elle se pencha vers la table et saisit sa tasse de thé. Mais elle avait affaire à un militaire, habitué à retourner, en amour comme au combat, les affaires les plus mal engagées. Une poigne de fer lui enserra la main.

— Mon banquier, mademoiselle, se fera un plaisir de vous obliger, avec mon nom comme caution, déclara Stefan. En outre, vous oubliez que vous devez encore vous occuper de ces papiers que Haci a arrachés aux bachi-bouzouks lors de notre intervention.

Pétrifiée par tant d'audace, Lisaveta songea que cet homme n'avait vraiment aucun scrupule. Cette histoire de papiers n'était que pure invention ! Pendant un moment, elle eut même envie de le lui rappeler pour le mettre en position difficile devant sa délicieuse fiancée. Mais, d'un autre côté, elle n'avait pas envie de prolonger cette cérémonie avec une jeune fille qui lui portait sur les nerfs. Aussi accepta-t-elle l'évasion que Stefan lui proposait.

— Je suis sûre que cela ne nous prendra pas plus de quelques heures pour les trier et nous assurer que rien d'important ne manque, reprit-il, tout sourire puisqu'il avait compris que Lisaveta acquiesçait tacitement à son mensonge. Nous pourrons dîner à 10 heures.

Il attendit, confiant. Et Lisaveta lut dans ses yeux tout le plaisir qu'il se promettait de lui offrir. Elle attendit peut-être cinq ou six secondes avant de répondre, chagrinée par l'aplomb infernal de cet homme.

— Merci, dit-elle finalement. Il faut que je voie les rapports de père, mais je ne pense pas qu'il soit nécessaire de retarder le dîner pour nous.

Elle se tourna alors vers la tante Militza pour lui indiquer, avec un bon sourire :

— 8 heures, ce sera très bien.

« Egalité ! » songea Militza. Elle songea aussi encore une fois que la comtesse Lazaroff serait pour son neveu une compagne bien plus intéressante que cette petite pimbêche de Nadejda.

— Parfait, dit-elle. Nous dînerons donc à 8 heures. Maintenant, allez, mes enfants. Nadejda et moi nous ennuierions à mourir si nous devions compulser ces rapports.

Comme Stefan et Lisaveta quittaient la terrasse, ils entendirent la fiancée délaissée qui déclarait à sa compagne :

— Il faudra que Stefan me montre sa collection, car elle sera un peu à moi dans quelque temps. Et puis, j'aime tellement la poésie...

— Vous n'avez vraiment aucun scrupule ! lança Lisaveta d'une voix irritée.

Elle secoua son bras pour libérer son poignet que tenait toujours Stefan. Celui-ci la guidait à travers le palais, d'une main un peu trop ferme à son goût.

— Lâchez-moi, à la fin ! reprit-elle d'un ton hargneux. Vous êtes égoïste, débauché. Vous êtes...

— Attiré par vous, oui, dit-il avec ce sourire qui semblait capable de faire fondre les glaces polaires.

Ses doigts tenaient toujours fermement le poignet de Lisaveta ; il lui fit traverser plusieurs salons au pas de charge.

— N'essayez pas de m'éblouir avec votre damné sourire, reprit la jeune femme en le suivant malgré elle.

— Calmez-vous, ma chérie. Des serviteurs vous regardent.

— Je ne suis pas votre chérie. Et vous connaissant comme je vous connais, je suis sûre que vos serviteurs ont assisté à bien d'autres scènes plus croustillantes.

Comme il la tirait sans daigner répondre, Lisaveta demanda :

— Où m'emmenez-vous ? Dites-le-moi à l'instant, ou je fais une scène... Allons, soyez raisonnable, lâchez-moi. Nous nous reverrons au dîner... Pourquoi ne voulez-vous pas passer l'après-midi à montrer vos collections coquines à votre petite fiancée ?

Stefan éclata de rire, mais ne ralentit pas sa marche pour autant.

— Vous pensez qu'elle aimerait cela, la pauvre ?

— Je ne sais pas, mais vous aurez sûrement des problèmes si vous la conduisez à l'autel.

— Voilà une pensée intéressante, dit-il à mi-voix.

— Vous ne la connaissez pas vraiment, n'est-ce pas ? interrogea Lisaveta.

Au même moment, Stefan ouvrait la porte de son bureau, son refuge, sa pièce préférée parmi les deux cent dix-huit que comptait le palais. C'était dans cet endroit minuscule qu'il conservait ses souvenirs les plus précieux.

— Je n'ai vu Nadejda qu'une semaine, il y a six mois environ, expliqua-t-il. Elle m'écrit, et il m'arrive même de lui répondre.

Lisaveta n'était pas complètement isolée du monde aristocratique dans lequel elle était née. Elle savait que la plupart des mariages étaient arrangés pour de multiples raisons, parmi lesquelles l'amour figurait bien peu souvent. Mais Stefan avait tant de choses à offrir à une femme qu'elle trouvait choquant qu'il eût choisi une fiancée aussi insipide.

— Quand vous marierez-vous ? demanda-t-elle.

— Sans doute l'année prochaine, répondit-il du ton

dont il aurait indiqué à son valet quelles bottes il voudrait mettre.

Après quoi, il expliqua :

— Ce mariage n'est pas ma priorité, comprenez-le. Dans un an, je serai peut-être mort... Venez, et asseyez-vous.

Lisaveta regarda autour d'elle. Dans ce sanctuaire personnel, orné des souvenirs rassemblés par le prince, celui-ci semblait différent. Des photos du tsar, des portraits de ses parents, lui-même, le plus souvent en uniforme. Des icônes précieuses et des médailles, des épées et des armes à feu... Avec un soupir, elle songea que le guerrier au repos, l'homme le plus courtisé d'Europe, le sauveur de la Russie, était là, devant elle, dans son cabinet privé, et lui demandait simplement de s'asseoir.

Mais Lisaveta ne voulait pas s'asseoir.

Peut-être avait-elle trop de principes, alors qu'il n'en avait aucun. Peut-être devait-elle dire « oui » à son invitation — à toutes ses invitations —, sans se soucier de la fiancée qui sans doute tournait en rond quelques pièces plus loin ? Peut-être... Mais Lisaveta ne tenait pas à se fondre dans la foule des femmes à qui Stefan avait lancé de semblables invitations. Elle aussi voulait choisir, éventuellement rejeter.

— Je ne vous remercierai jamais assez de m'avoir sauvé la vie, dit-elle en marchant lentement dans la petite pièce.

Il lui semblait qu'en restant debout, elle augmentait ses capacités de résistance.

— Sans aucun doute, poursuivit-elle, je me souviendrai toute ma vie du plaisir que vous m'avez donné au cours de la semaine écoulée.

« Tout le plaisir était pour moi », songea Stefan. Les jours qu'il venait de passer avec Lisaveta n'avaient pas été seulement passionnés au-delà de tout ce qu'il avait connu jusqu'alors, mais en plus, ils s'étaient révélés différents parce qu'il avait pu, aussi, parler avec sa maîtresse. Leurs conversations avaient été un échange d'idées et de sentiments. Jamais il n'avait parlé avec une femme comme il l'avait fait avec la comtesse Lazaroff. Elle était pour lui comme une amie, et même beaucoup plus que cela, parce qu'en plus, ils partageaient le même lit.

— Très franchement, reprit la jeune femme, vous m'avez révélé l'indigence de mes fantasmes érotiques.

Autre avantage de Lisaveta : elle disait les choses directement, sans s'embarrasser de circonlocutions. En même temps, cependant, il restait en elle une certaine charge de naïveté qui la rendait particulièrement attachante.

— Pourtant, continua-t-elle, je n'ai aucune envie de poursuivre nos relations sous le nez de votre fiancée. Je sais que cela n'a aucune importance pour vous, mais pour moi, cela en a. Laissez-moi simplement vous dire que c'était très bien, mais que c'est terminé.

S'arrêtant devant le prince, et le fixant droit dans les yeux, elle lui infligea la conclusion de son raisonnement :

— Nous devons être raisonnables.

Stefan avait écouté poliment, se gardant bien de bouger ou de l'interrompre pendant qu'elle exprimait ses sentiments. Silencieux, il la regardait se mouvoir avec grâce sur l'épais tapis de Kouba. Pour lors, c'était à lui de parler.

— Je n'ai pas envie d'être raisonnable.

— Fort bien. Mais moi, je ne suis pas intéressée par ce que vous voulez.

— Je me demande si vous êtes intéressée par ce que vous voulez, vous, insinua alors Stefan d'une voix presque inaudible.

Lisaveta tressaillit et se fit incisive.

— De quoi voulez-vous parler ? De sexe ? Pourquoi ne pas le dire clairement ? En somme, vous voulez savoir si... si j'ai envie de vous ?

Il secoua la tête, son premier mouvement depuis qu'il s'était installé dans son fauteuil.

— Comment ? fit Lisaveta en haussant les sourcils. Vous ne...

— Non, car cela, je le sais déjà. Simplement, je me demandais si vous pourriez reconnaître cela.

De nouveau, son arrogante certitude agaça la jeune femme. Le prince Stefan Bariatinsky avait trop confiance en lui.

— Non, dit-elle, je n'ai pas peur de le reconnaître. Probablement qu'après notre délicieux voyage vers le nord, vous n'avez aucun doute sur mon intérêt pour vos... comment dire ? vos atouts...

Stefan sourit, appréciant à sa juste valeur ce délicat choix de terme.

— Cependant, reprit Lisaveta, je n'ai aucune envie de jouer mon rôle dans une mauvaise pièce de théâtre incluant votre fiancée et vous.

— J'ignorais que Nadejda serait ici.

Dans la bouche de Stefan, ce n'était pas une excuse, mais une simple constatation de faits indépendants de sa volonté.

— Certes, mais maintenant, elle est ici. Pleine de chagrin et de ressentiment. Comment l'en blâmer ?

— Nous pourrions partir...

— Non. Nous ne pouvons pas. Je ne veux pas. Non, je ne serai pas l'exutoire de vos idées libidineuses... Et ne me touchez pas !

Stefan, qui venait de se lever avec une rapidité suspecte, resta debout, comme si les mots de Lisaveta l'avaient blessé. Puis il porta la main au col de sa tunique, dont il défit les boutons.

— Rassurez-vous, dit-il ensuite, je ne vous forcerai pas à quelque chose que vous ne voudriez pas.

— Fort bien, répliqua Lisaveta. Je ne veux rien.

Elle aurait dû, dès lors, quitter la pièce. Cela aurait donné plus de crédibilité à ses assertions péremptoires. Mais elle resta là, et Stefan prit bonne note de cette petite erreur de stratégie.

— Savez-vous, demanda-t-il, quelles horreurs j'ai vues au cours des trois derniers mois ? Savez-vous que les Turcs peuvent écorcher un homme vivant, et que c'est un supplice qui dure des heures et des heures ? Les cris que pousse le malheureux semblent venir d'une créature inconnue sur terre. On ne les oublie jamais.

Stefan fit une pause, et prit une profonde inspiration avant de reprendre, la voix plus forte :

— Quand on entend ces cris, on se sent couvert d'une sueur glacée. On reste éveillé toute la nuit, et on prie Dieu de ne jamais être capturé vivant. Et l'on s'étonne de retrouver le courage de combattre un ennemi aussi cruel, et l'on s'étonne de durer ainsi un autre mois, puis deux, puis trois, sans presque plus dormir, en mangeant une nourriture infecte et en apprenant chaque jour la mort d'un ami. Des milliers de Russes sont morts pendant le siège de Kars, et si je suis en permission actuellement, c'est que nous procédons à des réaménagements avant de reprendre le combat.

Le prince jeta un regard autour de lui, comme pour se convaincre qu'il avait échappé, pour un temps au moins, aux horreurs qu'il venait de décrire.

— La semaine dernière, dit-il, vous m'avez aidé à oublier tout cela.

— C'est aussi grâce à vous que j'ai oublié, reconnut Lisaveta.

Stefan sourit.

— Alors, nous nous sommes apporté une aide

mutuelle... C'est avec vous que je me suis souvenu qu'il y avait encore des rires et de l'amour dans le monde.

— Je sais, Stefan, murmura Lisaveta dans un souffle. Je sais ce que vous ressentez. La vie est tellement plus précieuse pour moi, maintenant que j'ai failli la perdre. Mais je ne veux pas... Je crois que je n'aurai pas assez des jours qui me restent pour vous remercier.

Elle se rendait compte qu'elle prenait trop de précautions avec le héros de la Russie. Aussi décida-t-elle, enfin, de briser là.

— Je monte dans ma chambre pour me reposer jusqu'au dîner. Je partirai demain matin.

— En êtes-vous bien sûre ?

— Parfaitement.

— Rien de ce que je dirai ne vous fera changer d'avis ? insista encore Stefan en souriant.

— Ecoutez, Stefan, répondit Lisaveta en lui retournant son sourire. Vous pouvez avoir toutes les femmes que vous voulez. Vous n'avez pas besoin de moi ! De plus, ne put-elle s'empêcher d'ajouter avec perfidie, vous avez ici Nadejda pour vous distraire.

— Chienne ! murmura Stefan.

Ce mot, dans sa bouche, sonnait plus comme un compliment que comme une insulte.

— Pardonnez-moi, dit-elle. Je ne recommencerai pas. A tout à l'heure... *mon chou.*

Elle lui envoya un baiser et disparut dans le couloir. Stefan eut encore le temps de lui lancer :

— A ce soir, *mon chou.*

Il lui ferait l'amour et la convaincrait ainsi de rester. Lui, le meilleur soldat du tsar, n'avait encore jamais perdu de bataille.

4.

Vêtue de crêpe de Chine, une tiare de diamants dans ses cheveux relevés avec art, Nadejda aurait été une convive fort agréable sans sa langue de vipère. Alors même qu'elle s'asseyait, elle avait commencé de se plaindre, et n'avait plus arrêté de tout le repas. Et c'était la chaleur qui l'oppressait, et c'étaient les serviteurs qui ne connaissaient pas les manières, et c'était la cuisine géorgienne qui était vraiment insupportable à tout palais civilisé comme le sien...

— Nous, nous avons toujours eu des cuisiniers français, glapit-elle. Ce sont les seuls possibles !

A bout de patience, tante Militza finit par lui répondre :

— Peut-être, mais nous sommes en Géorgie et nous n'avons pas besoin de cuisinier français.

Voulant obtenir la caution de Stefan, la blonde se tourna vers lui avec un sourire enjôleur.

— Je suis sûr, très cher, que vous apprécieriez beaucoup la cuisine française, si seulement vous vouliez l'essayer.

— Oh, moi, bougonna le prince, vous pensez bien qu'après trois mois de campagne, je serais capable de manger n'importe quoi.

Il agita la main en direction du majordome.

— Georgi, remplissez le verre de ces dames.

— Pas pour moi, minauda Nadejda. Maman dit toujours qu'une femme du monde ne boit pas plus de deux verres de vin par repas.

Ses yeux d'un bleu un peu trop clair jetèrent un regard empli de dédain en direction de Militza qui, elle, trinquait aussi volontiers que son neveu. La vieille dame ne laissa pas la remarque impunie.

— Votre mère est du nord, répliqua-t-elle avec perfidie. Dans ces pays, on ne boit que du thé, pour se garder au chaud.

Et pour bien montrer qu'elle se souciait de l'opinion de sa future nièce par alliance comme d'une guigne, elle dit au majordome qui la servait :

— Laissez-moi la bouteille, Georgi. Je m'en arrangerai.

Stefan ne put s'empêcher de sourire, et il pensa qu'il y avait une analogie entre certains repas et les champs de bataille. Puis son regard croisa celui de Lisaveta et immédiatement lui revinrent en tête les souvenirs d'une autre bouteille de vin, partagée avec elle dans une baignoire qu'ils avaient tirée sur la terrasse de la villa. Le soleil était chaud, et eux, plus chauds encore. Le vin, lui, était frais, et reposait sur un tabouret, à portée de leurs mains. Ils avaient fait longuement l'amour, sans cesser de boire et de rire, heureux et insouciants comme s'ils avaient été les deux seuls humains au monde.

« Ce soir, songea-t-il, je la toucherai de nouveau, et nous rirons, et nous ferons aussi bien que les autres fois, si c'est possible. »

Lisaveta fut la première à baisser les paupières, car elle était plus sensible que Stefan aux convenances. Le prince, il le montrait sans cesse, ne se souciait jamais de son comportement : il faisait ce qu'il avait envie de faire. En cela, il était bien le fils de son père. Seules ses fiançailles avec la princesse Taneiev étaient une aberration que la jeune femme ne s'expliquait pas.

— Aimez-vous mon vin ? demanda-t-il à Lisaveta.

Il avait posé la question pour avoir le plaisir de croiser son regard, mais aussi pour causer un petit déplaisir à sa fiancée.

— On dit que le soleil de Géorgie est captif dans nos bouteilles, ajouta-t-il.

— C'est vrai qu'il échauffe merveilleusement, répondit Lisaveta en souriant.

Elle en avait bu plusieurs verres et se sentait bien. Pleine d'optimisme, sans soucis. En fait, après avoir écouté les jérémiades continuelles de Nadejda, elle commençait à se sentir désolée pour Stefan. Cette jeune femme n'avait vraiment rien pour elle, ni charme ni humour ; elle n'était préoccupée que par sa position, et s'entichait de rites sociaux comme s'il s'agissait d'une liturgie. Quelle punition elle constituerait pour le prince, lui qui aimait tant rire !

— Cela me rappelle, continua Lisaveta en élevant son verre pour admirer le beau rubis du vin dans la lumière, cela me rappelle un vin de Tzinondali que j'ai bu un jour avec père. Il l'appelait « Vent d'ange », parce qu'après, nous nous sentions légers, légers...

— Celui que vous buvez, précisa Stefan, provient de mes vignes. Le saviez-vous ?

— Papa n'aime que les vins français, ne put s'empêcher de préciser Nadejda. Il dit que ce sont les meilleurs du monde, et les seuls qui conviennent à un gentleman.

Elle pontifiait, et s'adressait aux autres convives comme si elle leur apportait des nouvelles de la plus haute importance.

— Le tsar, d'ailleurs, ne boit que du champagne de France.

Stefan, qui avait vidé bien des bouteilles avec l'empereur Alexandre, savait pertinemment que ce n'était pas vrai. Mais il ne jugea pas utile de corriger la sottise de

Nadejda, d'autant plus qu'il se sentait plus intéressé par la jolie couleur rouge que prenaient les joues de Lisaveta.

— Vous avez sans doute raison, laissa-t-il tomber avec détachement.

En même temps, il pensait : « Etonnant ce qu'une femme de goût peut faire avec trois morceaux de chiffon... »

Lisaveta, en effet, portait une des robes récupérées à Alexandropol et arrangées tant bien que mal par le couturier réquisitionné par Haci. L'étoffe, fort belle au demeurant, un magnifique satin rose brodé de fil d'argent, convenait parfaitement au teint de la jeune femme. Mais ce qui fascinait surtout le prince, c'était le décolleté, ample, profond. Stefan ne pouvait s'empêcher de regarder les seins généreusement exposés, qui se soulevaient lentement au rythme de la respiration, et sur lesquels un collier de perles prêté par Militza mettait une note discrètement brillante. Il lui semblait que la peau de Lisaveta exsudait une chaleur et un parfum qui...

De peur de perdre la tête, il essaya de penser à autre chose. Il jeta un coup d'œil à la pendule et s'aperçut qu'il était déjà 9 h 30. Encore une demi-heure de conversation dans le salon, supputa-t-il, et ensuite chacun se retirerait dans ses appartements. Une demi-heure, ce pouvait parfois être très long. Impatient, Stefan songea que Lisaveta se trouvait à portée de sa main, qu'il aurait pu la toucher s'il l'avait voulu, mais qu'il ne pouvait pas. Tout cela parce que cette petite pécore dont il avait fait sa fiancée avait décidé, sans lui demander son avis, de lui imposer sa présence pour plusieurs jours !

Deux fois, Militza dut lui demander si l'archiduc Michel était retourné à Saint-Pétersbourg. Lorsqu'il eut enfin compris la question, il donna une réponse fort brève. Visiblement, son esprit était ailleurs. D'ailleurs, il ne fit plus aucun effort pour participer à la conversation et ne toucha presque plus aux plats qu'on lui présentait. Il fallut que Georgi, avec une familiarité qu'autorisait son service depuis l'enfance, le forçât à essayer une nouvelle recette d'esturgeon, ce à quoi Stefan consentit pour lui faire plaisir. Mais ensuite, il ne prit plus rien avant le sorbet au citron, son dessert préféré ainsi que le rappela le fidèle Georgi.

— Excusez-moi, mesdames, dit-il aussitôt la dernière bouchée avalée, mais j'ai promis à Haci de lui consacrer un peu de temps après le dîner. Merci à toutes pour cette charmante soirée que vous avez contribué à égayer.

Il se leva, s'inclina brièvement et quitta la pièce. Lorsque la porte se fut refermée derrière lui, Militza nota :

— Je ne sais pas si vous l'avez remarqué, mais il s'ennuyait un peu.

— Pauvre Stefan, soupira Nadejda. Il n'a aucune conversation.

« Pauvre sotte, songea Lisaveta. Comme si tu le connaissais ! »

Elle se rappelait fort bien leurs conversations passionnées sur des sujets aussi divers que la mythologie kurde, les coutumes amoureuses sous l'empire Ts'ing, les exploits légendaires d'Aïephine Zerb, la Jeanne d'Arc du Caucase, ou le simple choix des robes à confier au petit couturier d'Alexandropol. Lisaveta avait toujours trouvé en Stefan un fin causeur ; et sachant bien qu'il se moquait de sa future femme, elle ne put s'empêcher d'éprouver de la pitié pour la future princesse Bariatinsky.

— Si vous n'y voyez pas d'inconvénient, disait justement Nadejda à Militza, j'aimerais m'occuper seule du repas offert en l'honneur de mes parents, demain.

Elle demandait, mais d'un ton qui indiquait qu'elle se moquait bien de l'agrément de la vieille dame. Elle fit une moue méprisante et, montrant les reliefs du repas, elle ajouta :

— Je ne voudrais pas faire manger à papa cette... ce... enfin, ces choses. Je ferai venir un cuisinier du palais du vice-roi, ce sera plus convenable.

La bouffée de sympathie que Lisaveta avait éprouvée envers la fiancée quelques secondes plus tôt s'évanouit instantanément. Stefan pouvait bien ne pas faire grand cas de sa future femme, celle-ci se moquait visiblement comme d'une guigne de son futur époux. D'un côté comme de l'autre, ce mariage était un arrangement pratique, et rien de plus.

La princesse Taneiev n'aimait pas Stefan, cela se voyait aisément. Jamais elle ne le regardait avec affection ou émoi. Elle semblait insensible à son charme, ce qui ne laissait pas d'étonner Lisaveta qui n'imaginait pas qu'on pût résister à un homme aussi séduisant. Mais peut-être Nadejda était-elle simplement trop jeune, et ses sens pas encore éveillés ? En fait, les remarques pleines de pruderie qu'elle avait faites à tout propos au cours de la journée indiquaient que cette jeune personne, trop longtemps couvée par des parents dont elle était la fille unique, avait de la vie une vision complètement fausse. Sans doute trouvait-elle l'amour trop vulgaire. Sa maman avait dû l'abreuver de leçons à ce sujet.

Quel gâchis ! songea Lisaveta. Alors qu'il était si bon d'aimer, et surtout, d'aimer un homme comme Stefan.

— Faites donc venir tout le personnel des cuisines si vous voulez, lui répondit Militza. Stefan n'y verra pas d'inconvénient.

Sa voix, à peine trop cordiale, éveilla les soupçons de Lisaveta.

De son côté, Nadejda employa pour remercier le ton qu'elle aurait pris avec une servante ayant bien fait son service.

— Très bien ! Si de votre côté vous avez affaire, ne vous gênez pas. Nous n'aurons pas besoin de vous demain soir.

— Justement, je suis retenue pour une partie de bridge, dit Militza.

Sa voix doucereuse aurait éveillé les soupçons de toute personne, même seulement dotée d'une moitié de cerveau.

— Dans ce cas, c'est dit, conclut Nadejda, ravie d'avoir éliminé si facilement la tante de son fiancé.

— Si vous désirez quelque chose...

— Non, merci. Je suis sûre que le vice-roi dispose de tout le personnel dont j'aurai besoin. Et comme la journée de demain promet d'être épuisante, je vais monter dormir. Faites-moi préparer une voiture pour 9 heures précises, et je filerai chez le vice-roi pour rassembler l'équipe adéquate.

Sur ce, elle se leva et, après un petit salut ironique, quitta la pièce dans un froufroutement couleur lavande.

— Faites de doux rêves, ma petite, dit encore Militza. N'ayez crainte, je m'occuperai de votre voiture.

Elle s'adossa à sa chaise et poussa un soupir de soulagement. La petite peste avait quitté les lieux !

— Merci, mon ami, lança-t-elle en se tournant vers Georgi. Nous n'aurons plus besoin de vos services ce soir.

Et elle se servit une bonne rasade de vin.

Georgi, homme très brun d'une cinquantaine d'années, ne quitta pas les lieux. Au contraire, il s'approcha de la vieille dame et lui murmura :

— Il m'a semblé que le prince...

Il chercha le mot qui résumerait le mieux ses observations faites au cours du repas. Militza fut plus rapide que lui à le trouver.

— ... s'embêtait ferme, mon ami ! Il n'y a pas d'autre mot. La princesse Taneiev est la plus stupide petite pécore que j'aie jamais vue, et si mon neveu l'épouse, je parie qu'il l'aura étranglée en moins d'une semaine.

Trop bien élevé pour dénigrer une dame, mais satisfait de ce qu'il venait d'entendre, Georgi poursuivit :

— Je doute que le prince soit ravi d'apprendre qu'on a recruté le personnel du vice-roi. Pourquoi avez-vous donné votre autorisation, si je puis me permettre de vous poser cette question ?

Militza éclata de rire.

— Parce qu'il sera furieux, voilà pourquoi !

Georgi prit l'air entendu d'un conspirateur à qui on vient de révéler quel sera le prochain attentat. Visiblement ravi, il s'inclina.

— Ah... bien sûr, je comprends... Naturellement, tout le personnel du palais a sa journée de demain ?

— Cela va sans dire. Vous ne voudriez pas que nos... indigènes polluent l'air que respireront les hommes du vice-roi ? Congé pour tout le monde demain.

Georgi fit une courbette enthousiaste.

— Merci, Votre Excellence. Merci.

Puis il se tourna vers Lisaveta pour lui demander :

— Désirez-vous encore un peu de vin, comtesse ? Peut-être une douceur ?

— Non, merci. Bien que les vins du prince soient exceptionnels.

A son tour, Lisaveta fut gratifiée d'une courbette.

— Merci, comtesse.

— C'est une honte que la famille de Nadejda ne boive que des vins français, commenta Militza.

— C'est mon avis, répondit Georgi avec un air sincèrement navré. Si vous désirez quelque chose, le personnel reste à votre entière disposition.

Le ton était modéré, mais Lisaveta, qui connaissait assez le code de l'honneur guerrier qui sévissait dans la région, se demanda ce que ce *quelque chose* signifiait.

— Pour commencer, nous allons faire le vide, répondit Militza avec vivacité. Georgi, veillez à ce que tout le monde ait quitté le palais à l'aurore. Il serait mieux que Stefan apprenne cela de la bouche de sa fiancée.

— Excellente idée, princesse ! approuva Georgi, le visage fendu d'un large sourire.

— Je le crois. Passez une bonne journée.

Quand le fidèle domestique eut quitté les lieux, Lisaveta demanda aussitôt :

— Stefan ne sera-t-il pas fâché contre vous ? Que dira-t-il lorsqu'il saura ce que vous avez fait ?

Elle n'était pas très au fait des intrigues de palais. La vie tranquille et studieuse qu'elle avait menée avec son père l'avait à vrai dire peu préparée à l'art de manipuler les gens.

— Il sera furieux, assura Militza avec un bon sourire. Mais contre sa fiancée. Une femme qu'il a choisie, je vous le rappelle, en trois jours, et uniquement parce qu'elle convient à ses projets de stabilisation.

— Je vois, dit Lisaveta qui, en fait, ne voyait rien du tout.

Elle ne put s'empêcher d'ajouter, après un petit moment de réflexion :

— Je ne comprends pas bien ce mot de stabilité... Stefan semble plutôt se complaire dans une vie tourbillonnante, non ?

— Vous avez raison, acquiesça Militza avec un gros soupir. Il suit en cela les traces de son père. C'est bien là le problème... Vous êtes sans doute au courant de la longue liaison qu'a eue le père de Stefan avec la princesse Davidow et le scandale qui s'en est suivi ?

— Très vaguement, répondit Lisaveta. Après la mort de maman, père a mené une vie très retirée. Ses études l'ont absorbé de plus en plus, pour remplir un vide dont il ne se consolait pas. Et moi, quand je suis devenue un peu plus grande, je m'y suis mise aussi. Le seul scandale dont je sois à peu près au courant, c'est la réputation de Stefan pour les intrigues amoureuses.

Malgré la chaleur qui envahit ses joues, elle sourit. Militza, quant à elle, haussa les épaules.

— Rien que de très normal chez un jeune homme normalement constitué, commenta-t-elle. Mais après tant d'années, le scandale causé par son père peut ruiner la carrière de Stefan...

La vieille dame jeta à Lisaveta un regard aigu pardessus les restes du repas et demanda :

— Il ne vous a rien dit au sujet de sa famille ?

— Non, rien, sinon que vous seriez ravie de m'avoir comme hôte au palais. Ainsi que vous avez pu le constater lors de notre arrivée, il ne m'avait même pas annoncé qu'il était pourvu d'une fiancée.

— Il ne pensait pas la trouver ici, même si j'admets que ce n'est pas une excuse. En un sens, cette omission est typique du comportement de mon neveu. A cause de son passé, il refuse d'affronter les émotions.

— Vraiment ? fit Lisaveta, plutôt incrédule.

Ce qu'elle savait de Stefan ne l'inclinait pas à voir en lui un homme émotif.

— Lorsqu'il s'agit de sa famille, Stefan n'est plus du tout le même homme... C'est à son père qu'il doit ce comportement singulier.

Rassemblant ses souvenirs, Lisaveta dit alors :

— Il y a bien eu une liaison entre le maréchal Bariatinsky et...

— ... ma sœur, termina vivement Militza.

— La mère de Stefan, donc ?

— Oui. Ils ont choqué toute la société en affichant leur liaison, alors que le maréchal était vice-roi du Caucase et que ma sœur, Damia, était mariée à un autre homme. Lorsque Stefan vint au monde, nos parents l'adoptèrent pour assurer la continuité de notre famille. Je n'avais pas d'enfant et ma sœur, Damia, n'en avait pas eu de son mari. Ce dernier, bien sûr au courant de sa mésaventure conjugale, ne voulait pourtant pas entendre parler de divorce. Cette situation, vous le comprenez bien, pouvait très facilement devenir explosive.

Tout en écoutant la vieille dame, Lisaveta continuait de rassembler ses souvenirs.

— A l'école, dit-elle, j'avais entendu parler du maréchal, mais je ne connaissais rien de... l'arrière-plan.

— Vous devez savoir que le père de Stefan a été obligé d'abandonner la vice-royauté du Caucase. Le mari de Damia, après s'être opposé au divorce pendant des années, a subitement mis en route la procédure légale, désignant le maréchal à la vindicte des juges. Après vingt-cinq ans de bons et loyaux services, la carrière du maréchal était terminée.

— Quel choc cela a dû être pour lui... et pour les siens, murmura Lisaveta.

Elle essayait de se représenter les conséquences pour Stefan et les répercussions que cette affaire avait eues sur sa vie ultérieure.

Au souvenir des chagrins de cette époque, Militza soupira de nouveau.

— Le maréchal et Damia se sont mariés à Bruxelles après le divorce, mais je crains que l'exemple des ravages que peut faire l'amour ait eu un effet dévastateur sur la vie de Stefan. A l'époque où son père a été relevé de ses fonctions de vice-roi, il était au sommet de sa carrière, le tsar le consultait sur toutes les affaires importantes. Ensuite, il a quasiment disparu de Russie. Il n'avait que quarante-cinq ans !

— Et Stefan ?

— Dix ans.

— Que savait-il des... événements ?

— Il a tout appris brusquement. C'est comme s'il était passé sans transition de l'enfance à l'âge adulte, en une seule nuit.

— Comment cela s'est-il passé ?

— Eh bien, Damia et son amant s'étaient tout d'abord retirés dans les terres d'Alex, près de Koursk ; mais il ne trouvait plus le repos. Il ne supportait pas la vie trop tranquille de la campagne. C'était un conquérant qui n'avait plus rien à conquérir, et il avait besoin de distractions. Ils se mirent donc à voyager, passant dix ans à courir d'une ville d'eaux à une autre : Plombières, Ems, Baden-Baden ; ils les visitèrent toutes, et s'attardèrent aussi dans les capitales d'Europe. Mais Alex n'était toujours pas heureux et il commença à se détruire à petit feu. Stefan vit ainsi son père s'adonner à la morphine, tandis que sa santé s'altérait progressivement. Lorsqu'il mourut, à Ems, Stefan n'avait que quinze ans. Damia se suicida deux semaines plus tard.

Militza fit une pause et, la voix altérée par l'émotion, reprit :

— Stefan, c'est sûr, a blâmé sa mère pour lui avoir fait perdre son père. Puis il a cru que l'amour était mauvais. A ce moment, il s'est juré de ne jamais perdre son âme à cause d'une femme. Et jusqu'à ce jour, il s'en est toujours tenu à ce principe.

— Pourtant, il va se marier, observa Lisaveta.

— Pour avoir un héritier. La famille Bariatinsky, et la mienne aussi, celle des Orbeliani, ont besoin d'un continuateur, et je dois avouer que mon insistance sur ce sujet a pu avoir quelque influence sur la brusque décision de mon neveu.

— Quelle tristesse cela a dû être pour lui de perdre son père et sa mère si jeune, murmura Lisaveta.

— Certes. Mais d'un autre côté, il était très heureux d'avoir des parents qui l'aimaient tant. Dans sa jeunesse, Alex menait une vie qui ressemblait fort à celle de Stefan aujourd'hui ; il semblait chercher ses limites dans les jeux de l'amour et de la guerre. Lorsqu'il est tombé amoureux de ma sœur, Damia, beaucoup de ceux qui le connaissaient n'y ont pas cru. Mais l'amour est si mystérieux, n'est-ce pas ?

Militza se leva brusquement, comme si elle était incapable de rester assise au rappel des événements des jours passés. Marchant à grands pas dans la pièce déserte, dans la lumière vacillante des bougies presque entièrement consumées, elle conclut :

— Stefan fut le seul enfant d'Alex et de Damia, le centre de leur vie. Et c'est ce qui explique sa vie actuelle.

— Je ne comprends pas comment il peut être si indifférent à propos de son propre mariage après avoir été témoin d'un amour si grand. Peut-être que les circonstances...

— Stefan a été profondément heurté par la façon dont son père est mort. Alex avait été le plus grand héros de la Russie pendant un quart de siècle, et pourtant, il est mort en exil.

— Cela explique sans doute, d'une certaine façon, son choix de vie. Nadejda et ses parents semblent en excellents termes avec le vice-roi actuel. Que ressent Stefan à l'encontre de l'homme qui occupe le siège de son père ?

— Une haine inexpiable. Melikoff est le fils de l'homme qui a remplacé Alex.

— Est-ce qu'il sait que les parents de Nadejda sont en visite chez cet homme ?

— Je ne le lui ai pas dit, mais il l'a su par nos gens. J'aurais préféré qu'il l'apprît de la bouche de sa fiancée. Cette délicieuse personne est si irritante...

— Peut-être ne la trouve-t-il pas irritante, lui...

Militza enveloppa Lisaveta d'un regard ironique. Ses yeux, noircis de kôhl à la mode du Caucase, se mirent à briller de joie.

— Vous avez sans doute raison. D'ailleurs, il la voit à peine. On se demande bien comment il pourrait la trouver irritante !

Ces mots firent du bien à Lisaveta qui se le reprocha aussitôt. Si Stefan avait adoré Nadejda, elle aurait été... Comment, au fait ? Malheureuse ? Déprimée ? Jalouse ? Reprenant conscience de la réalité, elle se dit que ses sentiments étaient secondaires, puisque Stefan était déjà engagé lorsqu'il l'avait rencontrée. Nadejda était sa fiancée. Qu'elle ou Militza vissent des problèmes à ce mariage ne changeait rien à l'affaire. Mais une petite voix insidieuse ne cessait de se faire entendre, et Lisaveta se trouva soudain en train de demander :

— Avez-vous essayé de lui parler de... enfin, de ses sentiments envers Nadejda ?

Et elle souhaitait que la réponse de la vieille dame fût conforme à ce que lui murmurait la petite voix insidieuse.

Etait-ce le vin ? Lisaveta, qui s'était toujours considérée comme insensible aux contes de fées, se disait pour lors que Stefan lui avait ouvert, quelques jours plus tôt, les portes d'un nouveau monde. Un monde dans lequel la poésie prenait corps, et où les fantaisies les plus extravagantes pouvaient se réaliser. Peut-être avait-elle commencé à croire aux contes de fées, après tout ?

— Je lui en ai parlé des centaines de fois ! affirma Militza en rangeant de différentes façons l'argenterie qui se trouvait devant elle. Depuis que ces fiançailles ont été officiellement proclamées, j'ai essayé tous les arguments imaginables. J'ai tenté de le raisonner et de lui dire les avantages, dans une union — je ne parle même pas d'amour —, d'une affection tempérée. Je lui ai suggéré de passer quelque temps avec sa fiancée avant de prendre une décision définitive. Je lui ai même montré les inconvénients qui résulteraient pour lui d'une union avec cette jeune fille, compte tenu de la famille qu'elle a... Il m'écoute sans un mot, et ne changera pas d'avis.

— Il dit que l'amour est dangereux.

— Et que la plupart de ses amis se sont mariés pour

des raisons dynastiques, pour les convenances, pour toutes ces sortes de choses.

— Il dit qu'il sait toujours où trouver l'amour dont il a besoin, et qu'il n'a pas besoin de se marier pour cela.

— Il assure aussi que son mariage est une étape dans sa carrière...

Militza soupira de nouveau et reprit :

— Vous devez penser que je suis gâteuse, puisque je force mon neveu à se marier et, qu'ensuite, j'essaie de l'en dissuader. Mais je voudrais qu'il soit vraiment heureux, que ce mariage soit pour lui autre chose qu'un arrangement pratique. Franchement, je ne sais plus quoi avancer comme arguments... Dire qu'il va épouser cette... cette...

— ... poseuse ? proposa Lisaveta.

— Vous êtes trop bonne ! s'exclama la vieille dame avec humeur. J'emploierais pour elle des mots plus rudes, dont idiote et bêtasse seraient les plus anodins.

— En fait, elle est si jeune...

— Ce n'est pas une excuse ! Vous n'êtes pas beaucoup plus âgée qu'elle, et vous faites fonctionner votre cervelle, vous !

— C'est que j'ai eu, je ne crains pas de le dire, une éducation de garçon. Celle de Nadejda portait surtout sur les talents de société.

— Ne soyez pas si accommodante ! reprocha Militza. Nadejda n'a aucun talent, si l'on excepte l'arrogance, bien sûr.

— Reconnaissez tout de même qu'elle n'éprouve aucun problème à faire venir une partie du personnel du vice-roi. Je serais bien incapable d'en faire autant. Il y a des moments, surtout maintenant que j'ai observé Stefan dans son rôle de prince, où je me rends compte que mes parents menaient une vie très libre.

— Votre père aurait dû vous introduire à Saint-Pétersbourg, remarqua Militza.

— Il y a pensé, mais il était toujours tellement pris par ses études qu'il n'a pas trouvé le temps de mener ce projet à bien. C'est pourquoi je n'ai jamais assisté à un bal... en tout cas, pas à un vrai. Nos petites réunions à la campagne étaient des rassemblements sans protocole.

— Mais vous dansez, cependant ?

Militza venait d'entrevoir une façon de ruiner le crédit de Nadejda. Puisque la comtesse était la seule femme que Stefan eût amenée au palais, cela semblait indiquer qu'elle était pour lui plus qu'une conquête passagère. Il fallait profiter de cela. Peut-être la belle comtesse pourrait-elle, par contraste, ouvrir les yeux du prince sur les déficiences de sa fiancée ? Peut-être saurait-elle faire prévaloir l'amour sur la raison et la logique ?

— Oui, répondit Lisaveta, je sais danser. Papa avait engagé pour moi un professeur de danse venu tout exprès de Paris. Maintenant que vous m'avez dit à quel point il était bon danseur, je ne m'étonne plus des dispositions onéreuses qu'il avait prises pour un art qui, à l'époque, me semblait bien secondaire.

— Merveilleux ! s'exclama Militza. Stefan aime les femmes qui savent danser.

— D'après ce que je connais de lui, il aime les femmes pour toutes sortes de raisons.

— Vous êtes mieux placée que moi pour le savoir.

Militza accompagna cette remarque d'un sourire qui fit rougir la jeune femme du haut des oreilles jusqu'au bas de son décolleté.

— Ne soyez pas si timide ! lança Militza. Vous êtes la femme qu'il faut à mon neveu, et il est visiblement amoureux de vous, puisqu'il vous a introduite ici. Jamais il ne l'avait fait, auparavant.

— Malheureusement, je ne puis rester, soupira Lisaveta.

— Pourquoi donc ?

— J'ai des affaires à traiter sur mes terres...

— Allons donc ! Je parie que vous fuyez devant Nadejda, dit Militza d'un ton brusque.

— Pour vous dire la vérité, oui. Cet argument pèse son poids dans ma volonté de départ.

Lisaveta oublia de mentionner que d'autres raisons, aussi importantes, mais plus difficiles à exprimer, motivaient son rapide départ vers le nord. Ces raisons avaient pour nom désir et tentation.

— Je voudrais pourtant que vous reconsidériez votre décision, insista doucement Militza. Le dîner de demain pourrait être intéressant.

« Intéressant ! » songea Lisaveta, amusée. Le choix de l'adjectif aussi était intéressant pour décrire ce qui promettait d'être un formidable conflit de personnalités.

— Y assisterez-vous, vous-même ? demanda-t-elle.

— Oui. J'ai comme le pressentiment que ma partie de bridge sera annulée au dernier moment...

Changeant brusquement de ton, Militza ajouta d'une voix grave :

— Nadejda ne sait pas à qui elle s'oppose !

— Si mes sentiments n'étaient pas suffisamment puissants pour m'inciter à partir demain, je crois que la perspective de dîner avec les parents de cette jeune fille me ferait fuir à toute vitesse. Je vous souhaite bien du plaisir.

— Cela sera une soirée affreuse, n'est-ce pas ? lança Militza d'un ton joyeux. Tout le personnel de cette maison sera absent !

— Oui, mais vous n'aurez que de la cuisine française, de la bonne ! répondit Lisaveta sur le même registre.

— Et des vins de gentleman. De France ! Alors, vous ne restez toujours pas ?

— Non, dit Lisaveta en riant. Le papa et la maman de Nadejda me terrifient déjà.

— Quel dommage ! Bien sûr, vous devez faire ce que

vous estimez le mieux ; mais entre nous, je suis sûre qu'à nous deux nous pourrions ouvrir les yeux de Stefan sur les multiples défauts et incapacités de sa fiancée. Ce serait un acte de pure charité.

— Charité ? murmura Lisaveta en souriant.

— Oui. Notre devoir de chrétiennes, ma fille.

— Vu comme cela, en effet, cela change bien des choses et je souhaiterais pouvoir vous aider. Pour tout vous dire, je n'ai jamais été impliquée dans un acte de charité. Père n'était pas très porté sur la religion...

— Mais, ma chère comtesse, qu'est-ce qui a motivé vos rapports avec Stefan ? La charité, uniquement la charité !

La lueur malicieuse, dans les yeux de Lisaveta, fit instantanément place à quelque chose de plus grave.

— N'êtes-vous pas sûre de vous méprendre un peu ? demanda-t-elle.

— Non, ma chère. Pas du tout, répondit Militza, redevenue sérieuse elle aussi.

Elle ne dit pas qu'elle avait beaucoup vécu, qu'elle avait été mariée deux fois et qu'elle avait eu, dans sa jeunesse, son cortège de soupirants. Elle comprenait parfaitement ce qui poussait Stefan vers les femmes.

— Dans ce cas, vous savez pourquoi je dois partir. C'est une question d'honneur.

— Je comprends, dit doucement Militza. Mais Stefan sera très déçu.

— Pas pour longtemps, j'en suis sûre.

Un moment de silence se glissa alors dans la conversation des deux femmes. Rêveuse, Militza contemplait ce qui restait de vin dans son verre, en se demandant jusqu'à quel point elle devait pousser les confidences avec cette jeune femme nouvellement entrée dans la vie de son neveu. Puis, elle songea que Lisaveta était non seulemenent intelligente, mais qu'elle était aussi perspicace sur les sentiments humains.

— Je crois que vous avez raison, dit-elle d'une façon un peu ambiguë.

Aucune femme n'avait su retenir son neveu plus d'un mois, c'était la stricte vérité.

Cette réponse, qui ne surprit pas outre mesure Lisaveta, la renforça dans son désir de partir dès le lendemain matin. Mais cela ne l'empêcha pas d'éprouver par avance le sentiment d'un cruel manque. Demain, l'idylle serait terminée. Mais elle devait partir, partir vite pour éviter de subir l'humiliation d'un renvoi.

— Je pense, dit-elle, que je prendrai la route très tôt. En tout cas, avant le remue-ménage que ne manquera pas d'occasionner Nadejda avec ses préparatifs.

— Fort bien. Je vous ferai préparer une voiture... disons pour 7 heures.

— Merci. Plus tôt je partirai, mieux ce sera.

— Stefan se doute-t-il de vos projets ?

— Non.

L'esprit fertile de Militza travaillait à toute allure pour rassembler les données de la journée qui se préparait. Déçu, humilié peut-être par le départ de Lisaveta, en tout cas furieux, Stefan serait un convive parfait pour le dîner préparé par sa fiancée.

— Vous avez raison, conclut-elle. Il est plus raisonnable de partir.

— C'est ce que j'ai dit à Stefan.

— Et ?

— Il m'a répondu qu'il ne voulait pas être raisonnable.

— Il ne l'est pas, en effet. Il ne l'a jamais été. Vous serez la première, savez-vous ?

— La première quoi ?

— La première femme qui le quitte.

Incrédule tout d'abord, Lisaveta se convainquit, en voyant le sérieux de Militza, que c'était la vérité.

— Dans ce cas, dit-elle, je suis sûre qu'une petite leçon lui fera le plus grand bien.

— Peut-être, peut-être...

Une chose était certaine, songeait Militza. Sa colère dépasserait toute mesure, et elle savait ce que signifiait la fureur de son neveu. Le prince Stefan Alexandrovitch Bariatinsky avait mauvais caractère.

— Vous rendrez-vous à Saint-Pétersbourg ? demanda-t-elle.

— En fait, je suis invitée le mois prochain à une cérémonie de commémoration de l'œuvre littéraire de mon père, en présence du tsar. Ce sera mon premier voyage dans la capitale.

— Dans ce cas, nous nous rencontrerons peut-être. Si tout se passe bien demain soir, je pourrai me mettre en route vers le nord, moi aussi. Il faudra que vous me rendiez visite.

Sur l'assurance qu'elles se reverraient un jour ou l'autre, les deux femmes se séparèrent en se souhaitant bonne nuit, et Lisaveta gagna rapidement sa chambre pour préparer son mince bagage avant de se mettre au lit.

Lorsqu'elle entra dans sa chambre, quelques minutes plus tard, elle ferma la porte et s'y adossa, les yeux clos, la tête appuyée sur les armoiries de Stefan gravées dans le bois. Elle soupira et retira le collier prêté par Militza. Les perles opalescentes resplendissaient dans la nuit claire, et la jeune femme les fit jouer dans le rayon de lune qui entrait par la fenêtre ouverte.

— Joli collier... Vous ne croyez pas que ce serait dommage qu'il revienne un jour à cette petite sotte de Nadejda ?

Lisaveta, qui n'avait pu s'empêcher de sursauter, bien qu'elle eût reconnu instantanément la voix, regarda Stefan qui se levait et émergeait de l'obscurité complice d'un angle de la pièce.

— Comment êtes-vous entré ?

Elle ne savait ce qui la chagrinait le plus : que Stefan pût se moquer ainsi de sa future femme, ou qu'il fût en mesure d'entrer à sa guise dans sa chambre.

Les yeux mi-clos, il la regardait, comme s'il cherchait à évaluer la sincérité de la question.

— Je suis le propriétaire de ce palais, chérie. Je connais tous les passages.

— Sans doute, mais moi, vous ne me possédez pas.

Lisaveta jeta ces mots avec une telle hargne que Stefan en fut remué et excité. La pensée le frappa que peut-être... Si Lisaveta n'avait pas appartenu à la noblesse, il aurait pu, effectivement, la posséder.

— Vous sautez trop vite à la conclusion, remarqua-t-il avec un sourire équivoque. Encore que la possibilité de vous avoir à moi m'intéresse au plus haut point.

— Quel dommage que vous n'ayez pas assez d'argent, dans ce cas.

Stefan décida qu'il aimait la colère de cette femme. Il aimait la voir et l'entendre après avoir attendu, tout au long de la journée, le moment où il se retrouverait seul avec elle. Que la soirée, surtout, lui avait semblé longue !

— Dites-moi votre prix, douchka, dit-il d'une voix grave et caressante. J'ai du crédit auprès du tsar, et il ne me refusera pas une petite avance.

Lisaveta, très droite, très digne, les mains toujours appuyées contre le bois sculpté de la porte, lui jetait des regards chargés de fureur.

— Je suis désolée de contredire votre possessive nature, prince Bariatinsky, mais je suis hors de prix.

Chacun de ses mots résonnait durement dans la nuit argentée.

« Comme tu as raison ! » songea Stefan en constatant à

quel point Lisaveta était belle. Non seulement elle possédait les attributs classiques de la beauté, mais elle était merveilleusement vivante, comme si un feu sacré brûlait en elle — une flamme de passion et d'intelligence — et, plus important encore, une capacité à se donner. Lui qui avait connu un nombre incalculable de femmes pouvait dire : « En vérité, celle-ci est unique. » Et son désir de posséder l'indomptable comtesse grandissait, non seulement pour cette nuit, mais pour toujours.

— Maintenant, vous devez partir, lui dit-elle, mettant ainsi fin à ses méditations.

Le prince Bariatinsky n'était pas un fervent des méditations. Il préférait l'action, principe qu'il mettait constamment en jeu lorsqu'il se trouvait à la tête de ses troupes. En fait, son besoin forcené et permanent d'action était probablement sa plus grande qualité, et c'était aussi la raison pour laquelle les soldats du tsar n'avaient connu que des victoires au cours de la décennie passée.

Il se leva de son fauteuil et décida qu'il était temps de réduire la distance entre lui et la fascinante comtesse Lazaroff.

5.

— Si vous me touchez, je crie, dit Lisaveta en voyant approcher Stefan.

— Inutile, répondit ce dernier en continuant sa progression à pas lents.

Tout proche de la jeune femme, il précisa sa pensée, un engageant sourire aux lèvres.

— L'aile où nous nous trouvons est très éloignée du corps principal du bâtiment. Donc, criez si vous voulez, personne ne vous entendra. Mais rassurez-vous, je n'ai nullement l'intention de vous faire du mal.

Quand il avança la main pour la toucher, Lisaveta recula jusqu'à la porte. Il la suivit, tourna la clé dans la serrure avant de la fourrer dans sa poche.

— A votre place, déclara Lisaveta qui avait de nouveau rejoint le centre de la chambre, je songerais au déshonneur que c'est pour un homme d'abuser d'une faible femme.

— Ce n'est pas du tout ce que vous croyez, répondit Stefan en vérifiant derrière lui que la porte était bien fermée. Je ne vais pas vous poursuivre.

— Ah bon ? Alors, comment appelez-vous ce que vous faites en ce moment ?

Il sourit.

— Je dirais : préludes amoureux...

— Je vous croyais plus subtil. Il me semble vous avoir fait part de mes sentiments, cet après-midi.

— Oui, je sais : notre belle amitié ne peut continuer, à cause de ma fiancée.

— Voilà ! Je suis ravie de constater que vous vous en souvenez parfaitement.

— Oui, mais ne vous sentez-vous pas déprimée, après cette longue journée de chasteté ? Je crois que je pourrais faire quelque chose pour vous.

Les mots de Stefan libérèrent chez Lisaveta les sens trop longtemps contenus. Alors que Stefan s'approchait de nouveau, elle avait moins envie de reculer.

— Nous allons faire l'amour, murmura-t-il d'une voix rauque.

— Non, je ne peux pas. Je ne veux pas, répondit Lisaveta, le souffle court.

Mais Stefan était tout près d'elle. Eperdue, la jeune femme songea qu'il connaissait parfaitement ses réactions, qu'avec un art étonnant il savait faire monter le désir en elle. Car à présent, elle n'attendait plus qu'une chose : qu'il la touche, qu'il la prenne...

— Non ! fit-elle.

Où avait-elle trouvé la force de cet ultime sursaut de volonté ? Lisaveta n'en savait trop rien. Glissant sous les bras qui s'apprêtaient à l'enlacer, elle courut vers la porte et agita avec frénésie la poignée avant de donner des deux poings sur le lourd battant de chêne. Comme Stefan s'approchait d'elle, elle se retourna et lui lança :

— Vous ne pouvez pas me forcer... Vous n'avez pas le droit !

— Loin de moi l'idée de vous forcer, chérie.

Et comme pour prouver la pureté de ses intentions, il se laissa tomber dans un fauteuil qui se trouvait à sa portée et étendit les deux mains, paumes offertes, témoignant ainsi de sa sincérité.

— Je vous l'ai dit : je ne veux pas vous faire de mal.

— Dans ce cas, ouvrez la porte !

— Ça, je ne vous l'ai pas promis.

— Oh ! Très amusante cette façon de jouer sur les mots.

— Vous trouvez ? demanda Stefan d'un ton innocent. J'avais peur que vous trouviez cet argument un peu trop jésuitique. Mais pourquoi nous affronter, alors que nous avons envie l'un de l'autre ?

— Vous peut-être, mais pas moi !

— Ça m'étonnerait. Rappelle-toi, ma chérie, comme la nuit était douce sur la terrasse de la villa. Ose me dire que tu ne désires pas connaître les mêmes délices. Ose me dire que tu n'as pas envie de revivre ce petit déjeuner où je t'ai régalée de framboises... pour commencer.

Lisaveta savait bien qu'elle ne pourrait plus manger de framboises sans se rappeler le désir forcené qui l'avait prise ce matin-là. Jamais elle n'oublierait la sensation de plénitude qu'elle avait ressentie en voyant Stefan, nu et encore tout humide du bain qu'il venait de prendre, et qui s'approchait, souriant, avec dans les mains le bol de framboises qu'il avait cueillies dans le jardin, à l'aube.

— Dis-moi que tu n'as plus envie de moi, et je pars sur-le-champ, murmura-t-il.

Lisaveta ne répondit pas. Les joues rouges, la respiration rauque, elle regardait Stefan, si beau dans sa chemise de soie ouverte sur sa poitrine, et son pantalon serré qui mettait en valeur sa musculature.

— Dis-moi ce que tu veux, insista-t-il.

Elle aurait dû lui crier : « Va-t'en ! » mais le désir en elle était trop fort maintenant. Elle frissonna.

— Est-ce que tu as froid ? s'enquit aussitôt Stefan.

Il se mit debout et s'approcha.

— Je t'en prie, implora Lisaveta. Sois sérieux.

— Je n'ai pas envie d'être sérieux, ce n'est pas le

moment. La guerre, c'est sérieux. La mort aussi. Mais l'amour n'est que plaisir et joie.

— Quand repartiras-tu ? demanda la jeune femme qui avait vu la détresse soudaine dans le regard du prince.

— Dans vingt et un jours, six heures et quelques minutes. Haci viendra me chercher.

Stefan prit grand soin de ne rien laisser transparaître d'une émotion qui aurait pu sembler affectée.

— Excuse-moi... Je n'aurais pas dû poser cette question.

Lisaveta venait de se rendre compte à quel point ses préoccupations étaient mesquines, alors que Stefan n'avait que peu de temps avant de retrouver la brutalité ignoble de la guerre. Quel était ce caprice qui lui faisait dire : « Je ne peux pas vous aimer », alors qu'en réalité elle ne désirait que cela, de tout son cœur et de tout son corps ? Et quelle importance avait la présence de l'insignifiante Nadejda, puisque Stefan, lui aussi, désirait cet amour qu'elle avait la prétention de lui refuser ?

Il pouvait mourir dans peu de temps. Que lui resterait-il, alors ? Le souvenir d'une torride nuit d'amour, ou la triste satisfaction d'avoir accompli son devoir ?

Lisaveta avança les mains, que Stefan prit aussitôt dans les siennes.

— Pardonne-moi, douchka, murmura-t-il, mais je suis un égoïste. Si cela peut rassurer ta conscience, dis-toi que vraiment je ne voulais pas te laisser échapper ce soir.

— En toute honnêteté, je doute que j'aurais pu te quitter ainsi, avoua Lisaveta. Mais demain matin, je devrai partir.

— Rassure-toi : je te ferai changer d'avis.

Stefan éclata de rire, comme un jeune garçon qui médite une bonne farce pour échapper à quelque obligation.

— Je veux te montrer ma cabane dans la montagne.

Tu l'aimeras. Comme elle est très haut placée, il y fait toujours frais, même en plein été. Il y a des sapins qui touchent le ciel, et un ruisseau qui coule tout près de là.

Les yeux pleins de larmes, Lisaveta l'interrompit d'un baiser. Non, elle ne pourrait visiter la cabane dans la montagne. En revanche, elle pouvait passer avec lui encore une nuit, l'ultime. Ensuite, elle partirait, courageusement, sans se retourner.

Au petit matin, ils se tenaient dans les bras l'un de l'autre, épuisés, mais heureux.

— Stepka..., murmura Lisaveta.

— Ma douce Lise, répondit-il en lui posant un baiser sur la bouche. Je t'adore.

De nouveau, la jeune femme sentit ses yeux s'emplir de larmes.

— Moi aussi.

La chambre était toujours plongée dans l'obscurité, mais l'horizon blanchissait. Lisaveta voulut s'arracher aux bras de Stefan.

— Où veux-tu aller? lui demanda-t-il d'une voix que le manque de sommeil rendait sourde.

— Je vais sonner pour demander du chocolat.

— Maintenant? Mais il est trop tôt.

— Nous l'aurons pour plus tard.

— Dans ce cas, sonne plus tard.

Et il resserra son étreinte sur elle.

Si Lisaveta n'avait pas été rendue nerveuse par son imminent départ, elle aurait volontiers dormi. Mais elle se força à garder les yeux ouverts, tandis que la respiration de Stefan devenait plus longue. Quelques minutes plus tard, elle put s'échapper de son étreinte sans qu'il s'en aperçût.

Nue à côté du lit, dans la fraîcheur du petit matin, alors

que montait du parc la forte senteur des lis, elle le regarda dormir comme un enfant. Un sentiment étrange la poignit, fait de tendresse et de tristesse mêlées, et elle eut envie de se jeter dans ses bras en lui jurant qu'elle ne partait pas, qu'elle ne partirait plus jamais.

— Adieu, Stepka, murmura-t-elle.

En silence, elle s'éloigna du lit et gagna la pièce attenante à la chambre, où elle s'habilla rapidement. Tous ses vêtements étaient déjà empaquetés — seule la robe de lin rouge qu'elle avait choisie pour le voyage pendait sur un cintre. Elle la passa rapidement. Sentant quelque chose de lourd dans une poche, elle y trouva le collier qu'elle avait porté la veille au soir, accompagné d'un mot ainsi libellé :

« Veuillez garder ce collier en souvenir de notre rencontre et en gage de notre amitié. Militza. »

Le cœur serré, Lisaveta songea que la vieille dame faisait preuve d'une générosité égale à celle de son neveu qui lui avait prodigué l'amour, le plaisir et le rire. Des dons qu'elle garderait précieusement jusqu'à la fin de ses jours. Mais elle laisserait le collier, car il était trop précieux. Confusément, elle sentait qu'elle ne le méritait pas. Elle le posa donc sur la petite table.

— Merci, Militza, murmura-t-elle en remettant le papier dans sa poche.

Ensuite, elle finit de s'habiller rapidement, s'obligeant à ne penser qu'au voyage qu'elle allait entreprendre. Quand elle sortit enfin de la pièce, Lisaveta jeta un coup d'œil sur le long couloir du deuxième étage. Il était vide, et elle parcourut toute la longueur du bâtiment, ce qui la mena au corps principal et à l'énorme escalier de marbre qui desservait tout le palais. Elle descendit les marches brillantes, atteignit l'entrée.

Elle n'avait rencontré personne.

En fait, conformément aux ordres de Militza, tous les serviteurs étaient déjà partis. Ouvrant la grande porte, Lisaveta vit la voiture préparée pour elle. Le cocher sauta au sol à son approche, s'inclina et lui indiqua que tout était prêt. Une bourse pleine de roubles avait été placée sur le siège, et il se tenait à son service pour la conduire où elle voulait.

Lisaveta s'installa donc dans la voiture qui partit aussitôt, au petit trot des chevaux.

Le soleil était déjà chaud, l'air tiède et calme. Tout blanc dans l'azur, le palais de Stefan commença de diminuer à l'horizon.

Lorsque Stefan s'éveilla, deux heures plus tard, il roula paresseusement sur le dos et, de la main, tâta l'oreiller à la recherche de Lisaveta. Il ne rencontra que la douceur des draps de soie et comprenant déjà ce qui se passait, il poussa un juron sonore avant même d'avoir ouvert les yeux.

Instantanément réveillé, il se leva et examina toute la chambre. Mais il savait déjà que c'était inutile. Furieux, il appela son valet et saisit son pantalon. Comme Ellico tardait à apparaître, Stefan cria de nouveau. Tout en s'habillant rapidement, il s'exhortait à garder son calme. Peut-être, se disait-il en s'escrimant avec des boutons qui refusaient d'obéir à ses doigts soudain malhabiles, peut-être Lisaveta était-elle dans la pièce voisine en train de s'habiller elle aussi. Peut-être était-elle même partie à la recherche du chocolat matinal, puisque, apparemment, les serviteurs se faisaient tirer l'oreille pour accourir aux ordres...

Enfin, après avoir enfilé ses bottes, Stefan courut à la porte-fenêtre et tira les rideaux pour examiner le balcon où Lisaveta aurait pu profiter de la fraîcheur matinale. Elle n'y était pas.

Fou de colère, il traversa la chambre à grandes enjambées et poussa d'un coup de pied la porte de la petite penderie.

— La peste soit de...

Bien sûr, Lisaveta ne se trouvait pas là non plus. Et tous ses vêtements avaient été décrochés. Oubliant les autres hypothèses rassurantes qu'il avait pu formuler quelques minutes plus tôt, Stefan ouvrit la porte donnant sur le corridor et hurla de nouveau :

— Ellico !

A présent, il faisait des conjectures sur la direction qu'avait pu prendre Lisaveta. Car le départ de la jeune femme — en bon militaire, il pensait : sa retraite — ne faisait plus de doute pour lui. A quelle heure avait-elle quitté le palais ? Voyageait-elle à cheval ou en voiture ? Autant d'éléments à prendre en compte avant de se lancer à sa poursuite. Elle avait forcément des bagages assez encombrants... Il pouvait donc espérer la rattraper.

Dans l'écurie, Stefan marcha de long en large tandis qu'un palefrenier sellait Cléo, sa jument préférée. Lisaveta avait sans doute fait route vers Vladikavkaz, où se trouvait le terminus de la ligne de chemin de fer. La route militaire était la seule qui permettait de franchir le Caucase. Finalement, les possibilités n'étaient pas très nombreuses. Jetant un regard vers le ciel, Stefan s'aperçut que le soleil était déjà haut. Il avait perdu beaucoup de temps !

— Quand la comtesse Lazaroff a-t-elle quitté le palais ? demanda-t-il au palefrenier.

— Nous avions des ordres pour que la première voiture soit prête à 7 heures, dit l'homme en adoptant une sorte de garde-à-vous.

Stefan fronça les sourcils.

— La première voiture ? releva-t-il. Il y en a donc eu une deuxième ?

— Oui, pour la princesse Taneiev, à 9 heures.

— Ah, bon ? Elle est partie aussi ? questionna le prince sans chercher à celer le plaisir que lui causait cette nouvelle.

— Oui, elle se rend au palais du vice-roi, Votre Altesse.

« Si Lisaveta est partie à 7 heures, je vais avoir besoin d'Haci et de plusieurs hommes », songea Stefan, oubliant aussitôt sa fiancée. Elle avait plus de deux heures d'avance, et il ne pourrait jamais mener à bien toutes les recherches nécessaires.

— Trouve-moi Haci ! ordonna-t-il au palefrenier. Je finirai de seller Cléo.

Comme le jeune garçon s'éloignait déjà, il le rappela.

— Où sont donc tous les serviteurs ? Je ne vois personne.

Normalement, les étables bourdonnaient d'activité le matin, où une cinquantaine de personnes se pressaient pour soigner les chevaux et les poneys.

— La princesse Taneiev va ramener des serviteurs français, Votre Excellence. C'est pour le dîner de ce soir, en l'honneur de ses parents. Tout le personnel est en congé.

— Tout le monde ? s'écria Stefan.

— Oui, Votre Excellence.

— Qui a donné cet ordre ?

— Je ne sais pas.

— Mais toi, qui te l'a dit ?

— Georgi, Votre Excellence.

— Va me le chercher.

— Il est parti aussi, Votre Excellence.

— Enfer et damnation ! hurla alors Stefan.

Il donna un grand coup de pied dans la porte de la stalle.

— Les femmes ! grommela-t-il ensuite entre ses dents.

De nouveau, il se tourna vers le palefrenier.

— Trouve-moi Haci. Débrouille-toi comme tu veux, mais ramène-le-moi. Et dépêche-toi !

Comprenant qu'il n'avait pas intérêt à mécontenter son maître, le jeune garçon partit en courant.

Rapidement, Stefan passa en revue les différents endroits par où Lisaveta serait obligée de passer pour changer de chevaux. Cela lui donnait un certain avantage, puisque lui et ses cavaliers pourraient aller deux fois plus vite que la voiture. Le mauvais état de la route qui menait à Vladikavkaz serait aussi un atout.

Recouvrant d'un coup son optimisme, il ne considéra plus que le temps qu'il leur faudrait, à Lisaveta et à lui, pour gagner son refuge dans la montagne. Avec un peu de chance, il serait même en mesure de montrer à la jeune femme un magnifique coucher de soleil.

Alors, pour la première fois depuis son réveil, Stefan se surprit à sourire.

6.

Quinze minutes plus tard — dix minutes de trop pour le général-prince qui avait attendu, en selle, donnant des coups de cravache à ses bottes, et s'était mis à hurler des ordres dès qu'il avait vu arriver ses hommes —, la petite troupe de cavaliers sortait de l'écurie au galop. Ils contournèrent l'aile ouest du palais en ravageant les allées soigneusement ratissées et se heurtèrent à la voiture qui attendait le bon vouloir de Nadejda. En retard, la jeune fille descendait en courant le grand escalier de marbre, l'ombrelle déjà déployée pour protéger son joli teint des atteintes du soleil matinal.

Apercevant Stefan qui caracolait en tête de la troupe des cavaliers, elle lui adressa un petit signe de sa main gantée.

« Enfer ! songea Stefan. Qu'est-ce qu'elle fait encore là ? »

Il songea vaguement à poursuivre sa route sans s'arrêter auprès de la petite peste, mais, influencé par sa bonne éducation, il tira sur les rênes. Cléo s'arrêta sur-le-champ en poussant un terrible hennissement, tandis que les hommes, derrière, s'arrêtaient dans une pagaille indescriptible.

Nadejda agita une main pour chasser de son visage la poussière soulevée par les chevaux et sourit à son fiancé, comme si elle le rencontrait fortuitement au cours d'une promenade.

— Bonjour, Stefan. Belle journée, en vérité.

« Tu parles ! » songea le prince.

Il n'était pas d'humeur à débiter des phrases toutes faites et sans signification. De nouveau, sa colère enflait. Il venait de voir Nadejda sur l'escalier, et ce spectacle lui avait semblé incongru, presque inconvenant. Jamais il n'avait imaginé, vraiment, que la jeune fille pourrait vivre dans sa maison. Une fiancée est encore un peu une étrangère, un nom qu'on prononce dans la conversation, un futur éloigné, une femme qui sera peut-être la mère de vos enfants. Les seuls souvenirs que Stefan avait de sa fiancée la situaient à Saint-Pétersbourg. Mais là, elle était installée, et bien installée, dans sa maison. Comme la veille au soir, au cours du dîner, il lui semblait impossible de garder la jeune fille auprès de lui.

Cléo, qui sentait sans doute l'impatience de son maître, encensait nerveusement, comme si elle voulait donner des coups de tête à Nadejda.

— Faites mes amitiés à vos parents, dit Stefan avec une urbanité dénuée de bonne humeur.

Il ne poussa pas la politesse jusqu'à formuler des souhaits pour le vice-roi. Bien qu'il rencontrât souvent le prince Melikoff en public — ils figuraient tous deux parmi les plus importantes personnalités du Caucase —, la haine de Stefan envers celui qu'il considérait toujours comme un usurpateur était intacte. Ni soldat ni même diplomate, Melikoff était essentiellement un courtisan qui traitait avec un mépris non dissimulé les populations sur lesquelles il régnait. Descendant par sa mère des tribus caucasiennes, Stefan ressentait l'attitude de Melikoff comme un affront personnel.

Nadejda faisait tournoyer son ombrelle, et agaçait fortement Stefan. Cléo, elle, semblait prête à mordre.

— Mon chéri, dit Nadejda, vous ferez vos civilités vous-même à papa et à maman, puisque je vais les chercher de ce pas.

Fort heureusement, Stefan ne pouvait voir les sourires et les regards entendus qu'échangeaient ses hommes derrière son dos. Avoir été arrachés à leur petit déjeuner pour courir après la maîtresse du prince les amusait fort. Tous musulmans, ils ne voyaient pas de difficulté morale à avoir plus d'une épouse : leur loi leur en autorisait quatre. Aucun d'entre eux, cependant, ne comprenait ce que Stefan pouvait bien trouver à la jeune femme blonde aux yeux trop bleus et à la voix trop doucereuse. D'habitude, il faisait preuve de plus de discernement. Eux qui lui servaient de gardes du corps depuis plusieurs années étaient parfaitement au courant de ses goûts en matière de femmes.

— Je suis désolé de ne pouvoir rencontrer vos parents, mais j'ai reçu des ordres très tôt ce matin et je dois partir.

— Oh, si ce n'est que cela ! s'exclama Nadejda. Melikoff a le pouvoir de casser n'importe quel ordre. Je vais lui dire...

— Non ! Vous ne direz rien. Je ne reçois pas de contrordres de Melikoff.

— Ne soyez pas stupide, Stefan. Il est le représentant du tsar pour tout le Caucase.

— Possible. Mais moi, je prends mes ordres uniquement auprès du tsar, pas de Melikoff.

Nadejda commit alors la faute de taper du pied. C'était exactement ce qu'il ne fallait pas faire dans les circonstances présentes.

— Non, vous ne pouvez pas partir ! ajouta-t-elle.

Les yeux du prince s'agrandirent, son corps se raidit, et Cléo sentit dans sa bouche la blessure du mors. Pourtant, ce fut d'une voix parfaitement calme que Stefan déclara :

— Je dois partir.

— J'espère au moins que vous serez de retour pour le dîner ?

L'ombrelle avait cessé de tournoyer. Nadejda faisait la moue.

— Je crains que cela ne soit pas possible, répondit Stefan.

— Mais je vais chercher le personnel de Melikoff pour servir !

— Je suis sûr que tante Militza appréciera ce geste à sa juste valeur, répliqua Stefan d'un ton sec.

Personne, jamais, n'avait eu l'outrecuidance de renvoyer tout son personnel, dont les familles servaient les princes Bariatinsky depuis des générations.

— Pousse cette voiture ! ordonna-t-il sèchement au cocher. Immédiatement !

C'était un ordre gratuit, inutile, puisque ses hommes pouvaient fort bien passer, mais il lui plaisait de faire preuve d'autorité en présence de Nadejda. Pour qui se prenait-elle ? songea-t-il avec rage. Et puis, au même moment, une pensée le frappa : s'il épousait cette femme, elle voudrait tout régenter dans sa maison, elle tâcherait de lui rendre la vie difficile...

— Bonne journée, mademoiselle, lança-t-il d'un ton ironique.

Mettant sa jument au petit trot, il longea la voiture et s'éloigna. Ses hommes le suivirent en bon ordre, le visage illuminé d'un sourire. Ils attendaient la chasse avec impatience. Le temps était parfait pour une belle chevauchée, et ils avaient toujours préféré une poursuite à une simple promenade.

Ils se dirigèrent vers la cité nichée au milieu des collines, toutes surmontées de citadelles. Du bazar montaient déjà les mille bruits témoignant de l'activité des marchands. Stefan fit conserver à sa monture une allure retenue pour traverser les rues étroites et montueuses de

Nari-Kala, le quartier arménien. Puis, il fit traverser à sa petite troupe le pont conduisant au centre de la cité, où des immeubles de style européen, vieux d'un demi-siècle, voisinaient avec des constructions traditionnelles. Il passa devant le théâtre, le jardin public, les bâtiments administratifs, ainsi que les magasins de luxe.

Ils gagnèrent ensuite Avlabar, le quartier géorgien, groupé autour de la forteresse et de l'église construites par Vakhtang Gourgastan, le fondateur de Tiflis. Ce furent ensuite les faubourgs de la ville, aux maisons plus clairsemées, parsemant les terrains vagues et les premiers champs. Stefan relâcha les rênes et sa jument, comprenant instantanément le message de son maître, se lança au galop.

Bientôt, le petit groupe galopait sur la route poussiéreuse. Stefan comptait les kilomètres, et évaluait l'avantage qu'il prenait peu à peu sur la fuyarde. Chaque arrêt aux relais de poste retardait davantage Lisaveta, alors que lui et ses cavaliers changeaient de monture sans s'arrêter.

Stefan restait silencieux, concentrant toute son énergie sur ce projet : rattraper Lisaveta. Elle était plus décidée qu'il ne l'avait cru, mais elle accepterait sans doute de rentrer avec lui au palais, malgré la présence de Nadejda. En repensant à sa fiancée, aux parents de cette dernière, à Melikoff, il sentit la colère le reprendre de nouveau. Haci commit alors l'erreur de lui faire remarquer que s'ils continuaient de courir à cette allure, ils risquaient de tuer les chevaux. Il s'attira pour toute réponse un regard furieux et se le tint pour dit.

De son côté, Lisaveta parcourait à une allure plus réservée les riches plaines de Géorgie.

Soudain, la route de plus en plus pentue se lança à l'assaut des collines, traversa des défilés de plus en plus sombres, se coula au pied de forts sur les murs desquels la jeune femme distinguait les sentinelles en faction. Elle ne tarda pas à apercevoir les montagnes enneigées à l'horizon. Elle n'avait aucune raison de se hâter. Epuisée par la nuit passée avec Stefan, elle se demandait à présent si elle avait eu raison de quitter le palais.

En fait, elle se trouvait confrontée au dilemme du devoir opposé au sentiment. Comme il aurait été doux de rester, songea-t-elle, si seulement elle avait su faire taire les voix conjointes du devoir et de l'orgueil. Mais pouvait-elle se contenter d'être pour Stefan le repos du guerrier avant qu'il reprît la campagne ? Elle jugeait que non.

Et puis, il y avait Nadejda, bien sûr, la fiancée peu aimée. Avec raison, lui semblait-il. Une petite voix ne cessait de lui glisser sournoisement : « Tu aurais fait une épouse tellement plus convenable... »

D'une voix de fausset, le cocher chantait à tue-tête de vieilles romances traditionnelles. Lisaveta jeta un coup d'œil par la fenêtre et admira le paysage magnifique, les champs tirés au cordeau qui s'étendaient au pied de falaises rougeâtres surmontées de pins. Le soleil éclairait toutes choses et magnifiait les couleurs. Lisaveta se dit qu'un merveilleux spectacle s'offrait à elle et qu'elle emportait dans son cœur de beaux souvenirs.

N'était-ce pas cela le bonheur? se demanda-t-elle avant de s'endormir.

Stefan arrivait au grand galop au sommet de la cinquième colline depuis qu'il avait quitté Tiflis sans même prendre le temps d'équiper sa jument. Il chevauchait à cru aussi bien que sur une selle, et les cals dont s'ornait le bas de son dos le prouvaient aisément. Il jeta un coup d'œil sur le soleil, puis sur la route qui descendait devant lui. La grande voie géorgienne, qui avait été taillée dans les montagnes au cours d'un combat de plus de cinq ans contre la nature hostile, montait et descendait d'innombrables collines, transperçait des rochers, s'insinuait dans les gorges et les défilés. Et Stefan connaissait ces lieux aussi bien que ses propres terres, pour les avoir parcourus en tous sens depuis sa plus tendre enfance.

Lisaveta ne devait plus être très loin maintenant. Il galopait sans relâche depuis trois heures. Sa voiture peinte en bleu vif ne passait pas inaperçue, de même que la beauté de la jeune voyageuse. Chaque relais de poste se souvenait exactement du moment où l'équipage de la belle demoiselle s'était arrêté pour changer de chevaux. Selon les palefreniers de Tskinval — le dernier relais avant la passe de Krestovaia —, elle n'avait pas plus d'un quart d'heure d'avance sur ses poursuivants.

Stefan pressa les flancs de sa jument pour l'encourager à prendre encore de la vitesse et Haci, se retournant pour adresser un geste à ses hommes, donna des éperons pour se rapprocher de son maître.

Dix minutes plus tard, ils aperçurent une tache bleue, brillante sous le soleil, qui disparaissait dans un tournant. Stefan sourit, d'un sourire de carnassier, tempéré cependant par la tendresse. Après plus de trois heures d'une cavalcade effrénée, il avait chaud, il était fatigué, couvert de poussière et il se sentait d'humeur à morigéner quiconque l'aurait obligé à entreprendre semblable poursuite. Il tira la Winchester attachée au col de sa monture et tira six coups vers le ciel. Cela fait, il imposa un rythme plus lent à sa monture, car il savait que le cocher et les laquais reconnaîtraient le signal.

Il avait gagné.

— Pourquoi nous arrêtons-nous ?

Lisaveta s'était réveillée en sursaut. Il lui semblait

avoir entendu plusieurs coups de feu, mais elle n'en était pas sûre. Peut-être avait-elle rêvé ? Inquiète, elle passa la tête par la fenêtre et constata que la voiture était arrêtée au milieu de la route, à l'ombre d'un bouquet d'arbres. Les bandes armées parcouraient les montagnes, et si une attaque était en vue, ce n'était certes pas le moment de se reposer !

— Qui a tiré ? demanda encore Lisaveta, déjà à moitié rassurée par l'air placide du cocher.

— Le prince, mademoiselle, répondit l'homme avec un grand sourire.

Il avait commencé le voyage en s'adressant à la jeune femme selon les règles imposées par le rigide protocole. Mais comme celle-ci n'avait pas tardé à lui faire savoir que « Votre Illustre Grandeur » risquait de la faire rire, il se contentait depuis d'un « mademoiselle » plus simple, mais tout aussi déférent.

— Le prince ? demanda-t-elle. Vous êtes sûr ?

— Complètement, mademoiselle.

— Mais nous avons quitté Tiflis depuis plus de quatre heures...

— Presque cinq, mademoiselle.

— Mais pourquoi le prince se dirigerait-il vers le nord, lui aussi ?

— Je ne saurais le dire, mademoiselle, répondit le cocher avec une politesse empesée, bien qu'il eût une petite idée de la raison qui pouvait amener son maître dans les parages.

— Est-ce que nous devons l'attendre ? interrogea encore Lisaveta qui se doutait elle aussi des motivations de Stefan.

Elle ne voulut pas se demander s'il accourait avec une proposition de mariage, puis se gourmanda même pour agiter des idées si irréalistes. En pleine conscience de ses actes, elle avait entamé une relation avec le prince, et voilà soudainement qu'elle demandait du décorum? C'était injuste pour lui et cela choquait le sens de la liberté de Lisaveta. Cependant, la poursuite entamée par le prince choquait également son sens de la liberté, et elle se prit à espérer qu'il se montrerait raisonnable.

Peut-être venait-il simplement lui faire ses adieux.

Lorsque le bruit de la galopade fut plus distinct, les chevaux de l'attelage manifestèrent un début de nervosité et, secouant leur tête couverte de poussière, agitèrent leur harnais. Ils avaient reconnu l'arrivée de leurs compagnons d'écurie. Quant à Lisaveta, elle perçut distinctement la voix de Stefan qui encourageait ses hommes.

Soudain, la porte de la voiture s'ouvrit à toute volée, et la silhouette de Stefan se dessina dans l'encadrement illuminé de la vive lumière du soleil. Celui-ci était à son zénith et beaucoup trop chaud, même à cette altitude, à l'ombre des grands arbres.

Stefan portait encore les vêtements de la soirée précédente. Son visage était couvert de sueur et de poussière, ses cheveux mal peignés, sa lèvre légèrement gonflée là où Lisaveta l'avait mordue.

— Viens, dit-il en tendant la main.

Cet ordre sèchement donné n'était pas une demande en mariage. Ni une poétique déclaration de vœux de bon voyage. Ce n'était vraiment pas ce à quoi Lisaveta s'était attendue.

— Non, répondit-elle.

Stefan s'épongea le front du revers de la main.

— Ne me pousse pas à bout, Lise! Voilà trois heures que je galope à ta poursuite.

— Et alors? Est-ce ma faute?

Le ton d'ironie légère n'échappa pas au prince. Et à la vérité, Lisaveta ne lui avait en effet rien demandé.

— Si, c'est ta faute! répliqua-t-il, tout en sachant que sa réponse n'était pas raisonnable.

— Je t'ai dit que je devais partir, reprit Lisaveta.

Elle lui avait parlé, comme on essaie de raisonner un enfant capricieux. Mais avec le parfum du prince, cette odeur de sueur que ne parvenait pas à vaincre les fragrances de son eau de Cologne, un mélange spécial distillé pour lui dans le bazar, la jeune femme fut submergée par les souvenirs de la nuit. Elle se demanda s'il était utile de raisonner Stefan, sachant combien était implacable sa volonté.

Il laissa échapper un soupir très audible, et lorsqu'il reprit la parole, sa voix avait monté de plusieurs tons.

— J'aimerais bien ne pas rester trop longtemps sous ce soleil. J'aimerais aussi changer de vêtements. Bref, je préférerais que nous reprenions cette discussion plus tard, comtesse.

— Ce qui signifie ? demanda Lisaveta du ton le plus innocent possible.

Devant la façon dont la traitait le prince, elle sentait la colère monter en elle.

— Cela signifie que nous repartons immédiatement ! Il te faut un cheval pour terminer le voyage, aussi je suggère que tu prennes ma main afin que je te conduise jusqu'à ta monture.

— Et si je ne désire pas reprendre le voyage avec vous ?

Les yeux de la jeune femme s'étaient dangereusement rétrécis. Elle avait envie de combattre. C'était sa volonté contre celle du prince. De toute sa vie, on n'avait jamais rien imposé à Lisaveta, elle avait toujours été responsable de ses actions. Elle n'aimait donc pas recevoir des ordres, qu'ils fussent du prince ou d'un autre, et en outre, elle se sentait d'un rang suffisamment élevé pour refuser d'en passer par où voulait Stefan.

Il jeta un bref coup d'œil autour de lui. Ses hommes s'étaient affaissés sur leurs chevaux, mais il ne doutait aucunement de leurs capacités d'action.

— Chérie, dit-il en revenant à Lisaveta, à ta place je m'épargnerais le ridicule d'un enlèvement.

Lisaveta se raidit.

— Dois-je comprendre que vous avez l'intention de m'obliger à vous suivre contre ma volonté ?

— Bien sûr que non, répondit Stefan avec un sourire rien moins que rassurant. Je veux simplement te faire prendre une route plus pittoresque. D'autre part, après ce que nous avons fait cette nuit, je te serais reconnaissant de m'épargner tes discours sur ta volonté. Je suis ici seulement pour satisfaire tes...

Son sourire espiègle indiquait assez à quoi il pensait. Il aurait voulu dire : « tes désirs de luxure ». Mais comme il savait que les femmes, en général, aiment bien que les choses soient énoncées galamment, et qu'il était bien élevé, Stefan dit simplement :

— ... tes désirs.

— Mes désirs, rétorqua sèchement Lisaveta, sont de continuer mon voyage en direction du nord.

— Mais c'est ce que tu feras... après.

— Après quoi ?

Stefan fit un rapide calcul mental et répondit :

— Après vingt-six jours, seize heures, plus ou moins quelques minutes. Cela dépendra de Haci.

— Je vous hais ! lança Lisaveta d'une voix sifflante.

— Tout comme moi, répondit fort aimablement le prince.

Il lui tendit la main et d'un ton fort pressant, ajouta :

— Maintenant, si vous voulez bien vous donner la peine de descendre.

Lisaveta n'avait pas dit son dernier mot.

— Et si je résiste ? dit-elle en se rencognant dans la voiture.

— Enfin, Lise ! Qu'est-ce que vous imaginez ? Que je vais vous offrir en proie aux bêtes sauvages ? Venez avec moi, vous aimerez mon refuge dans la montagne, je vous assure.

— C'est une atteinte insupportable à ma liberté.

— Ah, je vois ce que vous voulez... Une invitation faite dans les formes. Je pensais avoir satisfait à cette obligation... la nuit dernière.

Lisaveta comprit alors que Stefan ferait ce qu'il disait. Voulant éviter le ridicule de se voir tirée hors de la voiture, en hurlant et en donnant des coups de poing et de pied, presque seule en face du prince et de ses hommes dévoués, sans armes, elle émit une dernière protestation.

— Je désire vous exprimer ma totale désapprobation pour ces... pour ces...

La rage l'empêchait de trouver le mot adéquat. Stefan vint à son secours.

— ... pour ces vacances? proposa-t-il. Très bien, je prends bonne note de votre désaccord, comtesse. Pouvons-nous y aller, maintenant?

Souriant, sûr de lui, il gravit le marchepied de la voiture.

— Vous êtes un être sans vergogne, autoritaire, impérieux et arrogant! dit encore Lisaveta.

— C'est ce qu'on me répète continuellement, assura Stefan d'un ton satisfait, comme si on venait de lui décerner quantité de compliments. Mais croyez-moi, ce sont des qualités très utiles pour commander aux armées du tsar.

— Vous n'avez pas le droit de me garder prisonnière!

Sur ces mots, Lisaveta observa l'expression de Stefan, et les hommes nombreux et bien armés qui entouraient la voiture. Soudain, non sans trouble, elle prit conscience de sa vulnérabilité.

— Avez-vous réellement l'intention de me garder prisonnière? demanda-t-elle.

— Mais non! Je vous garde comme invitée.

Stefan avait recouvré sa voix charmeuse et aimable. Cette tigresse, qui lui avait terriblement manqué au cours des quelques heures de sa fuite, lui paraissait plus belle encore que dans son souvenir.

— Je puis vous promettre un séjour très agréable.

— Je ne veux pas y aller contrainte et forcée, reprit Lisaveta d'un ton têtu.

De nouveau s'agitaient dans sa tête les innombrables arguments qui plaidaient en faveur de son départ : Nadejda, la fiancée qui attendait, là-bas... et puis, les centaines de femmes qui avaient peuplé la vie de Stefan et qui continueraient sans doute d'arriver. Pourquoi devrait-elle docilement se joindre à ce cortège de courtisanes ?

Le prince laissa échapper un soupir plein de compréhension.

— Je vois quels sont vos tourments, dit-il en prenant la main de Lisaveta. Fermez les yeux et pensez à l'empire.

Il descendit du marchepied et attira la jeune femme, l'obligeant enfin à sortir de la voiture.

— L'empire ? dit-elle. Que vient faire l'empire dans cette affaire ?

— Vous êtes d'avance absoute de toute faute morale, expliqua Stefan. Promis ! Je prends tous les torts sur moi. Ma réputation, qui n'est déjà pas fameuse, n'en souffrira pas trop. J'accepte donc d'être qualifié de suborneur.

— Vous vous moquez bien de ce que peuvent penser les gens, n'est-ce pas ?

Quand Stefan attira Lisaveta tout contre lui, celle-ci fut envahie d'une onde de chaleur et se demanda si elle devait en rendre le soleil responsable.

Quant au prince, il se remémora les innombrables scandales qu'il avait déjà suscités au cours de sa carrière, et dont il se souciait fort peu.

— Oui, dit-il, on ne ferait jamais rien si on se souciait de ce que pensent les gens.

Il souleva Lisaveta et prit la direction de son cheval.

— Mais vous moquez-vous de ce que les gens penseront de moi ? interrogea sa captive.

C'était un point auquel il n'avait pas pensé. Il s'arrêta, pensif, et déclara d'un ton solennel :

— Vous pouvez faire confiance à mes gens et à mes hommes. Ils ne diront rien.

— Et Nadejda ?

— Nous veillerons à ce qu'elle ne te fasse pas souffrir.

Comme il se rendait bien compte que la famille Tanaiev pouvait causer quelques désagréments à Lisaveta, Stefan ajouta d'un ton rassurant :

— Je te placerai sous la protection d'Alexandre. Tu ne peux pas désirer meilleur champion.

Le tsar ! Stefan mettait dans la balance son statut privilégié et sa position de favori de l'empereur. Les yeux soudain pleins de gravité, il demanda encore :

— Est-ce que tu veux un document écrit ?

« Ce que je voudrais, pensa alors bizarrement Lisaveta, c'est un certificat de propriété. Ainsi, tu serais à moi seule, pour toujours. »

Quelle femme, en effet, n'aurait souhaité semblable document ? Stefan était si beau, si séduisant. Il serait pour elle, Lisaveta n'en doutait pas, une source de tourment. Mais puisqu'elle ne pouvait avoir ce qu'elle désirait, et que le prince, bien trop indépendant pour cela, n'accepterait jamais de devenir sa chose, elle se contenta de répondre :

— Ma réputation ne dépend pas d'un décret.

— Si, chérie.

Stefan sauta sur sa jument et tira la jeune femme qu'il installa devant lui.

— Si c'est un décret du tsar lui-même, poursuivit-il en enlaçant Lisaveta, personne n'osera attaquer ta réputation.

Il se pencha et ajouta dans un souffle :

— Embrasse-moi.

— Je ne peux pas, on nous regarde.

— Alors, c'est moi qui t'embrasserai.

Et c'est ce qu'il fit.

Ils chevauchèrent pendant une demi-journée, empruntèrent des chemins impossibles, presque invisibles, et gravirent des pentes très raides. De temps en temps, ils s'arrêtaient au bord d'un précipice pour laisser se reposer les chevaux et, s'ils rencontraient une cascade, laissaient s'abreuver leurs bêtes dans l'eau glacée qui coulait le long des rochers. Certaines portions du chemin ne consistaient qu'en un étroit passage au-dessus de véritables gouffres, et Lisaveta se cramponnait alors à Stefan, les yeux fermés pour ne pas les voir. Le prince, qui ne connaissait pas les mêmes frayeurs, plaisantait avec ses hommes et échangeait avec eux des souvenirs et des histoires. De temps en temps, il se penchait sur la jeune femme pour la gratifier d'un baiser. Il lui souriait, elle frissonnait et se pelotonnait dans ses bras.

Très tard le soir, alors que le soleil déclinait sur l'horizon, l'air fraîchit nettement. Les voyageurs avaient atteint une altitude considérable. Ils traversèrent une forêt de sapins, dont l'atmosphère était emplie d'une forte senteur de résine, et chevauchant dans la lumière rouge du soleil déclinant, ils approchèrent bientôt d'un chalet couvert de tuiles de bois verdies par la végétation. Le bâtiment, semblait-il, avait été construit sans plan. Il s'étirait sur le sol, offrait à l'œil des fenêtres et des porches de styles différents, ainsi que des treillis de vigne vierge. Comme si le propriétaire avait agi sur un coup de tête, plusieurs ailes avaient été ajoutées au bâtiment initial. Ce chalet était perché sur un rocher escarpé et, derrière lui, s'ouvrait un précipice vertigineux. Devant, s'étendaient une petite cour et un jardinet couvert de parterres de fleurs.

On eût dit une maison de conte de fées.

La porte, peinte en rouge, s'ouvrit, et une jeune fille aux longs cheveux noirs apparut en courant. Elle semblait elle-même issue d'un conte de fées. Très longue, très fine, vêtue d'un costume brillamment coloré de gitane, elle était fraîche et transparente comme une nymphe. Ses bras nus et ses jambes avaient une couleur olivâtre qui attestait son ascendance bohémienne, et ses tresses noires brillaient au soleil comme de la soie.

— Stash, Stash ! s'écria-t-elle. Tu es enfin de retour.

Ses grands yeux noirs luisaient de bonheur, et elle ouvrit les bras en guise de bienvenue.

Lisaveta, toujours installée dans le giron du prince, se raidit. Quant à la jeune gitane, elle blêmit en voyant qui accompagnait Stefan.

« Mon Dieu ! pensa-t-il. Je l'avais oubliée. »

— Ne bouge pas, murmura-t-il à l'adresse de Lisaveta.

Il connaissait parfaitement le caractère emporté de Choura — et son adresse au couteau. Il lança quelques mots rapides à Haci en un dialecte que Lisaveta ne comprenait pas, mais dont le sens lui apparut parfaitement clair.

Déjà, Choura se précipitait en avant, prête à en découdre, mais le fidèle Haci s'interposa sans descendre de cheval. Lisaveta, quant à elle, observait avec curiosité le visage impassible de Stefan. Haci réussit à saisir la gitane par un bras et il l'emporta au petit trot hors de la courette. Les cris stridents de la jeune fille retentirent dans les bois de pins, et l'écho les propagea dans toute la montagne. Lisaveta, médusée, prit bonne note de l'air détaché de Stefan. Pour lui, il ne s'agissait que d'un inconvénient mineur, vite réglé au demeurant.

— Est-ce qu'il va la noyer? demanda-t-elle avec malice. Ou va-t-il la conduire à votre harem ?

Stefan était fatigué et fourbu ; il avait faim. Après une nuit au cours de laquelle il avait peu dormi, il venait de passer la journée à cheval. Aussi était-il fort peu disposé à accepter docilement les sarcasmes d'une femme à cause de qui il subissait cette scène pénible.

— J'ai simplement voulu te sauver la vie, dit-il sèchement. Si elle avait pu, Choura t'aurait écorchée vive.

— Je sais me défendre, merci ! répondit Lisaveta sur le même ton.

Mentalement, elle faisait le compte : Stefan n'avait pas seulement une fiancée au palais, il avait aussi une femme en réserve dans son chalet.

— Est-ce qu'on se bat ainsi souvent pour vous ? reprit-elle, retenant avec peine sa fureur.

Comme s'il ne lui suffisait pas de constater qu'elle était de plus en plus attachée au prince, il fallait de plus qu'elle s'aperçût qu'il disposait de femmes prêtes à faire ses quatre volontés dans tous les lieux où il se rendait.

— Non, fit-il tranquillement. Maintenant, si tu veux bien m'excuser un petit moment.

Son ton contenu, le contrôle de soi qu'il manifestait en cette occasion, firent enrager davantage Lisaveta.

— Et si je ne veux pas ? s'écria-t-elle.

Son objection, elle s'en rendait bien compte, n'avait pas grande valeur. Mais elle l'avait faite pour avoir le dernier mot. Il est toujours désagréable de s'apercevoir qu'on ne peut pas plier le monde et les autres à sa volonté.

Stefan la considéra un long moment. Son visage arborait une expression pleine de bienveillance, comme s'il regardait un petit enfant qui le défiait.

— Nakun va te montrer les lieux, indiqua-t-il simplement. Fais comme chez toi.

Et il adressa un petit signe à un de ses hommes.

— Je ne veux pas faire comme chez moi, prince ! répliqua Lisaveta.

Elle essayait de garder le contrôle de sa voix, afin de ne pas se donner en spectacle devant tous ces hommes qui guettaient l'esclandre d'un œil gourmand. Si cela avait été possible, elle aurait voulu aussi ne pas avoir l'air d'une gamine prête à pleurer. Mais cela, c'était au-dessus de ses forces.

— Je veux retourner à la maison, dit-elle. Je refuse d'être votre prisonnière... Et si vous pensez que je vais me soumettre à votre bon vouloir, comme une docile bohémienne, vous vous trompez !

Alors, Stefan se mit à rire. Docile était bien le dernier adjectif qu'il aurait choisi pour qualifier Choura. Mais sa gaieté eut le pouvoir d'augmenter encore la fureur de Lisaveta.

— Je suppose, déclara-t-elle, qu'un homme qui se réserve des Persanes pour ses plaisirs trouve cette situation très amusante, mais je refuse d'assurer vos plaisirs.

« Mon Dieu ! pensa Stefan. Où va-t-elle chercher tout cela ? » Bien qu'il éprouvât de plus en plus de difficultés à se contenir, il répondit d'un ton calme :

— Inutile de t'agiter ainsi. Accepte mes excuses pour Choura. C'est... c'était un oubli. Maintenant, je vais tout préparer et je serai de retour dans un moment.

— Un oubli ? releva Lisaveta qui n'en avait pas fini. Vous voulez dire comme un paquet oublié, sans doute ? Ou un obstacle gênant ?

Les yeux d'or de la jeune femme jetaient des éclairs. Elle semblait près d'exploser de fureur.

— Calme-toi, Lise, lui murmura Stefan. Il y a une explication. Maintenant, je vais tout arranger.

— Est-ce que vous avez au moins écouté tout ce que je vous ai dit ? s'écria Lisaveta. Je ne veux pas que vous arrangiez tout, je ne veux pas que vous continuiez à me parler sur ce ton, et je ne veux pas rester ici !

Chaque mot était ponctué d'un fort coup de poing sur

le torse de Stefan. Sans chercher à cacher leur amusement et leur intérêt, les soldats admiraient en connaisseurs la colère de la comtesse. Tous considéraient les femmes comme un divertissement heureux dans la vie militaire et, d'après ce qu'ils voyaient, leur maître n'allait pas manquer de divertissement au cours des prochains jours.

Pour lors, Stefan savait qu'il devait d'abord régler quelques petits problèmes avec Choura. Et cette dispute avec Lisaveta n'était pour lui d'aucune utilité.

— Faudra-t-il que je t'attache, à la fin ? demanda-t-il en soupirant.

Les yeux de Lisaveta s'écarquillèrent. Il n'oserait tout de même pas... Regardant autour d'elle, elle songea que Stefan avait des contacts étroits avec ces guerriers aux regards sauvages. Il vivait comme eux, qui ne connaissaient que les lois de la guerre. Et lorsqu'il promettait d'attacher une femme, il avait certainement l'intention de le faire.

— M'attacher ? balbutia-t-elle, voulant encore croire qu'elle avait mal compris.

— Veux-tu accompagner Nakun à l'intérieur de cette maison, ou dois-je employer les grands moyens pour t'y contraindre ?

Stefan avait formulé sa question du ton dont l'on demande à un invité s'il préfère du citron ou du lait avec son thé. Mais la menace était réelle.

Lisaveta jeta encore un bref regard aux guerriers enturbannés qui attendaient les ordres de leur maître. Elle fit rapidement le compte des carabines, des sabres et des pistolets... et en tira la conclusion qui s'imposait.

— Très bien, murmura-t-elle, ne vous donnez pas la peine de m'attacher.

— Splendide ! s'exclama Stefan.

Il la mit entre les mains de Nakun, et elle lança d'un ton grinçant :

— Si jamais j'en ai l'occasion, je vous revaudrai ça !

Le sourire de Stefan se fit carnassier.

— Rassure-toi, tu auras toutes tes chances.

Il lui passa un index délicat sous le menton, et murmura :

— Chérie.

Après quoi, il se tourna vers le soldat pour lui donner cet ordre très sec :

— Enferme-la !

7.

La belle horloge du salon indiquait le mouvement des marées et celui des constellations, mais ses aiguilles se déplaçaient trop lentement au gré de Lisaveta. La jeune femme, qui arpentait sans relâche le plancher de bois ciré, s'interrompait fréquemment pour consulter le cadran ; elle constatait qu'une seule petite minute s'était écoulée depuis sa dernière lecture et, rageuse, reprenait sa marche. Elle avait déjà admiré le magnifique paysage qui s'offrait à elle depuis la grande fenêtre, elle avait compté les sommets lointains couronnés de neiges éternelles et admiré le vol des aigles qui tournoyaient dans le ciel...

Eux, au moins, étaient libres.

Soudain démoralisée, elle se laissa tomber sur une chaise et se détourna du panorama enchanteur pour réfléchir encore à la position délicate dans laquelle elle se trouvait. Et puis, comme aucune solution ne s'offrait à elle, et qu'une évasion ne lui semblait aucunement possible, elle reprit son interminable marche, cette fois plus lentement.

Revenu dans son nid d'aigle, Stefan lui avait révélé sa vraie nature, que les manières exquises déployées dans le palais de Tiflis avaient occultée jusque-là : c'était un guerrier. Il avait le même comportement que ses hommes : brusque, rude, et heureux lorsqu'il avait les armes à la main. Lisaveta se rappela la première vision qu'elle avait eue de lui, lorsqu'elle s'était crue capturée par une autre tribu aussi sauvage que celle des Turcs. Seul l'uniforme blanc de chevalier-garde distinguait le prince des cohortes qui hantaient les environs de Kars. Et, alors qu'elle avait appris, au cours des jours suivants, à mieux connaître la personnalité subtile et complexe de son sauveur, les hommes lui avaient semblé, eux aussi, moins simples à définir qu'elle ne l'avait supposé.

Lisaveta était troublée, perplexe. Que devait-elle penser de son attirance pour Stefan ? Cela l'effrayait de se savoir isolée avec lui, si loin de toute civilisation, et sans aucune possibilité d'échappatoire. Mais avant tout, le sentiment qui supplantait tous les autres, c'était la colère.

Une colère qui trouva à s'exprimer vingt minutes plus tard, lorsque Stefan revint enfin dans le chalet.

La statuette de jade représentant la favorite d'un empereur T'ang, objet particulièrement apprécié de Stefan pour le travail délicat avec lequel l'artiste avait su rendre la robe, le manqua de peu alors qu'il avait encore la main sur le bouton de la porte. Il se relevait à peine qu'il vit arriver le lourd encrier de cristal, bientôt suivi de plusieurs presse-papiers en malachite. Le temps de courir vers la jeune femme pour lui arracher l'aiguière de cristal, et il entendit s'écraser sur les murs plusieurs autres objets précieux auxquels il tenait.

Un instant, Stefan se demanda si, au bout du compte, les colères de Choura n'étaient pas moins féroces. La jeune gitane avait finalement accepté de quitter les lieux, nantie d'une bourse bien pleine, et avec la promesse de recevoir deux chevaux et un assortiment de compliments et de mensonges lénifiants. Lorsqu'elle avait recouvré le sourire, Stefan avait dû encore, avec des mots soigneusement choisis, décliner sa proposition d'une partie à trois dans le grand lit.

Avec un haussement d'épaules, la gitane s'était éloignée, accompagnée de deux hommes qui avaient pour mission de la laisser au premier village. Là, elle trouverait facilement sa route qui la conduirait chez elle. Se retournant une dernière fois, elle n'avait pas résisté au plaisir de faire une dernière remarque, sur le ton de la prophétie.

— Je crois que celle-là, là-dedans, ne se laissera pas aussi facilement éconduire. Je te souhaite bien du plaisir, Stash !

Sur ces mots, elle s'était drapée dans son grand châle couleur d'émeraude, avait envoyé un dernier baiser au prince et s'était éloignée en souriant.

Pour lors, le prince tenait les deux mains de Lisaveta et évitait les furieux coups de pied qu'elle lui décochait.

— Je vous hais ! hurlait-elle. Jamais je n'ai été traitée ainsi... Vous m'entendez ? Jamais ! Je ne suis pas une de vos bohémiennes... qu'on peut acheter pour quelques roubles... et qu'on renvoie ensuite...

— Pas quelques roubles, corrigea Stefan en faisant un petit bond de côté. Cinquante mille.

— Cinquante mille ? s'exclama Lisaveta. Mais vous êtes fou ! L'émir d'Erzurum n'a jamais payé une femme plus de vingt mille roubles. Et ce sont des Circassiennes de toute beauté.

— Je l'ai fait pour toi. Maintenant, elle est partie.

— Pourquoi ? Mais pourquoi ?

En proie à un réel étonnement, Lisaveta avait soudain cessé de se débattre.

Stefan ne savait pas pourquoi il avait agi de la sorte. Mais comme on exigeait une réponse de lui, il en donna une.

— J'avais oublié qu'elle était ici. J'ai été absent pendant plus de trois mois.

Il haussa les épaules, comme il le faisait souvent

lorsque Lisaveta le forçait à analyser ses sentiments ; et il ajouta à son explication un mensonge un peu plat.

— De toute façon, elle était prête à s'en aller. Choura déteste la solitude.

— Et pourtant, remarqua perfidement Lisaveta, elle vous a attendu pendant trois mois.

— C'est probablement qu'elle ne pouvait pas retrouver seule son chemin...

— Moi, je crois qu'en réalité, elle n'avait nulle envie de partir !

La jalousie, Lisaveta s'en rendait bien compte, se sentait dans ses paroles. Et elle s'en voulut de se révéler ainsi.

— Je ne voulais plus d'elle ici, conclut alors Stefan. C'est pour toi que je l'ai renvoyée. C'est pour toi que j'ai abandonné Nadejda et ses parents. Cela suffira-t-il ?

Il lâcha les mains de sa prisonnière, la regarda un long moment dans les yeux, puis marcha lentement vers la fenêtre.

Posant ses mains sur le linteau, il s'absorba dans la contemplation du magnifique paysage, qu'il avait vu des milliers de fois, mais dont il ne se lassait pas. La rudesse de ces montagnes lui convenait. Ici, il était vraiment chez lui. C'était là qu'il revenait toujours lorsqu'il avait besoin de trouver la paix.

Mais ce jour-là, ses pensées le tourmentaient. Il avait abandonné sa fiancée — ce qui ne le chagrinait pas trop —, et il venait de rejeter Choura, d'une manière plus rugueuse qu'il ne l'aurait voulu. Tout cela à cause de Lisaveta.

— Bien, fit-il en se retournant. Et si nous cessions ce petit jeu ? Qu'en dis-tu ?

Debout au milieu du salon, Lisaveta perçut une certaine froideur dans la voix ; et les sourcils du prince, qui se rapprochaient, ne lui disaient rien de bon.

— Vous auriez dû me laisser partir, murmura-t-elle timidement. Cela aurait été mieux pour vous comme pour moi.

— Sans doute, mais je ne veux pas.

Pendant un court moment, Lisaveta étudia cette réponse. Sa vie, naturellement, avait plus été celle d'un garçon que d'une fille, à cause de la liberté et de l'indépendance encouragées par son père et les études qu'elle avait suivies. Elle n'était pas, elle le savait, une jeune fille ordinaire, et leur première rencontre, cette nuit-là, à Alexandropol...

— Je crois que nous avons fait tous les deux ce que nous voulions, reconnut-elle en souriant.

Stefan pensa qu'il n'y avait aucune fourberie en elle; Lisaveta disait les choses comme elle les sentait, et ce n'était pas le moindre de ses charmes.

— Savez-vous, reprit-elle d'un ton mutin, que vous m'avez beaucoup plu, cette première nuit?

— En effet, j'avais compris que je ne t'étais pas indifférent.

— Dans ce cas, tout ce qui est arrivé par la suite n'est pas entièrement ma faute.

— Si tu veux être parfaitement honnête, non. Mais je n'aime guère ce mot de faute pour qualifier ce qui s'est passé entre nous. Je préférerais dire... bonheur, ou joie.

— Ou paradis sur la terre?

Stefan sourit.

— C'est une bonne approximation.

— Je crois, reprit Lisaveta, que je dois te remercier pour avoir renvoyé la gitane.

Alors Stefan s'avança, souriant, les mains ouvertes en signe de paix.

— Comme tu voudras, murmura-t-il.

— Et te remercier aussi d'avoir dépensé cinquante mille roubles pour moi.

— N'oublie pas mes deux chevaux.

— C'est vrai. Je dois me sentir flattée.

— J'espère bien.

— Combien de jours avons-nous à passer ensemble ?

— Vingt.

Le sourire de Lisaveta se teinta de tristesse.

— Il faudra tout de même que je parte avant, à cause de la cérémonie en l'honneur de père, à Saint-Pétersbourg. J'ai une invitation personnelle du tsar, et je dois passer auparavant à la maison, à Rostov. Mon cousin Nikki compte sur moi...

— Ce sera comme tu voudras, répéta Stefan.

Il attira la jeune femme à lui, et resta immobile, savourant ces premiers préludes au plaisir promis, savourant aussi la paix de cette maison. Il était seul avec la femme qui occupait son esprit et ses sens, isolé avec elle au sommet d'une montagne et voulait passer les vingt jours suivants à lui faire l'amour.

— Je suis désolé d'avoir dû t'enlever, souffla-t-il, tandis que sa main jouait avec la première épingle à cheveux. Mais je ne voulais pas te perdre.

Lisaveta lui posa un doigt sur l'arête du nez, et descendit lentement jusqu'à la lèvre supérieure, comme si elle voulait, par ce geste, marquer sa possession. Qu'il serait doux, pensa-t-elle, si l'on pouvait aussi facilement se réserver un homme. « Je te veux pour toujours, aurait-elle voulu lui dire. Pour le plaisir que tu me donnes, et pour tes sourires, pour les rires que nous partageons, pour l'enchantement qu'il y a à se trouver dans tes bras... »

Au lieu de cela, elle chuchota :

— Je vais te donner une pénitence pour réparer cet enlèvement.

Les mains de Stefan, qui s'affairaient toujours dans les cheveux de Lisaveta, s'immobilisèrent.

— Comme c'est charmant, dit-il.

— Ne te réjouis pas trop. Tu ignores ce que je te réserve.

— Chérie, murmura Stefan en l'attirant plus fort contre lui. Je suis à tes ordres. Parle.

Une onde de désir parcourut Lisaveta. Elle savait, bien sûr, qu'il ne s'agissait que d'un jeu entre eux, mais elle ne put s'empêcher de trouver délicieuse la sensation de puissance que lui procuraient les dernières paroles de Stefan. Elle avait tous les droits...

— Vraiment ? fit-elle.

— Tout de suite, douchka, murmura Stefan en lui prenant le visage entre ses larges mains. Pour toi, je vendrais mon âme.

« Et ta fiancée, qu'en ferais-tu ? » se demanda Lisaveta. Cette pensée pouvait lui gâcher le moment. Si elle le lui demandait, peut-être Stefan accepterait-il de rejeter Nadejda pour lui faire plaisir. Mais elle n'en fit rien. Sans doute par crainte de sa réponse. Un homme dans la position de Stefan ne se mariait pas par amour, et Militza veillerait à ce qu'il contracte une union convenable pour la dynastie.

— Je ne te demanderai pas ton âme, déclara Lisaveta en lui passant les bras autour de la taille.

Un bonheur singulier l'envahissait. Stefan était avec elle. Il avait fait de multiples sacrifices pour qu'ils se trouvent ensemble dans ce refuge de montagne. Il avait abandonné sa fiancée au palais, et c'était une grande satisfaction. En conséquence, Lisaveta estimait qu'elle ne devait pas se montrer trop exigeante.

— Je ne te demande pas ton âme, reprit-elle, bien que je pense n'avoir pas moins de valeur que Choura.

Elle plaisantait, mais Stefan, soudain inquiet, la regarda mieux. Et si elle était comme toutes les autres, après tout ? Il n'avait jamais lésiné quand il s'agissait de faire des cadeaux à ses maîtresses, mais il lui avait semblé jusque-là que la générosité de Lisaveta était unique. Serait-elle, en fin de compte, plus subtile dans sa manière de demander ?

— Bien sûr que tu vaux autant que Choura, répondit-il d'une voix trop calme. Que veux-tu ?

Lisaveta rougit et balbutia :

— Tu vas me trouver bien sotte...

— Jamais, mon cœur.

Il admirait la belle couleur rose de ses joues, le regard franc de ses grands yeux bruns, sachant qu'il lui donnerait tout ce qu'elle demanderait. Il n'était pas un homme à qui l'on pouvait reprocher son manque de générosité.

— Je voudrais que tu n'aimes plus que moi, que tu oublies toutes les autres femmes, laissa-t-elle échapper dans un souffle.

Comme une expression de stupeur se dessinait sur le visage de Stefan, Lisaveta ajouta, très vite :

— Je veux dire... pendant ces quelques jours que nous allons passer ensemble.

N'obtenant pas de réponse, elle précisa encore :

— Promets-le-moi, je t'en supplie. Et ne me demande pas pourquoi. Sache que c'est important pour moi.

Si malgré cette prière instante Stefan lui avait demandé une explication claire, Lisaveta aurait été obligée d'admettre qu'elle l'aimait et que cette révélation venait de résonner dans son esprit tourmenté comme un coup de cymbales. Tout ce qu'elle désirait, c'est que son amour nouvellement découvert fût payé de retour. Durant quelque temps au moins.

Stefan était déconcerté. Pour une femme qui non seulement était intelligente, mais très instruite dans un domaine habituellement réservé aux hommes ; pour une femme qui avait décidé de traverser les champs de bataille du Kurdistan ; pour une femme qui avait fait ce voyage difficile jusqu'au chalet sans se plaindre ni s'évanouir, Lisaveta lui apparaissait soudain très vulnérable et sans artifice, comme une toute jeune fille. Elle n'exigeait pas de cadeaux extravagants ou de grosses sommes d'argent. Elle ne voulait pas le retenir au moyen des artifices que savent trop souvent déployer les femmes. Non. Lisaveta n'exigeait que son amour.

Pour la première fois, le cœur de Stefan fut touché, pas simplement par la naïveté de la requête qui lui était adressée, mais par sa candeur.

— Je te le promets, dit-il sans réussir à cacher son émotion.

A cette réponse, le visage de Lisaveta s'illumina de joie et de bonheur, et un sentiment nouveau se fit jour en Stefan. S'approchant de la jeune femme, il lui murmura doucement :

— Je te fais don de mon amour au sommet de cette montagne.

Lisaveta l'ignorait, mais c'était la première fois de sa vie que Stefan osait parler d'amour.

Il souleva la jeune femme dans ses bras, comme s'il était à bout de patience, et il la transporta hors du salon. Ils montèrent un petit escalier de bois bien ciré, dont la rampe était ornée de feuilles de vigne. Les marches, couvertes d'un tapis vert, étouffaient le bruit des pas.

Arrivés au sommet de l'escalier, ils suivirent un corridor assez obscur orné d'icônes devant lesquelles des cierges étaient allumés. Stefan poussa une double porte sculptée d'animaux fantastiques et entra dans la chambre qui était la sienne depuis sa plus tendre enfance.

Des jouets s'entassaient sur les tables et les étagères. Un cheval à bascule peint de couleurs vives semblait sourire dans un coin. Dans une grande vitrine, des centaines de soldats de plomb s'assemblaient comme avant la bataille. D'innombrables tapis de fourrure étaient jetés sur le plancher et le lit, immense, disparaissait sous un amoncellement de coussins multicolores.

Aux fenêtres pendaient des rideaux de lin bleu, brodés aux armes de la famille Bariatinsky.

Levant les yeux, Lisaveta s'aperçut que sur le plafond, peint d'un beau bleu profond, scintillaient d'innombrables étoiles qui semblaient autant de petits diamants. Bien qu'elle ne fût pas issue, elle-même, d'une famille pauvre, elle n'avait jamais rien vu qui pût rivaliser, en richesse et en beauté, avec cette chambre.

— C'est à ma mère que je le dois, expliqua Stefan en suivant son regard. Lorsque j'étais encore tout petit, je lui ai avoué un jour que j'avais peur en m'endormant et que j'aimerais voir les étoiles de mon lit. Elle m'a donc fait faire ce plafond étoilé.

— Est-ce que Choura aimait ces étoiles, elle aussi ?

Une fois encore, Lisaveta n'avait pu retenir cette remarque, empreinte d'une jalousie qu'elle ne voulait pas s'avouer.

— Je ne l'ai pas amenée ici, lui répondit Stefan.

C'était vrai. Jamais il n'avait toléré de femme dans sa chambre qui était son domaine réservé, secret, fermé à tout autre qu'à lui-même.

— Sa chambre était au rez-de-chaussée, poursuivit-il devant le regard sceptique de Lisaveta. Face à la cour. Je te la montrerai, si tu veux.

— Non, je ne tiens pas à la voir.

La pensée que Stefan et cette gitane eussent pu, dans cette autre chambre, se livrer à de folles étreintes la jetait dans un profond désarroi.

— Alors, elle n'a jamais vu celle-ci ? demanda-t-elle encore, comme si elle avait peine à le croire.

Stefan la déposa doucement dans un énorme fauteuil recouvert d'une tapisserie bleue et or, et s'accroupit devant elle.

— Demande-moi tout ce que tu veux, lui proposa-t-il une nouvelle fois.

— Tu vas te moquer de moi.

— Non, je promets de te dire toujours la vérité.

Cela aussi était nouveau dans la bouche du prince. A cause de ses multiples liaisons, souvent simultanées, il devait prendre avec la vérité des arrangements nécessaires pour éviter les drames.

Lisaveta soupira, et dans ses yeux d'or passa toute la timidité de la jeune fille qu'elle était soudain redevenue.

— Tu vas me trouver excessivement possessive...

— Non. Tu m'as apporté au cours des derniers jours un bonheur dont je ne soupçonnais même pas l'existence. Je ne suis pas en position de formuler des jugements sévères sur toi.

Charmée par les deux aveux que Stefan venait de lui faire, Lisaveta lui sourit. Cependant, la présence de Choura dans le chalet continuait de la tourmenter.

— Pourquoi ne lui as-tu pas montré cette chambre ?

— Parce que c'est ma chambre, répondit Stefan d'un ton net. Je ne voulais pas la voir ici.

— Mais pourquoi ?

Stefan haussa les épaules.

— En fait, je ne le sais pas vraiment.

Les raisons n'étaient pas faciles à exprimer. Elles venaient du plus profond de son enfance, et avaient sans doute quelque chose à voir avec la survie. Pour un homme qui, si jeune, avait vu sa vie bouleversée par la mort de ses parents, il convenait de garder intacte une portion de son passé, afin d'assurer l'avenir.

— Analyser de la sorte mes actes et mes pensées est un exercice nouveau pour moi, déclara-t-il comme pour se faire excuser. Je suis désolé de ne pouvoir t'en dire plus pour le moment.

— C'est moi qui suis désolée, répondit Lisaveta qui se reprochait son indiscrétion. Je suis d'une jalousie que je n'arrive pas à contrôler.

— Mon cœur ! J'ai peur de ne pouvoir te garder, à cause de...

Stefan ne put terminer sa phrase. Alors qu'il était toujours accroupi devant Lisaveta, ses épaules semblaient très larges, et son corps apparaissait comme une forteresse de chair. Ses yeux noirs, luisants sous ses sourcils épais, indiquaient qu'il était une force de la nature. Stefan était tout énergie et beauté, il était fait pour conquérir le monde et pourtant, il se tenait là, comme un enfant intimidé parce qu'il était en train de découvrir les tourments de l'amour.

— Moi aussi, dit-il, je te veux pour moi tout seul.

Lisaveta était pour lui la femme la plus parfaite qu'il eût jamais vue. Ses joues roses, ses yeux d'or brillaient de passion et d'esprit. Dans ce fauteuil trop grand qui la faisait paraître encore plus longue et plus mince, elle portait ce costume de voyage dont la couleur allait parfaitement avec son teint. Le lin rose pâle, aux poignets et au col d'organdi blanc et aux boutons de nacre, exaltait sa féminité avec une telle intensité qu'il voulut, très vite, lui prouver son amour.

— Je ne peux plus attendre, dit-il comme un petit garçon qui a hâte d'ouvrir ses cadeaux de Noël. Est-ce que j'ai répondu à toutes tes questions ?

Quiconque connaissant bien Stefan aurait été surpris en lui voyant cet air d'humilité.

— Est-ce que je t'ai dit à quel point tu me rends heureuse ? répondit Lisaveta, étonnée par la félicité qu'elle éprouvait en cet instant.

— Je puis te rendre plus heureuse encore, murmura Stefan qui recouvra instantanément son sourire malicieux.

— Tu es très arrogant, au fond...

— Mais tu as besoin de moi.

Déjà, il jouait avec les boutons de la jeune femme, qu'il faisait glisser l'un après l'autre.

— Nous avons besoin l'un de l'autre, lui dit-elle en l'arrêtant.

— Oui, tu as raison.

Ils firent d'abord l'amour dans le grand fauteuil, puis s'aimèrent de nouveau dans la douceur des fourrures jetées sur le sol. Ensuite, Stefan porta la jeune femme sur son lit et la déposa doucement dans un écrin d'oreillers et de coussins. Il l'admira longtemps, toute rose encore du plaisir qu'elle venait de connaître, ses longs cheveux répandus parmi les soies et les satins. Elle n'avait gardé sur elle que les boucles d'oreilles offertes par Militza.

— Tu es à moi ! dit-il dans un soupir.

Il n'y avait rien de logique ou de raisonné dans cette exclamation ; rien que l'émotion et un intense bonheur.

— Pour un temps, lui fit observer Lisaveta avec un regard sévère.

Elle tenait à ce qu'il n'oublie pas qu'elle était d'une nature aussi indépendante que lui, et qu'ils devaient faire s'accorder leurs volontés exigeantes.

— Nous verrons cela, répondit Stefan.

L'imaginer loin de lui était une perspective insupportable, et il trouvait plus rassurant de voir en elle sa propriété. Sans même s'interroger sur la nouveauté de ses sentiments vis-à-vis d'une femme, Stefan réglait désormais sa conduite d'après eux.

— Non, dit Lisaveta. Nous ne verrons rien du tout.

Elle n'oubliait pas qu'il était fiancé, et qu'ils s'étaient accordés tous deux sur les limites de leur séjour dans le chalet. A moins qu'un élément nouveau et éminemment imprévisible vînt modifier le cours des choses, Stefan devrait épouser Nadejda. C'était un point acquis.

— Tu n'es pas en position de résister à mes désirs, murmura-t-il d'un ton tranquille. N'oublie pas que tu es sur ma montagne.

— Est-ce que nous allons évoquer ma captivité ?

— Appelle cela comme tu veux.

— Je refuse d'être l'objet de tes obsessions ! rappela alors Lisaveta.

Elle était pleinement consciente du combat qui se menait dans l'esprit de Stefan, lequel prenait sur lui pour ne pas répondre durement.

— J'oublie tout le temps, dit-il, que tu tiens à ce que je te considère comme une égale.

Il se leva et, évoluant sans gêne malgré sa nudité, se dirigea vers un petit cabinet contenant des liqueurs.

Ses mots, pourtant dénués de toute agressivité, remirent dans l'esprit de Lisaveta le combat qu'elle avait mené toute sa vie. Rageuse, elle s'assit au milieu du lit et ramena sur elle une couverture d'hermine.

— Ce n'est sans doute pas le moment de reprendre cette discussion, déclara-t-elle d'une voix blanche. Mais sache que je ne tiens pas à être considérée comme ton égale. Je suis égale.

On l'avait élevée dans cet esprit, et elle avait suffisamment de richesse pour assumer cette égalité de statut.

— Désolé, répondit Stefan. Bien sûr que tu l'es.

Il leva en direction de Lisaveta le petit verre qu'il venait de remplir et avala d'un trait la forte liqueur qu'il contenait. Puis il reposa le récipient et revint sur le lit.

— Il faut aussi que je t'avoue une chose : j'adore ton orgueil.

Son sourire était envoûtant. Et Lisaveta se demanda combien de discussions difficiles avec des jeunes femmes il avait éludées grâce à cette arme imparable.

— Je n'ai plus dix-sept ans, repartit-elle d'un ton tranquille, agacée que Stefan se refuse ainsi à s'expliquer.

— Mais on dirait que tu as dix-sept ans, je puis te l'assurer.

Stefan n'avait pas envie d'argumenter toute la nuit pour savoir lequel des deux était supérieur à l'autre. Il comprenait parfaitement la lutte que désirait mener la jeune femme contre les inégalités entre les sexes, mais il pensait qu'elle avait peu de chances de gagner un jour. Le monde était ainsi fait...

— Faut-il que les femmes soient bien jeunes pour te plaire ? demanda encore Lisaveta.

Le badinage reprenait le dessus, songea Stefan en s'approchant d'elle sur le lit.

— Non, chérie. Et je ne tiens nullement à combattre contre toi. J'ai fait cela suffisamment, et d'une manière beaucoup plus sanguinaire, pour ne pas avoir envie de jouer à la guerre avec toi. Tout ce que je veux, c'est t'aimer, te faire rire et s'il faut que je te demande pardon pour toutes les avanies qu'ont subies les femmes dans le monde, je le ferai.

Comme Lisaveta ne répondait pas, il posa sa main sur elle et demanda :

— Alors, est-ce que mes excuses sont acceptées ? Ou dois-je encore te battre pour que tu me dises oui ?

Elle sourit et soupira.

— Vraiment, tu es incorrigible ! Je n'arriverai à rien faire de toi.

— Fais de moi ce que tu veux, murmura Stefan en l'enlaçant tendrement. Tu disposes de vingt jours pour cela.

Il se pencha pour lui donner un baiser.

— Je n'ai pas l'impression que tu sois vraiment sérieux...

— Au contraire, assura-t-il, je suis très sérieux. Jamais je ne l'ai été autant que maintenant.

Lisaveta lui décocha une petite tape, à laquelle il répondit en lui mordant le lobe de l'oreille. Elle tenta alors de le renverser.

Ce tendre combat les amusa un long moment et éveilla de nouveau leur désir. Les coups ne tardèrent pas à se muer en caresses.

— Oui, je vais faire quelque chose de toi, eut encore le temps de dire Lisaveta.

— J'attends avec impatience...

Un long moment plus tard, Stefan demanda :

— Dites-moi, comtesse, ai-je déjà fait quelques progrès ?

— Oui. Mais maintenant, je voudrais dormir un peu.

— Dors, mon amour. Dors aussi longtemps que tu veux. Je veille sur toi.

Il s'étendit à côté de Lisaveta, épanoui. Il avait encore vingt jours de paradis devant lui.

8.

Après que Haci et ses troupes eurent été renvoyés, le lendemain matin, le séjour continua, plein de délices... et d'incessantes découvertes. Ce fut aussi un temps d'une joie sans pareille. Stefan réussit à comprendre le besoin d'indépendance de Lisaveta. Du moins, il essaya loyalement, bien que la chose fût difficile pour lui, à cause de sa culture et de son éducation caucasiennes — c'est-à-dire orientales.

La famille de sa mère, géorgienne depuis des siècles, et donc chrétienne, avait un héritage persan et dominait des tribus kurdes, dont la religion officielle était l'islam, même si elles continuaient à sacrifier aux rites du chamanisme. Ces tribus originaires d'Asie centrale étaient guerrières par vocation. Or la guerre est le privilège des mâles. Ces derniers s'y entraînaient tout au long de leur vie, et les femmes n'étaient pour eux qu'un intérêt secondaire.

C'est dans cet état d'esprit que Stefan avait été élevé.

Son père était né à Saint-Pétersbourg, mais il avait passé une grande partie de sa vie à soumettre le Caucase à l'empereur, puis à le gouverner en son nom. Le maréchal Bariatinsky avait passionnément aimé ces montagnes et la vie exubérante, souvent violente, qu'on y menait. Cette culture essentiellement guerrière avait trouvé un écho favorable dans son âme de soldat.

Conditionné comme l'était Stefan par une société dans laquelle les harems n'avaient rien de choquant, où la guerre était la seule occupation honorable pour un homme, il lui fallait donc fournir de sérieux efforts pour au moins comprendre, sinon admettre, les principes de Lisaveta. Cette jeune femme, qui agitait sans cesse la notion d'égalité entre les hommes et les femmes, qui voyait le monde différemment et qui n'avait pas grande expérience en dehors du domaine intellectuel, ne laissait pas de l'impressionner et de l'étonner.

De son côté, Lisaveta nota avec satisfaction la tolérance de Stefan et son silence poli lorsque, visiblement, il ne pouvait acquiescer à ce qu'elle disait. Il n'essayait même plus d'argumenter, bien que leurs philosophies fussent diamétralement opposées.

Pour la première fois, Lisaveta vivait une période uniquement consacrée au plaisir. Pendant de nombreuses années, elle n'avait dû penser qu'aux études et aux gros volumes poussiéreux dans lesquels elle cueillait les connaissances. Là, elle vivait ses premières vacances.

Pour sa part, Stefan, qui avait à son actif d'innombrables escapades de ce genre, éprouvait un sentiment nouveau : il découvrait à quel point le plaisir physique pouvait être amplifié et magnifié par l'amour; et il en résultait une indicible joie qui le réveillait la nuit. Alors, il s'approchait de Lisaveta et la serrait contre lui pour lui prouver, une fois encore, la force du lien qui l'unissait à elle. Tout au long des jours que dura leur retraite dans la montagne, il ressentit de nouveau la joie qui l'habitait au cours de son enfance, la joie qui l'avait quitté lorsqu'il s'était aperçu que sa famille n'était pas comme les autres, puisque sa mère n'était pas mariée avec son père, mais avec un autre homme. Ses grands-parents étaient ses tuteurs légaux et veillaient à protéger son héritage contre l'emprise de cet autre homme, que Stefan connaissait peu, mais qu'il craignait. L'amour mutuel que se portaient ses parents était un mystère total pour la société qui les entourait et qui ne tarda pas à les rejeter complètement. Le cynisme du jeune Stefan, qui voyait tout et qui savait tout, avait grandi à mesure que diminuait son bonheur.

Chaque jour, les deux amants se baignaient dans un bassin bordé de fleurs, se réchauffant mutuellement dans la fraîcheur excessive de l'eau des montagnes. Ils se frottaient l'un l'autre, vigoureusement, avant de s'abandonner à leur désir. Cette piscine était leur jardin d'Eden, leur paradis verdoyant. Ils nageaient dans l'eau illuminée de soleil ou de lune, et faisaient l'amour dans l'onde, ou sur la berge.

— Je me demande si je tiendrai pendant vingt jours, dit un soir Stefan en s'écroulant auprès de Lisaveta.

— Au moins, lui répondit-elle, je sais maintenant que ta réputation n'est pas surfaite.

— En aurais-tu douté ?

— En outre, je me demande comment tu trouves le temps de mener bataille au nom du tsar.

— Si je ne le puis plus, ce sera ta faute.

— N'essaie pas de m'imputer tes mœurs de satyre ! fit mine de s'indigner Lisaveta. Je ne te connais que depuis quinze jours, mais ta réputation a mis des années à se construire et à se répandre.

— C'est très exagéré, douchka, assura Stefan d'un ton négligent.

— Oh, vraiment ? Il s'agirait donc d'une aberration, selon toi ?

— Mais oui, Lise chérie. Tu es mon aberration.

Lisaveta s'interrompit quelques secondes. Si elle comprenait bien ce que venait de lui dire Stefan, cela signifiait qu'il n'avait jamais aimé une femme autant qu'elle. Pour jouer, cependant, elle fit observer :

— Je ne sais pas si je dois me sentir flattée d'être traitée d'aberration.

Stefan se releva à demi et la contempla.

— Préférerais-tu : séduisante sorcière ?

— Non, répondit Lisaveta en faisant la moue. Car cela a un petit côté diabolique qui me déplaît.

— Alors, délicieuse nymphe.

— Trop poétique, trop mièvre pour mon goût.

Stefan était d'un autre avis. Leur séjour dans la montagne semblait si loin du monde banal qu'il se demandait parfois s'il n'avait pas été transporté au paradis.

— Délectable charmeuse ? offrit-il. Ou captivante enchanteresse ?

— Est-ce que tu as beaucoup d'expressions de ce genre à me proposer ?

— Des milliers.

— Dans ce cas, je m'en vais, lança Lisaveta avec une brusquerie non feinte.

Ces mots, il les avait dits trop souvent à de trop nombreuses femmes, et le démon de la jalousie, une fois de plus, s'emparait de l'esprit de Lisaveta. Même la beauté de Stefan, si viril sur son lit de fleurs, ne parvint pas à la décrisper. Combien de femmes l'avaient vu ainsi ? se demanda-t-elle encore.

— Où vas-tu ? s'enquit-il.

— Je pars, loin. Je vais chercher d'autres hommes.

Stefan se releva à demi.

— Si c'est ainsi, je vais t'attacher à mon lit.

Son calme, plus que son projet, choqua Lisaveta.

— Tu n'oseras pas !

— A l'instant !

— Je ne te crois pas.
— Essaie de t'éloigner, et tu verras.
Il n'avait pas bougé, mais il était prêt à bondir, c'était évident.
— Tu le penses sérieusement ? interrogea encore Lisaveta, étonnée soudain de constater qu'elle connaissait bien peu l'homme avec qui elle venait de passer plusieurs jours.
— Que veux-tu ? Je suis un homme très possessif.
Ce n'était pas tout à fait vrai. Jamais auparavant Stefan n'avait éprouvé de sentiment de jalousie envers une femme, mais il préféra ne pas s'attarder sur cette contradiction. Une chose était sûre : il ne voulait pas perdre Lisaveta.
— Je voudrais être un peu seule, murmura celle-ci.
— Alors, ne va pas trop loin, je t'en prie.
Le regard dur, Stefan la regarda disparaître derrière un rideau d'arbres.

Assise près d'une fenêtre, dans un petit salon éloigné de la chambre de Stefan, Lisaveta s'enveloppa dans une grande robe de chambre de laine. Comme chaque fois qu'elle avait à réfléchir, elle ramena ses genoux sous le menton. Le problème qui l'occupait en cet instant était de savoir comment elle pouvait aimer un homme qui était une insulte permanente à tous ses idéaux.
Oui, pensa-t-elle en lissant d'un geste instinctif les longues fibres de son vêtement, comment était-ce possible ?
Elle avait toujours pensé qu'on ne pouvait aimer qu'un être chérissant les mêmes principes, un homme beau, naturellement, mais également prévenant et pétri d'humanité et de toute une série de bons sentiments sans lesquels, lui semblait-il, une vie décente était inconcevable...

Stefan concordait-il avec ce portrait idéalisé du prince charmant que Lisaveta avait composé au fil des années ? Rien n'était moins sûre, et elle en arrivait même à se demander si elle était vraiment amoureuse de lui. Peut-être ne s'agissait-il, après tout, que d'une inclination sensuelle pour le héros le plus célèbre de toute la Russie ?

Lisaveta regrettait fort de n'avoir aucune expérience en ce domaine, et elle ne savait plus que penser, d'autant que Stefan ne parlait jamais d'amour. Il disait adoration, ou enchantement, ou besoin, ou désir... Mais le mot amour, il ne le prononçait jamais.

Cette omission était le dilemme sur lequel reposait son incertitude. Si Stefan faisait des déclarations d'amour, se questionnerait-elle autant sur ses propres sentiments ? Sans doute pas.

Comment Lisaveta pouvait-elle s'y retrouver dans l'amas confus de ses émotions si Stefan ne lui indiquait pas qu'il se trouvait dans le même état d'esprit ? Pouvait-elle aimer un homme qui non seulement maintenait la femme dans un rôle subalterne, mais se trouvait aussi environné d'une multitude de femmes ne désirant qu'une chose : être asservies par lui ?

La réponse, elle devait en convenir, était : oui.

Pouvait-elle aimer un homme qui était fiancé, et n'hésitait pas à abandonner cette pure jeune fille dans la poursuite de son propre et égoïste plaisir ?

Sans trop s'interroger, Lisaveta devait admettre que là aussi, la réponse était : oui.

Sa main caressa le coussin sur lequel elle était assise, comme pour y trouver la réponse à ses interrogations. Ce tissu, lui avait appris Stefan, provenait de la tribu de Haci, et ses couleurs mêlaient les rouges écarlates prisés dans ces régions avec les bleus profonds importés d'Extrême-Orient. La petite main de Lisaveta reposait sur les motifs représentant des flammes, dont les tons criards contrastaient avec la blancheur de sa carnation. Elle y vit un symbole de son innocence opposée à la vie violente à laquelle Stefan était habitué. Elle n'avait rien de commun avec lui, et elle ne comprendrait jamais complètement la sauvagerie primitive avec laquelle il envisageait la vie.

Elle était une étudiante, il était un guerrier.

Un guerrier qui, par malheur, n'assignait aux femmes qu'un seul rôle : égayer ses moments de repos entre deux combats.

Lisaveta soupira profondément. Elle se sentait seule, et ses sentiments la mettaient mal à l'aise. Laissant échapper un nouveau soupir, elle songea qu'elle trouvait une certaine satisfaction dans sa folie. Et puis, elle sourit ensuite en pensant qu'elle se faisait de tout cela un tableau hors de proportion avec les termes du problème : si elle voulait se montrer vraiment honnête avec elle-même, elle devait admettre que Stefan, au fond, ne l'avait déçue en rien, puisqu'il ne lui avait rien promis.

Et puis, pouvait-elle le rendre responsable de l'amour déjà démesuré qu'elle lui portait ? Lui ne demandait pas l'amour, mais seulement le plaisir de sa compagnie.

Bien des années auparavant, au cours d'une des rares conversations qu'ils avaient eues au sujet de sa mère prématurément disparue, le père de Lisaveta lui avait confié qu'il chérissait leur temps de vie commune comme un don de Dieu, et que sa femme décédée occupait continuellement sa mémoire. Peut-être devait-elle elle aussi profiter, sans arrière-pensées, de ce séjour inopiné dans la montagne ? Après tout, la vie ne satisfait pas toujours exactement les désirs de chacun, et il faut savoir se contenter de ce qu'elle nous donne, bien heureux qu'elle ne nous prenne pas tout.

Et si c'était elle, Lisaveta, qui faisait preuve d'un égoïsme forcené en voulant obliger Stefan à changer sa vie pour elle ?

⁂

De son côté, Stefan ne se posait pas tant de questions. Lisaveta était superbe, belle et passionnée. Elle le divertissait avec son charme et son intelligence, elle était toute grâce et élégance, et il y avait en outre dans ses yeux des éclairs d'innocence qui ne laissaient pas d'émouvoir l'homme habitué à fréquenter des femmes plus expérimentées... et dont il se lassait en général assez vite.

Jamais encore il n'avait éprouvé le moindre ennui en compagnie de Lisaveta. Et pourtant, ils ne s'étaient pas quittés une seule fois au cours des quinze derniers jours. S'il réfléchissait à la nouveauté de cette situation, Stefan devait admettre qu'un autre sentiment, plus profond que la recherche du plaisir, entrait en jeu dans cette affaire. Mais comme il avait pour principe de ne rechercher que le plaisir, il repoussa bien vite cette idée saugrenue.

Il jeta quelques petits cailloux dans l'eau claire du bassin, puis se releva et s'habilla, avant de gagner le chalet. Là, il s'approcha de son bureau, où se trouvait un petit coffre-fort. Il l'ouvrit et en tira un sachet en peau de chamois, qu'il vida sans façon sur le bureau. La joaillerie qu'il contenait se répandit, projetant ses éclairs multicolores.

Stefan éparpilla le tout pour mieux voir, et pour trouver les bijoux qui iraient à Lisaveta. Son choix se porta d'abord sur un collier de perles, dont la nacre avait des reflets roses. Puis il remarqua les diamants jaunes... Bien sûr ! se dit-il. Ces pierres d'un jaune léger, en provenance des Indes, s'accorderaient parfaitement aux yeux de Lisaveta.

A en croire le joaillier qui les lui avait vendus, ces bijoux avaient autrefois appartenu à la reine Marie-Antoinette. Au cours de la Révolution, ils avaient pris le chemin de la Russie et s'étaient retrouvés dans les trésors du tsar. Ils étaient réputés apporter le bonheur à celle qui les portait, ce à quoi Stefan ne croyait pas vraiment, sachant bien que la vie de Marie-Antoinette n'avait pas été marquée par la félicité.

Avec un sourire, il repensa à toutes les histoires remplies de superstition dont l'avait abreuvé le vendeur. Faisant miroiter les deux diamants en forme de poire, il se réjouit d'avance de les voir portés par Lisaveta, à qui ils iraient parfaitement. Sa peau luisait comme si elle avait été caressée par le soleil ou baisée par la chaude brise du matin. Il avait toujours envie de la toucher pour vérifier si elle était aussi chaude qu'elle en avait l'air.

Il posa les diamants à côté des perles, puis se saisit de deux minuscules tortues de jade. Lisaveta, la veille, avait longtemps contemplé un de ces petits animaux dans le bassin. Elle avait fait remarquer à Stefan la carapace d'une couleur très particulière.

Tous ces présents, fort riches au demeurant, ne semblaient pas suffisants à Stefan. Il voulait donner plus. Il voulait faire à Lisaveta un cadeau vraiment spécial. L'idée lui vint quelques minutes plus tard, alors qu'il rangeait lentement dans la pochette les bijoux qui n'avaient pas retenu son attention.

Hafiz...

Stefan trouva Lisaveta cinq minutes plus tard. Lorsqu'il entra dans la pièce où elle se tenait, elle tourna la tête, mais ne souffla mot.

— Ne te tourmente plus, lui dit-il. A partir de maintenant, je me conduirai toujours parfaitement.

Il souriait avec timidité, comme un garçon repenti après une grosse sottise.

Pieds nus, il portait un large pantalon de cuir — celui des guerriers de la montagne —, et une chemise brodée de couleurs vives. Avec sa peau très bronzée et ses cheveux un peu longs, qui bouclaient sur la nuque, il ne lui manquait plus, songea Lisaveta, qu'une boucle d'oreille pour avoir tout à fait l'air d'un brigand.

Il lui tendit une pleine poignée de bijoux en déclarant :

— Toutes mes excuses, mademoiselle.

Lisaveta se demanda si elle n'avait pas été transportée à une autre époque. Puis, elle se dit que ce n'était pas nécessaire, puisque Stefan Bariatinsky vivait à la façon de ses guerriers kurdes un mode de vie qui n'avait pas changé beaucoup au cours des siècles.

— Est-ce que tu as payé pour ces bijoux ? interrogea-t-elle sans oser les prendre.

— C'est une façon de parler, en effet.

— Ce qui signifie ?

— Ce qui signifie... que bien sûr, ma chérie, je les ai payés.

Stefan aimait particulièrement l'air de petite fille boudeuse ou incrédule de Lisaveta. Constatant que ses explications sommaires ne suffisaient pas, il ajouta :

— Je les ai payés — ou mon intendant les a payés pour moi, ce qui revient au même. Tu peux les prendre, je t'assure.

Comme elle ne bougeait pas, il lui jeta les bijoux sur les genoux.

— Prends, te dis-je ! On affirme que la Grande Catherine a porté les diamants à la fin de sa vie. Elle faisait souvent la moue, un peu comme toi en ce moment.

S'apercevant que sa plaisanterie ne déridait pas Lisaveta, et comprenant qu'il était peut-être allé un peu loin dans le sarcasme, Stefan reprit un ton plus conciliant.

— Je ne veux pas que tu sois malheureuse à cause de moi, murmura-t-il. Indique-moi ce que je dois faire.

Tout ce que Lisaveta avait envie de dire lui semblait tellement infantile, ou mélodramatique.

— Ne sois pas trop autoritaire avec moi, se contenta-t-elle de proposer. Et puis...

— Je te le promets. Et puis, quoi ?

— Il n'y a pas de « et puis », mentit Lisaveta.

Elle regarda les bijoux qui scintillaient sur ses genoux. Le collier et les boucles d'oreilles étaient des objets de toute beauté, que Stefan lui avait donnés d'une manière dépourvue de cérémonial. Longtemps, elle les contempla sans même oser les toucher.

— Moi non plus, je ne veux pas que tu sois malheureux à cause de moi, lui confia-t-elle enfin. De plus...

Une nouvelle fois, elle laissa sa phrase en suspens. Comme Stefan l'invitait à exprimer sa pensée, elle mentit encore en affirmant qu'elle n'avait rien d'important à ajouter.

Pour changer de conversation, elle montra le livre que Stefan avait aussi apporté.

— Qu'est-ce que c'est ?

— Ton ami Hafiz.

La jeune femme écarquilla les yeux, de plaisir et de surprise.

— Je croyais qu'il était à Tiflis...

Elle partageait avec le poète persan une telle intimité qu'il lui arrivait de parler de lui comme s'il était encore vivant.

— J'ai ses œuvres en plusieurs endroits, lui révéla Stefan.

— Voyons ce que tu as là...

Aux intonations de sa voix, le prince comprit la joie extrême qu'il venait de faire à la jeune femme. Vraiment, il avait choisi le bon cadeau.

Lisaveta repoussa les bijoux qui l'encombraient et se leva à demi pour prendre le nouveau présent qui lui était fait. Ce geste ne laissa pas d'étonner Stefan : aucune autre femme, pensa-t-il, n'aurait négligé une telle fortune en bijoux pour un simple livre.

Ouvrant religieusement le volume, Lisaveta en lut la page de garde pour en connaître la provenance. Elle poussa une exclamation de délice.

— Une édition de Bagdad ! Où te l'es-tu procurée ? Je n'en connais que deux exemplaires hors de l'Empire ottoman.

— Je te le donne.

— Mais je ne puis accepter ! C'est un livre sans prix. Ceux qui sont imprimés en Turquie n'ont jamais franchi les frontières, et si j'ai pu étudier ceux de Karakilisa, c'est grâce à la longue amitié qui unissait mon père et Javad Khan...

— Si tu ne le prends pas, insista Stefan, je vais avoir un gros chagrin.

Pendant un moment, le regard de Lisaveta alla du livre à Stefan, puis de Stefan au livre.

— Vraiment ? finit-elle par demander.

— Oui. Veux-tu me voir pleurer ?

La jeune femme sourit, et ce sourire apparut à Stefan comme un lever de soleil après des semaines de pluie.

— Attention, dit-il, je vais pleurer.

— Dans ce cas, j'accepte ! Mais c'est parce que tu t'es conduit de manière inqualifiable avec moi et que je mérite une compensation. Et puis, non : c'est parce que je rêve de ce livre depuis une éternité.

— Et mes bijoux, tu ne les aimes pas ?

— Si, bien sûr. Ils sont merveilleux, et je penserai à toi chaque fois que je les porterai... Seulement, mon chéri, tu ne peux pas imaginer à quel point ce livre est plus important pour moi.

Etrangement, Stefan conçut deux motifs de jalousie. D'abord, Lisaveta venait de lui affirmer qu'elle se souviendrait de lui lorsqu'elle porterait les bijoux, comme si elle ne le considérait que comme une passade. Déjà, il l'imaginait, dans un an ou deux, se préparant pour une soirée et disant à l'homme qui l'aidait à fixer les bijoux sur elle :

— Comment s'appelait celui qui m'a offert ces babioles, déjà ? C'est curieux, je n'arrive pas à me le rappeler...

Et puis, Stefan prenait ombrage de l'adoration avec laquelle elle avait parlé du livre. Il se mettait à envier ce maudit Hafiz !

— Merci, merci, merci ! s'écria Lisaveta au comble de la joie.

Avec précaution, elle plaça le volume sur un guéridon avant de se jeter au cou de son généreux donateur.

« J'ai plus de trente autres livres du même auteur », songea alors Stefan avec humeur, tout en respirant le parfum de la jeune femme qui se pelotonnait avec gratitude contre lui.

— Je suis content de voir que mon cadeau te fait plaisir. Et n'oublie pas : plus de disputes entre nous.

— Ces disputes étaient autant ma faute que la tienne, convint Lisaveta. Après tout, je ne devrais pas prêter autant d'attention à tes manières. Il s'agit d'habitudes.

Stefan la serra plus fort contre lui.

— Sans doute, murmura-t-il, mais cela ne m'empêchera pas d'essayer de m'améliorer un peu.

— Quant à moi, je serai plus compréhensive.

Il sourit.

— Plus que du ciel bleu devant nous, murmura-t-il.

— Pas un nuage, renchérit Lisaveta.

Ils se mirent à rire, et Stefan demanda :

— Combien de temps cette harmonie parfaite durera-t-elle ?

— Jusqu'à ta prochaine réflexion un peu acide, répondit Lisaveta. Ce qui ne saurait trop tarder.

— A moins que ce ne soit toi qui ne puisses tenir ta langue...

— Non. La prochaine dispute ne me sera pas imputable.

— Est-ce un défi ?

— Cela dépendra du gage...

— Voyons... Le perdant baigne le gagnant pendant une semaine.

Avec ce genre de gage, songèrent-ils l'un comme l'autre, il ne pouvait y avoir que des gagnants !

9.

Pendant ce temps, dans le palais de Tiflis, tandis que Stefan et Lisaveta se livraient avec bonheur l'un à l'autre, Nadejda demandait à sa mère, Irina :

— Est-ce que nous invitons la vieille chouette à prendre le thé avec nous ?

— Oui, nous le devons, ma chérie. C'est la tante de Stefan, après tout.

Nadejda fit la moue et, après quelques secondes de réflexion, remarqua :

— Je ne comprends pas pourquoi papa et vous faites preuve de tant de ménagement à l'égard de Stefan. Il vous a traités de manière inqualifiable en disparaissant juste avant votre arrivée.

— Ma chérie, ce sont des choses qui arrivent, dit Irina d'un ton apaisant. Stefan a dû être rappelé de toute urgence sur le front.

Elle n'en croyait pas un mot ; et si elle ressentait comme sa fille l'offense que leur avait infligée le prince en ne les accueillant pas dans sa maison, elle croyait plus prudent de n'en rien laisser paraître pour ne pas risquer de faire perdre à sa fille chérie la fortune Bariatinsky.

— Tout de même, il aurait pu me laisser un mot, à moi aussi, bougonna la jeune femme. Il en a bien écrit un à la vieille.

— N'oublie pas, ma petite fille, que la fortune de Militza est énorme et que Stefan est son seul héritier potentiel. On comprend, dans ces conditions, qu'il la ménage.

Le regard de Nadejda s'éclaira.

— Et quand Stefan héritera, dit-elle dans un rire joyeux, à nous les millions de roubles...

— Exact! renchérit la mère. Et voilà pourquoi nous allons continuer de faire la cour à Militza jusqu'à ce que ton père ait réglé toutes ses affaires à Tiflis.

Après le départ inopiné de Stefan, toute la famille Taneiev s'était transportée dans le palais du vice-roi, mais Irina avait tenu à rendre une visite quotidienne à Militza. Elle avait cependant hâte de regagner Saint-Pétersbourg, la vie dans cette lointaine ville de province lui paraissant bien assommante.

— Vous avez raison, maman, reprit Nadejda. Il faut que je sois très gentille avec la vieille chouette. Vous êtes bien sûre, au moins, que Stefan est son seul héritier?

D'un hochement énergique de la tête, sa mère lui confirma que oui.

Lorsque Militza arriva pour le thé, Nadejda fit pour elle les efforts qu'elle avait promis. Cependant, en vraie enfant gâtée dès son plus jeune âge, elle eut beaucoup de mal à instiller un semblant de chaleur dans ses propos. Si Stefan avait eu l'occasion de la connaître en dehors des bals et des réceptions, il se serait vite aperçu qu'elle n'avait qu'un seul sujet d'intérêt — elle-même — et que tous les autres humains lui étaient prodigieusement indifférents.

— Stefan vous a-t-il donné une quelconque indication sur la date de son retour? questionna la princesse Irina, pendant que Nadejda tentait de cacher ses bâillements répétés derrière sa tasse de thé.

— Hélas, non, répondit Militza. Je crains que la guerre

ne connaisse actuellement une période de grande confusion, si bien que mon neveu est dans l'incapacité de faire des projets précis à ce sujet.

Naturellement, elle se gardait bien de communiquer la teneur réelle de la lettre que lui avait laissée Stefan. Il la priait de l'excuser pour son départ précipité et lui recommandait de faire ouvrir sa maison de la ville à ceux de ses hommes qui ne profitaient pas de leur congé pour regagner leurs tribus.

— Il semble que Kars résiste plus que prévu, fit remarquer Irina d'un ton chagrin. J'espère que la citadelle tombera bientôt entre nos mains et que tous nos soldats seront de retour pour la belle saison.

Pour elle, la guerre ne constituait qu'un empêchement à l'accomplissement de ses activités mondaines.

— Je suis certaine que les officiers du tsar seront d'accord avec vous, ironisa Militza.

Cette nouvelle entrevue avec les princesses Taneiev la renforçait dans sa conviction : elle devait parler sérieusement à Stefan et l'amener à annuler son stupide projet de mariage avec Nadejda.

— En fait, je ne comprends pas pourquoi cette guerre dure si longtemps, gémit Irina. Les Turcs ne devraient plus tarder à capituler, puisqu'on dit que le grand-duc Michel descend là-bas pour prendre la situation en main.

Fille de général, belle-sœur d'un maréchal, épouse de deux militaires successifs et tante d'un soldat couvert de gloire, Militza était parfaitement au courant de la formidable résistance à laquelle se heurtaient les Russes. Il ne s'agissait pas d'attendre patiemment que les assiégés voulussent bien consentir à se rendre. Les lettres de Stefan l'avaient suffisamment renseignée sur la brutalité inouïe de cette guerre.

— Je souhaite au grand-duc Michel beaucoup de plaisir..., laissa-t-elle tomber d'un ton énigmatique.

Elle n'avait aucune confiance dans les talents militaires du neveu du tsar — bien meilleur, de l'avis de beaucoup, à une table de jeu ou dans une beuverie que sur un champ de bataille.

— Maman ! glapit soudain Nadejda. Je ne veux plus entendre parler de cette horrible guerre !

Dans son émoi, elle brisa le macaron qu'elle se préparait à avaler.

« Déjà le cinquième gâteau ! » ne put s'empêcher de noter Militza. Dans quelques années, cette petite serait aussi grosse que sa mère. Et Stefan qui n'aimait que les femmes minces comme des lianes !

— En tout cas, reprit la jeune femme, la bouche pleine, je serai heureuse lorsque nous serons de nouveau à Saint-Pétersbourg, car là-bas, au moins, nous avons des sujets de conversation autrement plus amusants.

Là encore, Militza se demanda si Nadejda était bien l'épouse dont pouvait rêver un homme qui avait choisi la carrière des armes.

— Si Stefan avait voulu m'écouter, conclut Mlle Taneiev, qui avait déjà la main dans l'assiette, il aurait demandé au vice-roi un contrordre et il ne serait pas parti.

Cette fois, c'était plus que Militza pouvait en entendre. Melikoff, le vice-roi, était sans doute l'homme que Stefan haïssait le plus au monde. Lorsqu'ils se rencontraient en public, ce qui arrivait bien quelquefois, les yeux de Stefan jetaient des éclairs de rage en apercevant celui dont la famille avait supplanté la sienne dans le gouvernement du Caucase. Seule une promesse faite au tsar, son ami, avait dissuadé le jeune homme de provoquer l'usurpateur en duel.

— Stefan n'a pas voulu vous écouter ? demanda Militza d'un ton léger.

— Non, il a dit qu'il ne prenait ses ordres que du tsar.

Cela m'étonne, car Melikoff nous a affirmé qu'il était le supérieur direct de Stefan. N'est-ce pas, maman ?

— Tout à fait vrai, répondit la mère.

— Il est curieux que mon neveu l'ignore, remarqua Militza d'un ton sardonique. Sans doute Melikoff a-t-il oublié de l'en avertir par courrier officiel...

— Alors, qu'il le fasse vite, minauda Nadejda. Ainsi, tout sera plus clair. Stefan reviendrait de cette guerre ridicule, et nous pourrions mettre au point les détails de notre mariage.

— Excellente idée ! s'exclama Militza. Faites une lettre en ce sens à Stefan. Je la ferai tenir par porteur spécial.

— Tiens, il n'y a plus de macarons, nota la jeune femme d'un ton désabusé. Pour la lettre, c'est une bonne idée. Je la rédigerai avant notre départ.

— Vous partez donc ? s'enquit Militza du ton le plus neutre possible.

— Oui, demain, si possible, lui répondit la princesse Irina. Nadejda s'ennuie tellement, loin de Saint-Pétersbourg... Et puis, je dois dire que la cour me manque un peu.

Ce qu'elle ne disait pas, c'est qu'elle craignait de rester trop longtemps éloignée des intrigues de la cour, dans lesquelles elle se trouvait comme un poisson dans l'eau. Dans un coin de sa mémoire, Militza nota soigneusement que ces deux dames s'ennuyaient à Tiflis : encore une pièce à charge dans le dossier qu'elle se promettait de plaider dès le retour de son neveu !

— En tout cas, dit-elle, je vous souhaite d'ores et déjà un agréable voyage de retour.

Elle ne mentionna pas qu'elle devait sous peu faire aussi le voyage de Saint-Pétersbourg : c'était une surprise — heureuse ? — qu'elle se promettait de faire à la famille Taneiev.

Quittant le palais du vice-roi après le thé, Militza se demanda comment elle réussirait à ruiner la réputation de Nadejda dans l'esprit de son neveu. Celui-ci savait se montrer très têtu, et s'il avait choisi Nadejda comme épouse — un choix dans lequel l'amour n'entrait pas du tout en ligne de compte —, il serait difficile de le faire changer d'idée. Il avait pris le parti de s'allier avec la princesse Taneiev pour la simple raison que le père de la jeune femme faisait et défaisait les ministres et qu'il n'était pas inutile d'avoir un tel allié à la cour.

En effet, le tsar Alexandre consacrait de moins en moins de temps aux affaires de l'Etat. Sa jeune maîtresse, installée non loin des appartements impériaux, l'occupait tout entier. On disait que la tsarine, bien malade, tâchait de durer le plus longtemps possible pour contrecarrer les projets matrimoniaux de celle qu'elle appelait l'intrigante. Et il était vrai qu'elle avait déjà prolongé de cinq ans les espoirs de vie que lui avaient donnés les médecins lorsqu'ils avaient compris que sa tuberculose était incurable.

A Saint-Pétersbourg, Militza avait l'intention de battre le rappel de tous ses amis pour leur faire connaître qu'elle avait besoin de leur aide. Désireuse d'amener son neveu à rompre son engagement de mariage, elle n'ignorait cependant rien des conséquences qui pouvaient résulter de cette rupture. Le prince Vladimir Taneiev était en effet connu pour son esprit vindicatif. On hésitait à l'affronter ouvertement, et fort nombreux étaient ceux qui méditaient, dans la lointaine et froide Sibérie, sur les inconvénients qu'il y avait à défier un homme aussi puissant.

Cependant, Militza ne désespérait pas et pensait avoir suffisamment d'influence elle-même pour détourner l'ire du prince bafoué par la répudiation de sa fille. En outre, les relations personnelles de Stefan avec le tsar étaient un autre avantage qu'il ne fallait pas négliger, même si maints événements avaient prouvé à l'envi la faiblesse de caractère d'Alexandre.

En cette nuit de juillet — alors que Militza, assise à son bureau, faisait la liste des amis susceptibles d'aider son neveu si le prince Vladimir Taneiev devenait menaçant ; alors que Stefan et Lisaveta dînaient tranquillement sous les grands pins noirs et profitaient enfin de la fraîcheur après une journée torride —, Choura assurait la récréation d'un groupe d'officiers dans un des meilleurs restaurants de la ville, Chezevek.

Par toutes les fenêtres ouvertes entraient l'air tiède et les rumeurs de la ville point encore assoupie. Le capitaine Gorsky, qui offrait cette petite fête à ses amis, prodiguait ses encouragements à la jeune gitane qui dansait au milieu de la salle. La musique caucasienne, au rythme puissant soutenu par un grand concours de percussions, développait ses mélodies à la fois plaintives et voluptueuses. Et Choura dansait, dansait à perdre haleine, tantôt langoureuse, tantôt impétueuse ; et tous ceux qui l'admiraient s'accordaient pour dire qu'elle avait une façon très personnelle — et si sensuelle ! — d'interpréter les pas qu'on pratique dans le Caucase depuis des siècles. Ses yeux jetaient des éclairs, ses bracelets et ses colliers cliquetaient avec frénésie tandis qu'elle tourbillonnait et que sa robe de soie rouge se déployait autour d'elle comme une corolle. Sa chemise lacée ne couvrait qu'à peine sa généreuse poitrine, et lorsqu'elle souriait, extatique, tous les spectateurs mâles, imaginant que c'était à eux que s'adressait cette invite, se promettaient déjà de déposer leur fortune aux pieds de la gitane, de nouveau disponible depuis que le prince Bariatinsky lui avait rendu sa liberté.

Lorsque les musiciens firent taire leurs instruments,

une salve d'applaudissements frénétiques s'éleva dans la salle, chaque homme voulant exprimer mieux que les autres le plaisir que venait de lui donner ce spectacle.

La fête avait lieu en l'honneur des fiançailles d'un des officiers, et toutes les courtisanes de haut vol avaient été convoquées. Stefan, qui n'était pas le dernier à participer à ce genre de réunion, manquait beaucoup à la compagnie ; plusieurs fois déjà, certains avaient demandé de ses nouvelles.

— Je vous dis, affirma Choura encore une fois, qu'il est avec sa nouvelle conquête, dans son chalet des montagnes. Même qu'il m'a donné cinquante mille roubles pour que je décampe !

Elle était très fière d'annoncer son prix. Comme on lui demandait l'identité de la jeune personne, elle ne se fit nullement prier pour la donner.

— Lisaveta Lazaroff. Une comtesse, à ce qu'il paraît. Stefan la retient prisonnière.

— Prisonnière ! s'exclamèrent les courtisanes.

Elles connaissaient très bien Stefan et se demandaient quelle était cette curieuse personne qui avait besoin d'être retenue prisonnière pour passer quelques moments avec lui.

— Prisonnière ! répétèrent les officiers, dont l'imagination commençait déjà à fonctionner.

On pressa la gitane de questions multiples, et elle s'efforça d'y répondre au mieux, n'hésitant pas à inventer quelques détails lorsqu'il le fallait. Sur le point principal, cependant, elle dut admettre son ignorance : non, elle ne savait pas si la prisonnière avait cédé au prince ; si elle l'avait fait, en tout cas, cela n'avait pas dû être sans mal.

L'assistance soupira d'aise. Un scandale se profilait à l'horizon. C'était bien de Stefan, s'exclamait-on avec des mines gourmandes, d'enlever ainsi une femme du monde ! « Il tient de son père », ajoutaient ceux qui se flattaient de bien connaître la famille. Il fallait que cette comtesse fût une maîtresse exceptionnelle, disaient les femmes, car Stefan n'était pas homme à se contenter d'une créature sans vie. Mais un enlèvement semblait indiquer un intérêt allant au-delà de la simple recherche du plaisir. Qu'avait donc cette mystérieuse étrangère pour retenir ainsi l'attention du prince ? Beaucoup se montraient incrédules et demandaient de plus amples détails.

— C'est vrai qu'elle est assez jolie, convint Choura, assise sur les genoux du capitaine Gorsky.

— Il faut qu'elle soit plus que jolie pour que Stefan ait fait cette folie pour elle ! renchérit une femme.

Il y eut dans la salle un fort mouvement d'approbation à cette remarque qui semblait juste. Choura haussa les épaules, peu désireuse de vanter abusivement celle qui l'avait détrônée dans le cœur de Stefan Bariatinsky.

— Est-elle grande ou petite ? Je sais qu'il les aime plutôt petites...

La question venait d'une jeune femme blonde qui, bien entendu, était minuscule.

— Non, dit Choura, elle est grande.

— Incroyable !

— Elle a des cheveux très bruns.

Choura parla et parla encore, trop heureuse de révéler les petits secrets que lui avait valus son amitié avec Stefan. Sûre de sa beauté, certaine de ne pas manquer d'admirateurs, elle n'éprouvait pas de vraie jalousie envers Lisaveta. En outre, elle se réjouissait des difficultés que Stefan risquait de connaître avec elle.

— Vous l'auriez entendue hurler ! ajouta-t-elle en riant. Je dis bien : hurler.

Il fallait qu'elle fût vraiment experte dans l'art de l'amour, songèrent alors tous les hommes. Elle hurlait ? Jamais le Stefan qu'ils connaissaient n'aurait accepté de perdre son temps avec une mégère. Mais où l'avait-il trouvée ?

— Il l'a reprise aux bachi-bouzouks, expliqua Choura qui savait vraiment tout.

Tous, les hommes comme les femmes, apprécièrent à sa juste valeur cette ultime révélation. Car pour survivre à un séjour chez les bachi-bouzouks, il fallait que cette femme fût vraiment extraordinaire, surhumaine, même. Et tous les hommes se mirent à espérer que Stefan, lorsqu'il s'en serait lassé, aurait le bon goût de leur présenter l'intéressante comtesse...

Bien loin d'imaginer les ragots qui se colportaient sur leur compte, Stefan et Lisaveta se consacraient l'un à l'autre avec toute la fougue qu'implique un amour sans cesse grandissant, dans leur petit paradis isolé du reste du monde.

Auraient-ils soupçonné la curiosité qu'ils suscitaient qu'ils s'en seraient bien moqués. Stefan, parce qu'il avait l'habitude de provoquer ses contemporains par son comportement dénué de toute hypocrisie; et Lisaveta, dont toute l'éducation la poussait à faire ses choix sans la moindre considération pour le qu'en-dira-t-on. En outre, tous les deux savaient pertinemment qu'ils bénéficiaient d'une position sociale et d'un niveau de fortune qui leur permettraient de mépriser les obstacles.

Et tandis que les jours passaient, ils s'aimaient sans crainte et sans retenue. Ils dormaient lorsqu'ils en avaient envie et s'éveillaient quand ils le pouvaient. Ils se souriaient, se taquinaient et faisaient l'amour au soleil, devant le chalet, ou dans le bassin. Parfois, ils se promenaient dans les environs, parcouraient les chemins escarpés et dégustaient les repas que leur apportaient les paysannes du village voisin. Il arrivait aussi que Stefan se mît aux fourneaux, et il faisait alors preuve d'une compétence qui ne laissait pas d'étonner Lisaveta.

Il lui montra aussi les nids d'aigles perchés au bord des rochers, dans des endroits inaccessibles à d'autres que lui. Il attirait sa compagne au bord de précipices vertigineux et là, couchés sur la pierre chauffée par le soleil, ils admiraient les grands oiseaux montrant à leurs petits comment ils devaient s'y prendre pour voler.

Il faisait beau, une brise continuelle faisait voleter leurs cheveux, le soleil leur cuisait la peau. Ravis, ils écoutaient les petits cris effrayés poussés par les aiglons qui n'osaient pas se lancer dans le vide.

— Dans le fond, je les envie, dit un jour Stefan. La vraie liberté, c'est eux qui l'ont. Surtout quand ils ont déployé leurs ailes.

Roulant sur le dos, il observa les mouvements encore maladroits d'un aiglon qui s'essayait à planer.

— Je n'ai pas envie de redescendre dans la vallée, ajouta-t-il.

— Moi non plus, lui confia Lisaveta, le menton dans les mains. Restons ici un millier d'années. Ensuite, nous aviserons.

D'autres jours, ils se faisaient la lecture, sous les pins ou sur la terrasse. Stefan lisait des vers de sa composition, et il surprit Lisaveta par la qualité et l'émotion vraie que recelaient des essais auxquels il n'attachait pas d'importance réelle. Jamais elle n'aurait supposé qu'il pût procéder avec un tel talent à son introspection. Elle, qui n'avait jamais rien osé écrire, récitait en persan des vers de son poète préféré, Hafiz. Stefan connaissait cette langue — puisqu'elle était celle de sa mère —, et il ne se lassait pas de ces sons si doux à son oreille.

Jamais ils ne parlaient de la guerre ou des jours terribles qui les attendaient. Par une sorte d'accord tacite, ils n'abordaient que des sujets agréables et faisaient comme si leur séjour en ces lieux enchantés ne devait jamais finir.

Mais un matin, Haci arriva dans la cour, et ils durent bien affronter la réalité. Muets à la fenêtre de la chambre, ils regardèrent le cavalier descendre de cheval, secouer la poussière de ses vêtements et essuyer, d'un revers de main, la sueur qui couvrait son front.

Il leva la tête, vit les deux amants et leur adressa un signe amical.

Leurs vacances étaient terminées.

Le voyage vers la vallée se fit en silence. Attentifs à ne pas déraper sur les sentiers escarpés — une chute aurait été presque sûrement mortelle —, ils gardaient les yeux baissés. Ils n'avaient pas envie de parler. De toute façon, les paroles auraient été inutiles puisqu'ils ne connaissaient que trop les sentiments qui les agitaient.

Stefan et Haci, qui retourneraient vers le front, savaient que les Turcs avaient eu le temps de renforcer leurs défenses tandis que les Russes convoyaient des troupes fraîches. La guerre reprendrait, plus terrible encore, et dévorerait des vies humaines. En plus de cela, Stefan devait affronter un sentiment nouveau et inconnu : pour la première fois, il avait l'impression de perdre quelqu'un en rejoignant l'armée.

Lisaveta, de son côté, se demandait comment elle survivrait en l'absence de Stefan. Elle espérait simplement être en mesure de retenir ses larmes jusqu'à son départ.

L'équipage du prince les attendait au bord de la route. C'était la voiture d'où Stefan avait enlevé Lisaveta quelque vingt jours plus tôt.

Debout l'un près de l'autre, ils regardèrent Haci qui distribuait les ordres. Un cocher s'occupa du mince bagage de selle de Lisaveta et le plaça dans la voiture avec les autres bagages. Ils regardaient et ne savaient que dire. Ils sentaient qu'une conversation banale, mondaine, n'aurait su convenir en ces circonstances.

Pour un homme nanti de l'expérience de Stefan, cette gaucherie était nouvelle ; et pour Lisaveta, qui avait vécu la plus grande partie de sa vie hors de la société, l'incapacité à babiller était plus normale. Mais comme les larmes lui brûlaient déjà les paupières, elle décida qu'il était temps de hâter la rupture.

Le silence entre eux devint palpable, presque douloureux. Le cocher sauta sur le sol après en avoir fini avec les bagages et reprit sa place sur le siège. Alors, Stefan se tourna vers la jeune femme.

— Merci pour tout, dit-il d'une voix trop tranquille. J'espère que ton voyage à Saint-Pétersbourg se passera sans anicroches.

Lisaveta essaya de sourire. En vain.

— Merci à toi, répondit-elle. Ces vacances furent merveilleuses pour moi.

Voilà. Elle avait réussi à prononcer quelques mots polis, sans s'écrouler en larmes.

— J'ai fait envoyer un message à Alexandre, reprit Stefan. Puisque tu le verras à la cérémonie en l'honneur de ton père, j'ai pensé...

— Il ne fallait pas, coupa Lisaveta. Je voulais...

— Moi, j'ai voulu, l'interrompit à son tour Stefan.

Il avait le sentiment qu'il devait faire quelque chose pour elle. Elle était si rare, si précieuse pour lui, qu'il désirait la protéger, même de loin. En la recommandant personnellement au tsar, il assurait son succès à la cour. C'était bien le moins qu'il pût faire pour elle. En outre, l'amitié d'Alexandre la protégerait de Nadejda et de sa terrible famille. Stefan ne se faisait aucune illusion sur leur attitude lorsqu'ils découvriraient que le fiancé les avait abandonnés au profit de la comtesse Lazaroff, et celle-ci n'aurait pas trop de l'appui du tsar, même si Nikki était déjà lui-même un allié sûr et puissant.

— Eh bien, merci, alors ! déclara Lisaveta en laissant échapper un soupir.

Stefan soupira à son tour. Il avait terriblement envie de la prendre dans ses bras et de l'emmener avec lui. Même au siège de Kars. Mais il n'en avait pas le droit.

— Adieu, dit-il simplement.

Il ouvrit la portière de la voiture et aida la jeune femme à s'y installer.

— Adieu, Stefan, dit-elle en cachant ses mains pour qu'il ne vît pas qu'elles tremblaient.

Il lui sourit, puis partit d'un rire forcé.

— Lorsque tu verras Alexandre, rappelle-lui qu'il me doit toujours une récompense pour la redoute de Jangelar.

— Je te promets de ne pas oublier.

Mais au fond d'elle-même, Lisaveta doutait qu'elle pût s'adresser à l'empereur avec autant de familiarité.

— Merci. Bon voyage.

Stefan adressa un signe au cocher. La voiture démarra.

La dernière image que Lisaveta emporta du prince Stefan Bariatinsky fut celle d'un officier en uniforme des chevaliers-gardes qui enfourchait avec souplesse sa jument Cléo qui piaffait d'impatience. Il agita encore la main, puis il fit faire un demi-tour à sa monture et prit la direction de la zone des combats.

Alors, Lisaveta fondit en larmes. Elle pouvait bien donner maintenant libre cours à son chagrin, puisque Stefan n'était plus là pour la voir.

— C'est fini, bredouilla-t-elle entre deux sanglots. Je ne le reverrai plus. Jamais.

Il lui manquerait. Oui, Stefan lui manquerait avec son rire et ses manières brusques, dont elle avait fini par comprendre qu'elles étaient aussi, chez lui, une façon de masquer des sentiments que la pudeur lui interdisait d'extérioriser. Il lui manquerait surtout parce qu'elle l'aimait, en dépit de toutes les préventions qu'elle avait pu formuler contre lui. Elle l'aimait, et cet amour imprévisible la tourmentait d'autant plus qu'elle s'éloignait de son objet. Stefan lui était maintenant aussi nécessaire que l'air.

Lisaveta se demanda si on pouvait vraiment mourir d'amour. Puis elle pleura jusqu'à l'épuisement. Et lorsqu'elle n'eut plus de larmes, elle s'appliqua à revivre par la pensée son séjour dans la montagne. Il lui semblait que ses souvenirs étaient une protection contre un futur rempli de dangers. Elle détailla les perfections dont Stefan était doté. Son sourire, surtout, un sourire comme elle n'en avait jamais vu. Le sourire qu'elle avait découvert pour la première fois à Alexandropol.

Fermant les yeux, elle revit Stefan, tel qu'elle l'avait découvert au cours de cette première nuit à Alexandropol, dans sa grande robe de chambre de soie. Elle se le rappela ensuite, lorsqu'elle s'était éveillée à son côté. Il lui avait souri, et ce sourire contenait toutes les promesses de la vie.

Alors, avec espoir, Lisaveta songea qu'un homme nanti d'un tel sourire ne pouvait pas mourir à la guerre.

Stefan fit un effort pour parler avec Haci. Les deux hommes galopaient vers Tiflis, et le prince avait besoin de divertissement pour oublier les pensées moroses qui l'accablaient. Il devait s'éloigner mentalement d'une femme qu'il avait quittée physiquement. Mais Lisaveta faisait partie désormais de sa vie, il s'en rendait bien compte ; elle était nécessaire à son bonheur. Quel mot étrange, songea-t-il. C'était un terme auquel, jusque-là, il n'avait pas attaché grande signification. Il pensait plutôt en action, ou stimulation, ou plaisir. Mais bonheur, jamais.

Etait-ce cela qui était arrivé à son père ? Ce besoin soudain d'une personne unique, l'avait-il également connu, et tout aussi soudainement ? Cette pensée terrifia Stefan pendant un bref instant. Il eut l'impression qu'il perdait la raison.

— Parle-moi de Choura, dit-il pour se changer les idées. Comment s'est-elle comportée chez Chezevek ?

Haci sourit.

— Elle nous a rebattu les oreilles avec les cinquante mille roubles dont vous l'avez gratifiée. Elle est consciente que sa valeur a beaucoup augmenté.

— Je me doutais bien qu'elle serait insupportable à cause de cela, mais si je ne lui avais pas donné la forte somme, elle n'aurait jamais voulu déguerpir.

— Est-ce que la comtesse valait le sacrifice que vous avez fait pour elle ?

Haci, qui avait le même âge que son maître, et qui le servait depuis de nombreuses années, pouvait se permettre cette familiarité, qu'encourageaient encore les innombrables dangers qu'ils avaient affrontés ensemble.

— Plus que tu imagines, répondit Stefan sans s'offusquer.

Ils parlaient en dialecte kurde, dont ils aimaient tous deux les sonorités gutturales. C'était le langage qu'ils employaient toujours lorsqu'ils échangeaient des confidences.

— Alors, vous aurez des problèmes, remarqua Haci d'un ton pensif.

— Mais non, il n'y aura pas de problèmes, lui assura vivement Stefan. Parlons d'autre chose.

— Très bien... Pensez-vous que le grand-duc Michel réussira à abréger cette guerre ?

Stefan ricana et répondit par une autre question.

— Crois-tu que le grand-duc Michel sache faire la différence entre une carte d'état-major et une carte à jouer ?

— Ah... Dans ce cas, je ferais peut-être mieux de prendre mon équipement d'hiver.

— Je te le conseille, en effet.

⁂

Dès son arrivée à Tiflis, Stefan s'installa dans sa maison de la ville et envoya à Militza une invitation pour le dîner. Fébrile, énervé, il refusa de suivre Haci chez Chezevek, où une autre fête était donnée. Il tourna autour du valet qui préparait ses bagages, le morigéna plusieurs fois parce qu'il s'y prenait trop lentement et trop mal selon son goût, et finit par le renvoyer en disant :

— Laisse. Je terminerai moi-même.

Quand elle le rejoignit, Militza perçut immédiatement l'état d'esprit dans lequel se trouvait son neveu.

— Si je comprends bien, dit-elle, elle est partie.

— Oui. Et Nadejda ?

— En route vers Saint-Pétersbourg. Elle m'a laissé une lettre pour toi. Veux-tu la lire ?

— Non, plus tard. As-tu des nouvelles du grand-duc ? Haci m'a appris qu'il prend la direction des opérations.

— Tu devrais quand même lire ce que t'écrit ta fiancée. Elle se fait fort d'intervenir auprès de Melikoff pour t'éviter de retourner à la guerre... J'ai parlé à Michel lors de son passage à Tiflis. Il entretient beaucoup d'illusions au sujet des Turcs.

— Si Nadejda parle de Melikoff dans sa lettre, je préfère que tu la jettes au panier tout de suite. Quant à Michel, il fait preuve d'une naïveté incroyable en toutes sortes de domaines.

— Lis cette lettre ! ordonna Militza. Tu la trouveras très instructive.

Stefan remplit les verres et s'adossa à sa chaise.

— Sans doute, dit-il, mais je n'ai pas envie d'être instruit. Je veux rester ignorant. J'ai terriblement besoin de l'appui de Taneiev, mais comme je ne peux épouser le prince, j'épouse sa fille.

— Elle te rendra malheureux.

— Je ne la verrai pas souvent.

— Elle sera tout de même la mère de tes enfants.

— Et alors ? Quelle importance ?

— Pour moi, cela en a beaucoup. Et l'amour ?

Stefan haussa un sourcil.

— Ce n'est pas un problème, assura-t-il.

— Et si un jour tu tombes amoureux d'une autre femme ?

— Ma chère tante, n'oublie pas à qui tu parles. Je te rappelle que je suis moi-même le fruit d'amours illicites.

— Et si tu éprouves le besoin d'épouser celle que tu aimeras vraiment ?

Cette fois, Stefan dédia à sa tante un sourire empli de défi.

— Cela ne m'arrivera jamais, rassure-toi. Maintenant, pourrions-nous changer de sujet ? J'épouserai Nadejda, quelles que soient ses relations avec Melikoff.

— C'est une petite sotte ! Une tête sans cervelle !

— Oui, mais elle a de l'influence à la cour.

— Donc, tu persistes dans ton projet de...

— Destruction. Oui.

Incapable de répondre à ce mot empli de désespoir, Militza considéra son neveu pendant un long moment. Il portait une chemise et un pantalon large, tous deux de soie noire, ainsi qu'une large ceinture incrustée de pierres précieuses. Comme souvent dans les circonstances dénuées de protocole, il était pieds nus. Il aurait pu aisément passer pour un des princes persans dont sa généalogie du côté maternel était abondamment pourvue.

— Tu te lasseras de cette petite péronnelle ! avertit Militza. Plus vite que tu ne le crois.

— Dans ce cas, je la quitterai.

— Oui, mais alors, attention à toi : papa Vladimir pourrait devenir méchant.

— Je suis de taille à me défendre.

Après un nouveau moment de silence, Militza reprit :

— Je pensais que la comtesse et toi...

Même s'il s'attendait à ce que le sujet fût abordé, Stefan faillit exploser, dire à sa tante que cela ne la concernait en rien. Mais il parvint à réprimer sa colère.

— Je dois avouer que nous avons passé d'excellents moments tous les deux, répondit-il. C'est une femme remarquable à tous points de vue.

— C'est bien mon avis. Elle me fait beaucoup penser à sa mère, que j'ai bien connue. C'est une famille qui a toujours été très peu... conventionnelle.

Ce dernier mot, sur lequel Militza avait insisté très consciemment, réveilla les souvenirs de Stefan. Instantanément, il revit Lisaveta dans toute son... inconventionnalité, mot qu'il forgea tout exprès pour qualifier la jeune femme. De nouveau, il eut d'elle un besoin pressant, urgent.

— Ne crois-tu pas que cette jeune personne offre une ressemblance étonnante avec Nikki ? demanda encore Militza, qui constatait avec satisfaction un changement d'attitude chez son neveu. Les yeux surtout... Les yeux des Kouzan sont remarquables entre mille. Et puis, elle est plus grande que la moyenne. Cela aussi est une caractéristique constante chez les Kouzan.

— Oui, oui... tu as raison, murmura Stefan, incapable de formuler une réponse plus circonstanciée.

— Est-ce que tu la reverras ?

— Non !

— Vous ne vous êtes pas fâchés, au moins ?

— Non..., répondit encore Stefan, d'une voix lasse. Maintenant, pourrions-nous oublier un moment la comtesse Lazaroff ?

— Bien sûr, mon petit. Pardonne cette curiosité à la vieille dame que je suis. Haci m'a appris qu'une artillerie de gros calibre était amenée sous les remparts de Kars...

Ils consacrèrent le reste de la soirée à parler de la guerre. Et puis, comme Stefan n'avait toujours pas demandé à voir la lettre écrite par sa fiancée, Militza lui rappela qu'elle avait apporté ce précieux document.

— Tu devrais la lire, vraiment. Pour le cas où il faudrait que tu donnes une réponse.

— Mon secrétaire s'en chargera aussi bien que moi.

Comme Militza lui décochait un regard lourd de reproches, Stefan lança d'un ton excédé :

— Bon, tu as gagné. Je vais la lire. Contente ?

Alors que la tante prenait congé de son neveu, sur le pas de la porte, elle lui renouvela ses recommandations.

— Prends bien garde à toi.

— On ne gagne pas une guerre en prenant garde à soi, remarqua-t-il.

— Ecris-moi de temps en temps, afin que je sache que tu te portes toujours bien...

Mais elle savait que son neveu ne laisserait pas s'écouler une seule journée sans lui adresser une courte lettre. Le prenant dans ses bras, elle lui posa un baiser sur les deux joues.

— Que Dieu soit avec toi.

Lorsque Stefan quitta la maison, le lendemain matin, il oublia sur une table la lettre qu'il n'avait pas ouverte.

10.

Lorsque Lisaveta arriva à Vladikavkaz, elle se dirigea vers la gare, où l'attendaient les envoyés du tsar. Ils lui manifestèrent tous les égards dus à une invitée personnelle de l'empereur et l'installèrent dans le wagon-salon réservé à son usage personnel.

Etonnée par cet accueil auquel elle ne s'attendait pas, la jeune femme crut d'abord qu'il y avait erreur sur la personne. Mais un officier lui affirma que c'était bien elle qu'on attendait, et qu'il était à ses ordres.

— Le tsar a hâte de vous recevoir, ajouta-t-il en claquant des talons.

Et ce fut ainsi qu'entourée d'un personnel nombreux et attentif, Lisaveta poursuivit son voyage vers le nord de la Russie.

Le lendemain matin, au cours du petit déjeuner, elle demanda à l'officier si tous les invités à la cérémonie commémorant l'œuvre de son père étaient traités aussi fastueusement. L'homme hésita quelque peu avant de répondre.

— Comtesse, mes ordres sont de vous conduire à Saint-Pétersbourg. Je n'en sais pas plus...

Après un nouvel instant de réflexion, il ajouta :

— Vous comprenez, je ne questionne jamais le tsar sur ses intentions.

A la demande de Lisaveta, un message avait été envoyé de Moscou à son cousin, le prince Nikki Kouzan, pour l'informer de son arrivée. Ce dernier vint l'accueillir à la gare, accompagné de sa femme, Alisa. Après un grand échange d'effusions et de baisers, on fit les présentations, car Lisaveta ne connaissait pas encore l'épouse de son cousin. Les deux jeunes femmes sympathisèrent immédiatement et se mirent à bavarder comme des amies de longue date.

Lorsqu'ils arrivèrent au palais du prince, au bord de la Néva, Katelina, huit ans, la fille d'Alisa, issue d'un précédent mariage, Alex, un petit garçon, et le bébé, dans les bras de sa nurse, attendaient leurs parents. Alex, qui commençait à parler, tirait sans cesse la jupe de Lisaveta pour lui poser d'invraisemblables questions. La jeune femme lui répondait de son mieux, tout en songeant à quel point elle trouvait cette famille sympathique et chaleureuse.

Les enfants furent d'ailleurs autorisés à partager le dîner des grandes personnes ; et lorsqu'ils eurent été mis au lit, on se retrouva dans le salon pour le thé et les liqueurs.

Nikki et Lisaveta parlèrent de tout ce qui leur était arrivé depuis qu'ils s'étaient perdus de vue. Nikki avait naturellement plus de nouvelles à donner, puisque son mariage et ses conséquences constituaient un événement d'importance, alors que Lisaveta n'avait pas cessé de se consacrer à ses chères études. Devant le bonheur évident que connaissaient son cousin et son épouse, elle se prit à souhaiter que ses relations avec Stefan eussent pu déboucher aussi sur un mariage. Mais les flèches de Cupidon, apparemment, n'avaient pas transpercé la carapace entourant le cœur du prince.

On en vint aux raisons qui amenaient Lisaveta à Saint-Pétersbourg. Tandis qu'il chauffait son verre de cognac entre ses mains, Nikki déclara :

— On dirait que le tsar a beaucoup d'admiration pour l'oncle Félix. La cérémonie en son honneur sera beaucoup plus importante que l'habituelle distribution de médailles : un dîner est prévu, suivi d'un bal dont les invités ont été triés sur le volet.

— Il est vrai, répondit Lisaveta, que père et l'empereur avaient des relations assez étroites. Ils ont correspondu pendant des années, pour discuter à perte de souffle sur l'interprétation ou la traduction de telle ou telle strophe. Ils me faisaient un peu penser à ces joueurs d'échecs qui disputent une partie par lettres interposées.

— Il semble que tu sois bien partie pour prendre la succession de ton père ! remarqua Alisa. Je suppose qu'on a dû te demander des milliers de fois si tu ne trouvais pas ce champ d'études un peu inadapté à une jeune fille.

Lisaveta approuva d'un hochement de tête.

— C'est exact. Mais Hafiz est tout à fait adapté à mes goûts, puisque toute petite déjà, j'en entendais parler à longueur de journée. C'est un poète exotique, qui me plaît.

— Fais attention, cependant, l'avertit Nikki. Beaucoup de gens, dans notre société, n'ont pas ta largeur de vue et pourraient qualifier différemment ton intérêt pour ce poète.

— Et je le comprends parfaitement. D'ailleurs, papa en était si conscient lui-même qu'il m'a appris à réfuter les observations aigres-douces qu'on pourrait me faire à ce sujet. Je sais détourner la curiosité malsaine des uns, corriger les propos malsonnants des autres et je dis à tous que Hafiz était une sorte de troubadour, tout à fait comparable à ceux qu'on a connus en Europe. Il a composé des chansons d'amour, et alors ? Il n'y a rien de répréhensible à chanter l'amour.

— C'est très bien, reconnut Nikki. Mais si cela ne suffit pas et que tu as besoin d'un champion pour te défendre contre des détracteurs un peu trop venimeux, je suis à ta disposition ! Apparemment, tu as déjà le tsar dans ton camp. Ton arrivée dans le train impérial n'est pas passée inaperçue, je puis te le dire.

— Je m'en doute, murmura Lisaveta. C'était une attention délicate de sa part... Mais je me demandais si Stefan n'y était pas pour quelque chose.

— Stefan ? s'étonna Nikki. Quel Stefan ?

— Bariatinsky...

— Tu connais Stefan Bariatinsky ?

— Oui, je l'ai rencontré tout à fait par hasard. Dans la plaine de Kars.

Lisaveta dut alors raconter son dramatique sauvetage par Stefan, leur voyage qui suivit vers Tiflis et sa rencontre avec Militza et Nadejda. Naturellement, elle oublia certains détails plus... personnels et fit une impasse complète sur le séjour dans la montagne.

Nikki, cependant, qui savait exactement la distance qui sépare la plaine de Kars de Tiflis, et qui connaissait mieux encore le goût prononcé de Stefan pour les jolies femmes, n'imaginait pas le prince restant insensible à cette Lisaveta que le sort lui jetait dans les bras. Surtout après plus de trois mois passés au siège de Kars.

— Militza est une femme charmante, déclara Alisa avec chaleur.

— Oh, oui, approuva Lisaveta avec non moins d'enthousiasme. Très directe, aussi.

— Comme Stefan, ajouta Nikki d'un ton aussi innocent que possible.

— C'est vrai. La tante et le neveu disent toujours clairement ce qu'ils pensent. Ou ce qu'ils veulent.

Bien des fois, au cours de son voyage vers Saint-Pétersbourg, Lisaveta avait songé combien elle aurait souhaité, chez Stefan, un peu moins de clarté dans l'expression de ses vœux... ou de son absence de vœux.

Elle aurait presque préféré qu'il lui fît miroiter l'espoir de retrouvailles prochaines, même s'il considérait leurs relations comme arrivées à leur terme. Mais il lui avait dit adieu — et il pensait adieu, sans aucun doute.

Incapable de dissimuler le chagrin qui la poignait, Lisaveta ferma brièvement les yeux. Nikki comprit aussitôt ce qui s'était passé entre Stefan et sa cousine. Et pour la première fois, il jugea sévèrement les mœurs de soudard de son ami.

Mais il estima qu'il était temps de changer de sujet.

— Il faudra que nous te présentions à tous nos amis, dit-il. Alisa s'occupera de tes robes. N'est-ce pas, chérie ?

— Bien sûr, répondit l'intéressée. Avec plaisir. Nous allons faire tout ce qui est en notre pouvoir pour que tu passes un séjour agréable à Saint-Pétersbourg. As-tu apporté quelque chose pour la cérémonie ? Pour le bal ?

— Non, répondit Lisaveta, j'ai peur de ne pas être bien équipée pour la vie de cour. J'ai perdu tous mes bagages lors de l'attaque de la caravane, et nous avons trouvé un couturier à Alexandropol qui m'a constitué une garde-robe de fortune, mais ce n'est qu'un pis-aller.

— Ce n'est pas grave, affirma Nikki d'un ton rassurant. Combien de jours nous reste-t-il avant la cérémonie ?

— Deux jours, lui indiqua sa femme. Mais c'est plus qu'il nous en faut. Mme Drouet, notre couturière française, est habituée à faire des miracles.

Les trois semaines suivantes furent pour Lisaveta comme l'accomplissement de ses rêves les plus secrets. Le tsar l'invitait à de petits dîners au palais, l'emmenait promener dans sa voiture, lui envoyait des cadeaux et des fleurs, l'invitait sans cesse au cours des bals — bien qu'il ne fût pas connu pour être grand amateur de danse. En un mot, il assurait le succès de la comtesse Lazaroff dans la bonne société pétersbourgeoise. Ses attentions furent naturellement remarquées de tous, mais n'en eût-il rien été que la beauté de Lisaveta ne serait de toute façon pas passée inaperçue.

Le tourbillon des soirées, des dîners, des bals, la foule compacte des admirateurs donna bien vite le vertige à la jeune femme. D'énormes bouquets arrivaient sans cesse pour elle au palais Kouzan, des piles de cartes de visite s'accumulaient sur son guéridon. Bien vite, la comtesse Lazaroff devint la compagnie la plus recherchée de Saint-Pétersbourg, ce qui ne lui déplaisait pas. Elle dansa et flirta, et sourit à ses admirateurs. Elle rencontra tous ceux qui désiraient la voir. Maintes fois, elle apparut dans la loge de la famille Kouzan, à l'Opéra. Elle assista à des concerts, se rendit à de plus nombreux bals encore, où elle dansait jusqu'à l'aube. En bref, Lisaveta adopta parfaitement le style de vie aristocratique.

Mais pendant les rares moments de répit que lui laissait cet enchaînement sans fin de divertissements, elle songeait avec nostalgie au calme bonheur qu'elle avait connu dans le chalet montagnard. Alors, la vie dorée qu'elle menait à Saint-Pétersbourg perdait beaucoup de sa séduction. Elle avait promis à Alisa de rester au palais jusqu'à l'anniversaire de Katelina, et elle le ferait, mais elle était bien décidée à retourner ensuite dans sa propriété campagnarde. Et lorsque la guerre serait terminée, elle reprendrait ses chères études, à Karakilisa, dans la bibliothèque de Javad Khan. En attendant, elle pourrait commencer à collationner ses notes et essaierait, autant que possible, d'oublier l'homme qui avait pris son cœur.

Adossée à ses oreillers, cet après-midi — elle avait dansé toute la nuit et venait de se réveiller —, Lisaveta se demanda quel était son programme. Lecture de poésie ou récital de piano ? Bien sûr, il y avait un dîner au palais, ce soir. Devrait-elle porter sa robe de satin vert, ou celle de tulle rose? De toute façon, elle mettrait le collier offert par Stefan... Elle soupira en songeant combien elle aimerait qu'il la vît.

Faisant une croix sur ses obligations mondaines, elle préféra s'absorber dans la lecture du dernier livre offert par le tsar, une *Histoire de la Maison de Moussaffar*, document unique que la jeune femme n'avait vu qu'une fois auparavant. Pendant quelques heures, elle ne s'intéressa plus qu'aux démêlés entre les petites dynasties qui avaient régné sur les régions de Fars et de Kiman au XIVe siècle.

Les jours suivants, elle se réfugia le plus souvent possible dans la bibliothèque de Nikki et se remit au travail. Prenant son courage à deux mains, elle essaya de reconstituer la chronologie exacte de la vie de Hafiz. Le poète avait vécu dans une époque tourmentée, et ses chants délicats avaient été composés au milieu du fracas des armes, alors que l'anarchie régnait partout et que de multiples envahisseurs tentaient de soumettre la cité de Chiraz. Si, grâce à sa sagesse et sa poésie, Hafiz avait survécu à un tel chaos, se disait la jeune femme, son œuvre devait l'aider, elle, à surmonter les tourments de l'amour malheureux.

De fait, ses études lui apportaient déjà un début d'apaisement.

Les premiers échos, enthousiastes, sur Lisaveta, parvinrent aux oreilles de Stefan une semaine seulement après le premier bal officiel. Un officier, de retour de permission à Saint-Pétersbourg, apportait les dernières nouvelles de la cour. La comtesse Lazaroff, disait-il, avait été surnommée *Princesse d'Or* à cause de son rayonnement et de l'éclat de ses yeux. Elle était le sujet de conversation de tous les hommes de Saint-Pétersbourg. Toujours selon l'officier, elle était plus que belle, mais surtout elle faisait preuve d'intelligence et d'esprit. Bref, elle semblait pétrie des qualités qui faisaient le charme de la poésie de son poète préféré, Hafiz. Lors des bals de la cour, les hommes se pressaient en rangs serrés pour l'inviter à danser, on faisait des bassesses pour avoir le plaisir de s'asseoir à côté d'elle aux dîners, et le palais Kouzan, où elle avait élu résidence, croulait sous les envois de fleurs.

Bien loin de se douter que chacun de ses mots était une blessure pour son ami Stefan, l'officier continua ainsi longtemps, emporté par son enthousiasme. Pour terminer, il fit savoir que deux grands-ducs avaient fait à la jeune femme des avances précises.

Il fallut à Stefan plusieurs jours pour se remettre de ces révélations. Pas une fois auparavant il n'avait pu imaginer que Lisaveta eût pu régner ainsi sur Saint-Pétersbourg. Connaissant même son goût pour les études et la vie simple, il se demanda si son ami l'officier n'exagérait pas quelque peu...

Pour un homme qui oubliait les femmes aussi vite qu'il les séduisait, le prince Bariatinsky devait affronter là des sentiments nouveaux. Et afin de garder le repos nécessaire à un général engagé dans une guerre difficile, il décida finalement que les dires de son ami n'étaient que des rumeurs infondées, donc sans importance. En plus, décréta-t-il, il n'éprouvait plus aucun intérêt pour la comtesse. Elle lui avait permis de passer un séjour agréable dans la montagne, mais tout était fini entre eux.

Par manque de chance, deux autres officiers arrivèrent de Saint-Pétersbourg, quelques jours plus tard, et confirmèrent les dires du premier. Eux non plus ne tarissaient pas d'éloges sur la Comtesse d'Or, et discouraient à perdre haleine sur ses innombrables qualités : elle dansait comme un ange — Stefan s'en voulut de n'avoir pas pratiqué cet exercice avec elle — ; elle savait faire rire sans que ce fût par des méchancetés aux dépens des autres ; et elle portait de merveilleuses robes, mais sa beauté était telle qu'elle aurait pu porter des chiffons...

Lorsqu'un des officiers commença à détailler les attraits de la comtesse, Stefan faillit se lever et s'écrier : « Tu n'as pas le droit ! »

Heureusement, il se retint à temps. Mais dans leur description, les deux hommes parlèrent des diamants jaunes qui allaient si bien avec l'éclat de ses yeux et là, Stefan ne put s'empêcher de dire :

— Je sais. C'est moi qui les lui ai donnés.

Tous les regards se tournèrent vers lui. Les officiers n'avaient pas manqué de remarquer la note d'agacement qui transparaissait dans sa voix. Plusieurs se dirent que si le prince Bariatinsky marquait ainsi ses vues sur la jeune femme, il ne serait pas habile de marcher sur ses brisées. Il n'avait jamais fait montre de jalousie excessive envers ses innombrables conquêtes, mais si la Comtesse d'Or faisait naître en lui ce sentiment nouveau, c'était une preuve de plus qu'elle était extraordinaire.

Dès le lendemain, un colonel renforça les convictions qui se formaient parmi l'état-major. On était au mess des officiers. Avisant Stefan qui, seul à une table, lugubre, faisait sans conviction une réussite, il lui lança :

— Ce qu'il te faut, c'est une nuit avec la nouvelle beauté qui règne à Saint-Pétersbourg. Je l'ai vue la semaine dernière, et je puis te dire qu'elle enfonce la belle Hélène. On l'appelle la Comtesse d'Or. Est-ce que tu en as entendu parler ?

Stefan jeta ses cartes, renversa la table et sortit sans un mot. Etonné, le colonel se tourna vers un de ses camarades.

— Qu'est-ce que j'ai dit de mal ?

— Il la connaît, indiqua l'autre.

— Et il ne l'aime pas ?

— Je n'en sais fichtre rien, mais si j'étais toi, j'éviterais désormais de parler de la comtesse quand Stefan rôde aux alentours.

Cette nuit-là, Stefan prit une grave décision : puisque la campagne ne devait pas recommencer avant deux semaines, puisque les munitions et les renforts tardaient à arriver, il allait entreprendre un voyage éclair à Saint-Pétersbourg.

Il n'ignorait pas les commentaires que son départ risquait de susciter. Mais il savait que les Turcs aussi éprouvaient les pires difficultés à réorganiser leur front. Comme le temps restait anormalement chaud pour la saison, il leur était impossible d'amener des troupes fraîches d'Erzouroum, d'Istanbul ou des ports de la mer Noire. Cela aurait été une folie, eu égard aux difficultés pour assurer l'approvisionnement en eau.

En outre, les ingénieurs russes construisaient à toute vitesse le télégraphe, et il valait mieux attendre qu'ils eussent terminé pour reprendre les combats. Le nouvel assaut contre Kars devait être soigneusement préparé et coordonné.

En attendant, donc, la présence de Stefan à la tête de la cavalerie était moins nécessaire. Mais en officier consciencieux et prudent, il avait délégué ses pouvoirs à ses principaux adjoints, afin qu'ils pussent continuer à expédier les tâches courantes pendant son absence.

Son départ suscita une foule de commentaires. Non à cause de son absence elle-même, mais pour la raison qu'il avait donnée : il devait rendre visite à sa fiancée. Jamais jusqu'alors il n'avait mentionné de fiancée, et lorsqu'on lui en fit la remarque, il eut soin de préciser qu'il ne se mariait point par amour, mais par raison.

Les officiers prirent de multiples paris. Sans surprise, la comtesse Lazaroff apparut comme la cause la plus probable du départ précipité de Stefan Bariatinsky pour Saint-Pétersbourg.

Stefan, qui n'était pas d'humeur à supporter de la compagnie, décida de voyager seul. Il couvrirait ainsi plus vite la distance qui le séparait de Saint-Pétersbourg.

Haci protesta comme il put.

— La route d'Alexandropol n'est pas sûre !

— Mais je suis pressé, répliqua Stefan en bouclant son maigre bagage.

— Est-ce que je vous ai jamais retardé ? protesta le fidèle Haci d'un ton chagrin.

Stefan changea de ton.

— Excuse-moi, Haci. En fait, je préfère être seul.

— C'est dangereux.

— Je serai prudent.

— Vous ne savez pas être prudent.

— Je voyagerai de nuit. Ce sera plus facile.

Devant l'obstination de son maître, Haci secoua la tête.

— Vous êtes fou ! s'exclama-t-il. Les routes ont été détruites par le trafic intense. Votre cheval pourrait se briser une jambe.

— Je n'avais pas l'intention de prendre la route.

A bout d'argument, Haci saisit le bras de son maître et lui demanda :

— Est-ce qu'elle en vaut la peine ? Est-ce qu'elle mérite que vous risquiez votre vie pour elle ?

— Je ne sais pas, répondit Stefan d'un ton tranquille. Je ne sais même pas pourquoi je cours la rejoindre, mais je pars.

Il jeta son sac de selle par-dessus son épaule et se dirigea vers l'écurie.

— Je serai de retour dans deux semaines, indiqua-t-il.

— Même en voyageant vite, insista Haci, cela ne vous

laissera que deux ou trois jours à passer à Saint-Pétersbourg.

— C'est plus qu'il ne m'en faut.

— Et si cela ne vous suffit pas ?

— Alors, je la ramènerai ici.

— Au camp ? interrogea Haci, de plus en plus persuadé que son maître avait perdu la raison.

— Non, mais le plus près possible.

— Et si elle proteste ?

Stefan sauta souplement en selle.

— Je veillerai à ce qu'elle ne proteste pas, dit-il d'une voix pleine de détermination.

Il fit un claquement de langue et Cléo, la jument qui piaffait d'impatience, se mit en route.

— Bonne chance, murmura Haci en le regardant s'éloigner. Vous en aurez besoin.

11.

La lune peignait en orangé les hauts plateaux, mais Stefan, plongé dans ses pensées, ne remarqua rien. Il évaluait les distances, observait les alentours, et se disait qu'il avait bien fait de partir. Les sentiments qui l'agitaient depuis trop longtemps seraient clarifiés ; il devait, à la fin, en avoir le cœur net.

A Tiflis, il s'arrêta brièvement pour prendre une petite escorte. Il laissa une note à Militza qu'il n'avait pas le cœur d'éveiller à 4 heures du matin. En outre, il se doutait qu'elle lui aurait posé de multiples questions, auxquelles il n'avait pas envie de répondre. Du moins, pas encore. Il savait à peine ce qu'il faisait.

Il avait également envoyé un télégramme à Vladikavkaz afin de faire retenir le train aussi longtemps que nécessaire. Lorsqu'il atteignit la gare, il confia les rênes de son cheval à un employé, fit ses adieux à son escorte, monta dans son wagon privé et s'effondra sur la couchette. Cela faisait trois jours qu'il ne s'était pas accordé une heure de sommeil.

Il dormit jusqu'au lendemain après-midi, sans avoir eu le temps d'ôter ses vêtements, à l'exception de ses bottes couvertes de poussière.

Lorsqu'il s'éveilla, le train venait de traverser Saratov. Il se restaura, fit une toilette rapide et se recoucha.

Lorsqu'il ouvrit les yeux pour la deuxième fois, on lui annonça que Moscou n'était plus qu'à une heure. De là à Saint-Pétersbourg, Stefan n'arrêta plus de marcher à longues enjambées dans le wagon, l'esprit continuellement préoccupé. Il essaya d'analyser ses sentiments envers Lisaveta et dut convenir que la jalousie en constituait une bonne part. L'idée de tous ces hommes tournant autour de la jeune femme lui était infiniment désagréable. Il avait hâte de la retrouver pour se l'accaparer, l'avoir à lui seul. C'était un sentiment nouveau, sans précédent chez lui, et presque inconcevable chez un homme qui ne prisait rien tant que sa liberté.

En se préparant pour le bal, ce soir-là, Lisaveta ajusta pour la troisième fois son corsage dont le décolleté lui semblait plus profond qu'elle ne se le rappelait. Comme le résultat ne la satisfaisait pas, elle se tourna vers Alisa.

— Ma robe ne me va pas aussi bien que la dernière fois, lui confia-t-elle.

Alisa, alors, tourna lentement autour de son amie pour étudier sa toilette, une robe de bal très simple, en satin blanc, rehaussée de quelques broderies et d'une large ceinture de gaze rose. Elle s'aperçut, en effet, d'un détail qui avait changé.

— Tu n'as pas eu de petits malaises, récemment ? demanda-t-elle.

— Pas du tout, répondit Lisaveta en tirant sur son corsage. Mais il me semble que j'ai pris un peu de poids. Sans doute tous ces dîners... On a beau faire attention, on finit toujours par manger trop.

— Tu es sûre qu'il ne s'agit que d'une question de poids ?

Comme son mari Nikki, Alisa se doutait bien que les relations entre Stefan et la jeune femme n'avaient pas pu rester platoniques. Rapidement, elle calcula le nombre de semaines écoulées depuis la rencontre des deux jeunes gens...

— Est-ce que, par hasard, tu ne serais pas enceinte ?

Comme son interlocutrice sursautait et rougissait, elle ajouta vivement :

— Excuse-moi d'être si brutale, mais ce sont des aveux qu'on peut se faire entre femmes.

— Non, tu as raison de me poser cette question, balbutia Lisaveta. Mais je... d'une certaine façon... je veux dire... non, ce n'est pas possible, n'est-ce pas ?

Alisa lui prit la main et la conduisit vers un fauteuil où elle la força à s'asseoir.

— Je ne sais pas, lui dit-elle. Mais aurais-tu des raisons d'envisager cette hypothèse ?

Comme médusée par les perspectives qui s'ouvraient devant elle, Lisaveta s'adossa à son siège et ferma les yeux. Elle aussi comptait les semaines.

— Non, affirma-t-elle. Je ne suis pas enceinte.

Mais elle savait bien que son arithmétique venait de lui enseigner le contraire.

Elle se sentit alors totalement désemparée. Jamais jusqu'alors elle n'avait même envisagé la possibilité d'une maternité. En outre, elle n'avait pas encore éprouvé un seul des petits malaises qui signalent d'ordinaire le début d'une grossesse.

— Non, répéta-t-elle. Je ne suis pas enceinte.

— Est-ce Stefan ? insista Alisa.

Lisaveta haussa les épaules pour rejeter cette hypothèse qu'elle voulait encore considérer comme absurde, et c'est d'une voix pondérée qu'elle répondit :

— Je suis sûre qu'il y a une autre explication... En outre, Stefan est fiancé à la princesse Taneiev.

— Tu as raison. Où avais-je la tête ? balbutia Alisa.

— Il est normal en effet que tu te poses des questions. Rejeter tous les torts sur Stefan serait cependant injuste.

— Certes. Mais si cela est, il reste qu'il a quelques responsabilités dans cette affaire.

Les yeux d'Alisa s'étaient faits pensifs.

— Oui, mais moi aussi ! s'exclama Lisaveta. Alisa ! Il n'a pas abusé de moi ! Il n'est pas le méchant suborneur que tu sembles supposer ! Et, je n'ai aucun regret.

— Est-ce que tu l'aimes ?

— Bien sûr, comme toutes les femmes qui l'ont rencontré.

— Des fiançailles peuvent toujours être rompues, murmura Alisa d'un ton rêveur.

— Pas les siennes, il ne le peut pas. Je te remercie de t'inquiéter pour moi, mais je saurai faire face. Je ne suis plus une enfant !

— Soit ! Mais il faudrait quand même que nous mettions Stefan au courant de ce qui t'arrive.

— Attends ! protesta Lisaveta. Il n'y a peut-être rien à dire. Je suis sûre que tu te fais des idées. Et pense à notre embarras si ensuite nous devions démentir une maternité prématurément annoncée. En attendant, je porterai une autre robe ce soir, car celle-ci ne me va décidément pas.

Elle se dirigea vers la garde-robe et, tout en faisant défiler devant elle les nombreuses toilettes qu'elle contenait, poursuivit à l'adresse d'Alisa :

— La semaine prochaine, je retournerai chez moi aussitôt après l'anniversaire de Katelina... Personne ne me connaissait avant mon arrivée à Saint-Pétersbourg, et on m'oubliera vite. Et puis, c'est dans ma maison de campagne que je me sens le mieux ; j'attends aussi avec impatience de pouvoir me consacrer de nouveau à mes études.

Lorsqu'elle se retourna, Lisaveta avait recouvré le sourire.

— Tu accueilles les événements avec un calme qui me sidère, lui fit observer Alisa. Bien des femmes que je connais auraient fondu en larmes.

— S'il faut que je m'évanouisse pour arranger mes affaires, j'y penserai, promit Lisaveta en riant. De toute façon, cela ne changerait rien à ce qui s'est passé. En attendant, essayons cette autre robe, je crois qu'elle m'ira parfaitement.

Et elle commença de se dégrafer. Visiblement, elle désirait que la conversation s'oriente vers d'autres sujets. Alisa l'aida donc à procéder à son changement de tenue. Mais au bout de quelques minutes, n'y tenant plus, elle ne put s'empêcher de demander :

— Comment peux-tu être si gaie ? A ta place, je serais catastrophée.

— Comment ne serais-je pas gaie, puisqu'il s'agit de Stefan ? lui répondit Lisaveta. C'est un homme tellement remarquable. Et puis, je suis sûre que tu as tort.

Pendant qu'elle finissait de se changer, Alisa la pria de l'excuser un moment et alla retrouver Nikki. Celui-ci était déjà prêt et faisait les cent pas dans un salon en attendant ces dames.

— Mme Drouet a encore fait des merveilles ! lança-t-il en admirant la nouvelle robe de sa femme, une magnifique composition de satin vert ornée de dentelle et de perles.

— Merci, mon chéri...

Alisa se retourna pour s'assurer qu'elle avait bien fermé la porte derrière elle et murmura :

— Je crois qu'elle est enceinte.

Nikki haussa les sourcils.

— Qui, elle ? demanda-t-il.

Cependant, son expression indiquait qu'il avait déjà compris de qui il s'agissait.

— Lisaveta, lui indiqua Alisa dans un souffle.

— Stefan ?

— Bien sûr.

— La peste soit de cet homme ! s'exclama alors Nikki.

— Oui, c'est exactement mon sentiment. Ce qui m'étonne, c'est que ta cousine ne semble pas du tout chagrinée.

— Tu en es sûre ?

— Qu'elle n'est pas chagrinée ?

— Non. Qu'elle est enceinte.

— Elle prétend que non, et que si elle a pris du poids, c'est simplement qu'elle a trop mangé depuis son arrivée à Saint-Pétersbourg. Elle m'énerve !

— Bon Dieu ! s'exclama Nikki.

Et il se laissa tomber dans un fauteuil.

— Tu sais que Stefan est fiancé à la fille du prince Taneiev, rappela sa femme en s'asseyant en face de lui.

— Oui. Mais si ce que tu m'annonces est exact, il devra rompre ses fiançailles.

— Lisaveta affirme qu'il est décidé à épouser Nadejda.

— Cet homme n'a-t-il donc aucun scrupule ? rugit Nikki d'un ton excédé. Il épousera ma cousine, qu'il le veuille ou non !

— Peut-on forcer un homme comme Stefan ?

— En tout cas, moi, je pourrai.

— Malheureusement, il est à Kars...

Nikki fixa sa femme avec détermination.

— Eh bien, si c'est nécessaire, nous le ferons revenir pour son mariage.

Un peu plus tard, tous trois roulaient en direction du palais Gagarine, où avait lieu le bal. Lorsque Nikki fit part à Lisaveta de ses intentions à propos de Stefan, la jeune femme éclata de rire.

— Ne sois pas ridicule, Nikki ! Tu ne vas pas te lancer dans une vendetta à cause de moi. Dans cette affaire, je n'ai pas été la pure jeune fille séduite par un infâme suborneur. J'étais consentante, je te le rappelle.

— Mais si tu as un enfant ?

Les yeux d'or de Lisaveta s'assombrirent un bref instant, puis elle répondit :

— Il n'y aura pas d'enfant, j'en suis sûre. Et s'il y en a un malgré tout, je serai parfaitement capable de l'élever. Mon père m'a bien élevée seul, pourquoi n'en ferais-je pas autant ?

— Ce n'est pas la même chose, lui opposa Nikki. Cela risque de poser des problèmes...

Il ne pensait pas tant aux difficultés matérielles ou familiales, qu'aux complications sociales. Ce que Lisaveta comprit instantanément.

— Pas du tout ! lui dit-elle. A la campagne, on se moque de ces questions.

— Ne crois pas cela. Parfois, le monde rural est pire que la ville. Beaucoup plus rétrograde.

— Papa et moi vivions comme des ermites. Personne ne viendra me chercher noise.

— Peut-être ! s'exclama alors Nikki, à bout d'arguments. Mais cela ne suffit pas. Tu es ma cousine, après tout.

— Et alors ? Est-ce que tu comptes faire payer Stefan pour ce qu'il m'a fait ?

— Il y a un peu de cela, convint Nikki en souriant. Logique, non ?

— Non ! La logique n'a rien à voir dans cette affaire. Dès le moment où j'ai rencontré Stefan, la logique a cessé de fonctionner dans mon esprit.

Il y avait presque de l'aigreur dans la voix de Lisaveta. Alisa crut alors utile d'intervenir pour calmer des esprits qui risquaient de s'échauffer inutilement. Posant une main apaisante sur le bras de son mari, elle lui dit :

— Nikki, mon chéri, Lisaveta sait mieux que nous ce qu'elle doit faire.

— La décision, naturellement, t'appartient, indiqua

aussitôt Nikki à sa cousine. Pardonne-moi, je me mêle de ce qui ne me regarde pas.

Mais sa voix était pleine d'une rage à peine contenue, et ses paroles sonnaient comme autant de mensonges. Au fond de lui-même, il restait persuadé qu'il devait mettre Stefan devant ses responsabilités.

— Tout va s'arranger, ajouta-t-il. J'en suis sûr.

Il se redressa, et sa puissante silhouette parut plus massive encore dans l'habitacle de la voiture.

— Tout va s'arranger, répéta-t-il d'une voix un peu trop calme. Faites-moi confiance.

Stefan arriva au palais Kouzan une heure après que Nikki, Alisa et Lisaveta l'eurent quitté pour le bal.

— Le prince Gagarine, lui expliqua le majordome, donne une fête pour célébrer l'acquisition de son dernier Rembrandt. Elle a lieu dans sa maison sur les îles. Voulez-vous que j'adresse un message à Son Excellence pour l'avertir que vous êtes arrivé ?

Stefan portait une veste informe et un pantalon de cavalier, le tout dans un état plus que douteux. Le brave majordome n'imaginait pas que le visiteur aurait le front de rejoindre la soirée dans cette tenue. C'est pourquoi il proposa encore :

— Je puis, si Votre Altesse le désire, vous faire apporter une collation.

— Non, merci, répondit Stefan d'un ton impatient.

— Son Excellence sera navrée de ne pas avoir été là pour vous accueillir.

Stefan sourit alors.

— Je le verrai plus tard. Ils sont partis il y a environ une heure, dites-vous ?

— Oui, Votre Altesse.

— La comtesse Lazaroff avait-elle un cavalier ?

— Non, Votre Altesse.

— Parfait...

Vingt minutes plus tard, Stefan arrivait au palais du prince Gagarine. Au cours de ces vingt minutes, il n'avait cessé de s'exhorter à la prudence et évaluait d'avance les conséquences néfastes d'une scène faite en public à Lisaveta. Mais il ne se faisait aucune illusion sur son tempérament et savait qu'il y aurait une scène de toute façon.

Sa simple apparition, déjà, créerait l'émoi dans la société. En effet, s'il avait envisagé, l'espace de quelques secondes, de passer dans son propre palais pour adopter une tenue plus conforme aux usages, il y avait aussitôt renoncé pour la bonne raison qu'il n'avait pas de temps à perdre. C'est donc dans sa tenue fripée qu'il mettrait le pied dans les salons Gagarine. Ensuite, que ferait-il ? Il irait droit vers Lisaveta et lui lancerait :

— Bonsoir, comtesse. Pouvez-vous m'accorder un moment ?

Et puis, ils trouveraient un endroit tranquille pour parler. Parler... Un euphémisme pour décrire ce que Stefan avait réellement envie de faire. Rien que d'y penser, le sang affluait à ses tempes, et son cœur battait vite, toujours plus vite...

Lorsqu'il entra dans la salle de bal, seul le groupe des causeurs qui se tenait près de la porte l'aperçut. Comme ils le croyaient au siège de Kars, ils se demandèrent pourquoi il revenait ainsi inopinément, pourquoi il se présentait dans cette tenue de moujik, et pourquoi il détaillait la foule avec ces yeux égarés. Les dames, ravies, s'interrogèrent sur la raison qui l'avait amené à revenir, tandis que les hommes eurent hâte de savoir pourquoi il avait quitté le front.

Stefan éluda poliment, mais fermement, toutes les questions, tout en continuant à scruter la foule. Il n'avait encore vu ni Lisaveta ni les princes Kouzan, et il craignait qu'ils eussent changé leurs projets et décidé d'assister à une autre soirée.

La salle de bal resplendissait. Les uniformes chamarrés, les robes de soie et les bijoux scintillants tournoyaient dans la lumière prodiguée par des centaines de chandeliers et de lustres. Insensible aux exclamations et aux rires qui fusaient de toutes parts, Stefan se dirigea lentement vers l'autre extrémité de la salle, les yeux toujours fixés sur les couples qui virevoltaient. Comme il arrivait au pied de l'orchestre, il aperçut Lisaveta.

Elle dansait avec un jeune lieutenant des hussards de la tsarine.

Brusquement, la musique s'arrêta.

— Mesdames et messieurs, dit le chef d'orchestre, nous avons l'honneur et la joie d'accueillir le conquérant de Toubrouz, le sauveur de Miroum, le général sans peur et le prince sans reproche... Son Excellence Stefan Bariatinsky.

Il leva sa baguette, et l'orchestre entonna un hymne militaire. Obéissant à une espèce de réflexe, toute l'assistance adopta un garde-à-vous presque parfait, tandis que les cuivres assourdissaient les tympans et que les tambours faisaient un bruit de tonnerre.

Surpris par cet accueil, Stefan étouffa un juron. Devant lui, la foule s'ouvrait comme la mer Rouge devant Moïse, et tous les yeux convergaient vers lui.

— Enfer et damnation ! dit-il, cette fois d'une voix presque audible.

Cependant, il devait sacrifier à ses obligations mondaines. Sautant prestement sur la scène, il s'inclina devant l'assemblée et accepta avec modestie les applaudissements frénétiques qui montaient vers lui. Puis il fit un petit discours : la guerre se déroulait dans de bonnes conditions, assura-t-il. Les Russes étaient sûrs de battre les Turcs, et le prochain assaut contre Kars serait le bon.

La première pensée de Lisaveta, lorsqu'elle aperçut Stefan, fut qu'il ne portait pas une tenue de soirée. Son pantalon de cavalier et sa veste froissée, dont les couleurs ternes contrastaient avec les brillants uniformes qui l'entouraient, le faisaient paraître plus grand encore. Il lui sembla qu'elle avait un peu oublié, au cours des dernières semaines, à quel point il pouvait être fort, et combien son sourire était irrésistible...

Sa seconde pensée, plus raisonnable, la fit s'interroger sur les motifs d'un retour non annoncé. Son cœur commença à battre au rythme de ses espoirs grandissants.

Et s'il était revenu pour elle ? L'homme le plus aimé de la Russie serait revenu pour elle... Quel merveilleux conte de fées ce serait, s'il avait découvert qu'il ne pouvait pas plus se passer d'elle qu'elle ne pouvait se passer de lui... Mais avait-il réellement traversé toute la Russie pour se jeter dans ses bras ? Lisaveta ne pouvait encore le croire.

D'ailleurs, en cet instant, Stefan ne parlait pas d'amour, mais de politique. Il ne disait rien sur la jeune femme qu'il était venu chercher, mais discourait sur la conduite de la guerre. Et lorsqu'il quitta l'estrade après une nouvelle salve d'applaudissements, il ne vint pas vers elle. L'aurait-il voulu qu'il ne l'aurait pu, car il fut entouré d'un groupe compact qui le pressait de questions. Même son cavalier abandonna Lisaveta pour rejoindre le général, après avoir formulé de hâtives excuses.

— Je ne resterai pas longtemps à Saint-Pétersbourg, mais je vous remercie, disait Stefan pour la vingtième fois.

Par-dessus les têtes assemblées autour de lui, il aperçut alors Lisaveta.

Elle ne le regardait pas, à ce moment-là. Deux hommes s'approchaient d'elle, et elle répondit d'un charmant sourire à leurs salutations empressées. Cette courte scène éveilla la jalousie de Stefan. La Princesse d'Or venait d'adresser à ces deux inconnus le sourire dont elle l'avait gratifié si souvent au cours de leur séjour dans la montagne. Comment était-ce possible ?

Il perdit de précieuses secondes à se dégager du cercle compact de plusieurs belles, qui s'accrochaient à son bras en lui faisant à mi-voix des avances dénuées d'ambiguïté. D'une voix sèche, où transparaissait une impatience grandissante, il refusa plusieurs dîners, en tête à tête ou à plusieurs, mais toujours intimes.

Enfin, il arriva au milieu de la salle, bien dégagé parce que l'orchestre n'avait pas encore recommencé à jouer, et sous le regard intéressé de tous les invités, il progressa rapidement vers les grandes fenêtres.

Les murmures allaient bon train. Habillé comme il l'était, Stefan avait visiblement une mission urgente à accomplir... On ne traverse pas toute la Russie sur un simple coup de tête... Sa fiancée, peut-être ? Effectivement, Nadejda se trouvait dans la salle... Cependant, il n'avait pas encore demandé de ses nouvelles... Oui, mais ses fiançailles étaient de convenance plutôt que d'amour : il ne fallait pas imaginer qu'il était venu à l'improviste, dévoré du désir soudain de revoir sa future épouse...

Incapable de trouver une réponse adéquate à ses questions, la foule observait.

Il apparut bientôt que la Princesse d'Or était la clé du mystère.

Au fond, personne n'en fut véritablement surpris. Le prince Bariatinsky avait toujours manifesté un goût extrême pour les femmes non seulement belles, mais aussi originales — et celle-ci possédait au plus haut point ces deux qualités. Mais d'autres questions surgissaient : était-il vrai, en particulier, que le prince et la comtesse fussent... comment dire ? amis.

Les murmures enflèrent encore, puis cessèrent tout à coup. La foule retint son souffle.

Arrivé devant la Princesse d'Or, Stefan gratifia les deux admirateurs d'un très sec hochement de tête qui, moins qu'un salut, était un ordre de déguerpir. Puis, d'une voix suffisamment forte pour être entendu de tous, il déclara :

— Comtesse, pouvez-vous m'accorder un bref entretien ?

Sans attendre de réponse, il la saisit par le bras et, bousculant les deux courtisans médusés, l'entraîna sur la terrasse.

Tout le monde les regardait, mais les trois personnes qui auraient pu agir à ce moment-là étaient absentes : Nikki jouait aux cartes dans la salle de jeu ; dans un salon, Alisa écoutait les confidences d'une jeune mère de famille qui lui racontait son dernier accouchement dans tous les détails ; et Nadejda, dans un boudoir, s'amusait à bousculer une de ses amies pour l'empêcher d'appliquer correctement sa poudre de riz.

Serrant fortement le bras de sa prisonnière, Stefan poussa d'un coup de pied la porte de la terrasse et la ferma de la même manière. Personne ne s'avisa de les suivre.

L'air était frais. Une petite brise venue de la Baltique annonçait déjà les prémices de l'automne, et Lisaveta frissonna. Stefan la tira rudement jusqu'à la balustrade, lui fit faire un demi-tour à lui briser les deux chevilles et, se penchant sur elle, lui donna un baiser.

12.

Ce fut moins un baiser qu'une prise de possession, comme si, de la dure pression des lèvres, Stefan voulait marquer Lisaveta de son sceau. La jeune femme comprit d'ailleurs parfaitement ses intentions, puisqu'elle lutta autant qu'elle put pour se libérer de cette emprise avant de pouvoir protester de vive voix.

— Etes-vous ivre ?

— Je n'ai rien bu pendant cinq jours, douchka ! gronda Stefan.

Cinq jours ! Durant cinq jours il avait voyagé sans perdre une minute ; durant cinq jours, il avait fait tout son possible pour être au plus vite auprès de Lisaveta, et elle, pendant ce temps, que faisait-elle ? Elle distribuait les sourires à la ronde, à tous ces fats qui les regardaient maintenant à travers les portes-fenêtres. De rage, Stefan resserra encore son étreinte autour de la taille de la jeune femme. Pour lui faire mal. Exprès.

On ne lui avait pas menti. Elle était bien la coqueluche de tout Saint-Pétersbourg. De nouveau, la jalousie engloutit sa raison. Il lui porta un nouveau baiser sur la joue, sans douceur ; et comme une réelle lueur d'inquiétude passait dans les yeux de Lisaveta, il lui dit avec méchanceté :

— Ne vous tracassez pas, beauté. Je ne vous prendrai que peu de temps.

A l'évidence, ce n'étaient pas les mots qu'aurait pu employer un homme amoureux, et Lisaveta se demanda alors si Stefan n'avait fait ce long voyage que pour la tourmenter.

— Ramenez-moi à l'intérieur ! commanda-t-elle.

De nouveau, elle tenta de se dégager d'une emprise de moins en moins supportable et si vigoureuse qu'elle pouvait sentir les boutons de la veste de Stefan imprimer leur marque dans sa chair.

Il éclata d'un rire contenu, mais déplaisant.

— Des ordres, maintenant ! Vos amants y obéissent-ils ?

— Et votre fiancée ? répliqua Lisaveta, du tac au tac.

Elle avait touché juste. Stefan tressaillit.

— Oui, fit-il, elle fait ce que je dis. Mais tu n'as pas répondu à ma question.

— Très simple : mes amants aussi m'obéissent. Au doigt et à l'œil.

Une fureur froide envahit Stefan, et ses yeux jetèrent un éclair mauvais.

— C'est ce qu'on m'a dit ! assura-t-il d'un ton grinçant. On m'a aussi rapporté que tu es très demandée.

Son esprit égaré essayait de calculer combien d'amants elle avait pu prendre depuis le début de son séjour à Saint-Pétersbourg, et il se demanda même si les officiers qui, au camp, lui avaient les premiers parlé de la Princesse d'Or, n'avaient pas eu ses faveurs. Stefan se promit de les provoquer en duel. Tous.

En attendant, il devait punir Lisaveta pour son inqualifiable conduite et, s'il nc s'était pas retenu, il lui aurait administré sur-le-champ une formidable correction. Seule son éducation le retint de le faire. Il donna même à Lisaveta une chance de se racheter.

— J'ai été à bonne école avec vous, remarqua-t-elle d'un air narquois.

Vraiment, ce n'étaient pas les mots qu'il était venu entendre. Elle aurait dû lui dire que tous les ragots à son sujet étaient faux. D'ailleurs, sa place était-elle dans un bal ? Stefan aurait préféré la trouver dans son lit, endormie, au lieu de la voir faire la coquette au milieu de tous ces hommes trop empressés pour avoir des intentions honnêtes. Et si elle souffrait d'insomnie à cette heure tardive de la journée, pourquoi ne se consacrait-elle pas à ses chères études, dans une bibliothèque ? A défaut, elle aurait pu faire un peu de broderie. Voilà les occupations d'une femme loyale ! Au lieu de quoi, elle renvoyait à la figure de Stefan les prétendues leçons qu'il lui aurait données...

— Eh bien, murmura-t-il d'une voix aussi fraîche que la brise de la Baltique, nous allons voir si tu as bien retenu tout ce que je t'ai appris.

A peine avait-il fini de parler que ses mains montèrent vivement de la taille de la jeune femme à ses épaules nues et s'insinuèrent sous le tissu.

— Non, mais... Vous... vous n'oseriez pas, murmura Lisaveta, le souffle court et les yeux étincelants de colère.

— Chérie, ne sois pas si naïve ! J'enlève des forteresses hérissées d'artillerie et dont la garnison est supérieure en nombre à mes propres troupes. T'imagines-tu que je vais hésiter à prendre possession d'une faible femme ?

Sa voix était tranquille, très grave, et ses doigts tambourinaient une petite marche militaire sur la peau nue de Lisaveta.

— Je vais crier ! menaça-t-elle tout en se contorsionnant pour échapper.

— Je sais, je sais. Tu cries toujours, à la fin.

Du petit doigt, il effleura un des diamants jaunes qui dansaient à ses oreilles.

— Heureux de voir qu'ils te plaisent.

— Mais on nous regarde ! gémit Lisaveta. Quelqu'un peut même venir sur la terrasse. Allons, soyez raisonnable. Laissez-moi partir et occupez-vous de vos affaires.

— Mais tu es mes affaires, répliqua Stefan. C'est pour toi que je suis venu.

Sa réponse, comme un murmure rassurant, venait contredire l'action de ses doigts qui déjà testaient la résistance des lacets du corsage.

— Vous n'avez tout de même pas fait tout ce chemin pour venir me voir ? interrogea Lisaveta d'une voix que l'émotion commençait à faire trembler.

— Bien sûr que si. Et maintenant, je veux te voir.

Lisaveta tressaillit en comprenant le sens qu'il donnait au verbe voir. Il allait satisfaire ses désirs là, à deux pas de la salle de bal, presque en pleine lumière !

— Stefan, soyez raisonnable ! S'il vous plaît...

— Je te reconnais bien là... Tu dis toujours non d'abord, mais d'une voix vibrant d'impatience.

Lisaveta ne voulait pas être de nouveau séduite par cet homme qui, une fois déjà, l'avait abandonnée et revenait, elle ne savait pourquoi. Elle détestait avoir été traînée hors de la salle de bal avec tant de brutalité et un manque d'égards indigne d'un homme du monde. Mais qu'il savait bien lui rappeler les heures brûlantes de leur passé commun ! Oui, elle voulait de nouveau être séduite par lui, et constatant son impatience grandissante, elle rassembla ce qui lui restait de raison pour dire :

— Stefan, éloignons-nous un peu. Je vous en prie.

Jetant alors un bref coup d'œil derrière lui, il haussa les épaules.

— Il n'y a personne... Mais c'est que nous serions devenue délicate, à Saint-Pétersbourg, ironisa-t-il. On se civilise !

Lisaveta poussa un soupir excédé.

— Bien, concéda alors Stefan, allons ailleurs.

Soulevant la jeune femme dans ses bras, il prit la direction d'un escalier monumental qui menait aux jardins, descendit les marches à toute allure et s'arrêta au milieu de la pelouse.

— Voilà ! Est-ce mieux, ainsi ?

Rigide dans ses bras, Lisaveta, qui faisait tout son possible pour ne pas même l'effleurer, regardait autour d'elle, les yeux emplis d'incrédulité. S'apercevant que Stefan avait fait le minimum de chemin et que leur couple se trouvait juste en face des grandes fenêtres de la salle de bal, elle martela ces mots :

— Non, ce n'est pas mieux !

Il fit sur lui-même un demi-tour, de façon à se trouver face à la ville, et balaya d'un grand coup de pied la traîne de Lisaveta, qui le gênait.

— Bon, alors dis-moi où tu veux aller ! lança-t-il d'un ton excédé.

— Mais pourquoi faisons-nous cela ? murmura Lisaveta, de plus en plus troublée.

Stefan la regarda bizarrement et ne répondit pas. Il se dit que la jalousie constituait un puissant levier des actions humaines. Jamais jusqu'à ce soir il ne s'était conduit d'une façon aussi rude avec une femme. En fait, il faisait confiance à son charme, qui venait toujours à bout des résistances du beau sexe. Mais avec Lisaveta, il ressentait une frustration qui le poussait à agir avec brutalité. Certes, il était conscient de l'injustice qu'il y avait à violenter ainsi la jeune femme, à lui faire cette guerre un peu ridicule, mais il ne pouvait s'empêcher de penser qu'elle était une forteresse qu'il devait enlever au premier assaut.

Un assaut, oui, c'était cela...

Il posa Lisaveta sur la pelouse et, d'un geste sec, arracha le corsage de satin blanc.

L'étoffe craqua dans la nuit silencieuse.

Lisaveta, nue jusqu'à la taille, resta immobile comme une statue.

Content de sa stratégie, Stefan sourit. Puis il songea que bien des hommes avaient dû voir ainsi la jeune femme au cours des dernières semaines, et la fureur, une nouvelle fois, le reprit. Le visage tordu d'un vilain rictus, il lança d'une voix dure :

— Alors, que disent-ils à ce moment-là, les Pétersbourgeois ? « Oh, comtesse, que vous êtes charmante », ou quelque chose de ce genre ?

— Je ne vous répondrai pas, murmura Lisaveta.

Elle tenta de s'échapper, mais son tourmenteur la rattrapa aussitôt.

— Je croyais, dit-il, que nous avions déjà évoqué la question de ma supériorité physique.

— Stefan, tout ceci ne vous ressemble pas. Reprenez-vous, je vous en conjure.

Cette fois, il éclata d'un rire méchant.

— Pas question !

— Alors, je vous résisterai.

— Très bien. Je sens que je vais adorer.

— Voulez-vous que je vous supplie, à genoux ? proposa alors Lisaveta qui savait très bien qu'elle ne luttait pas à armes égales.

— Non !

D'une main, Stefan retenait sa prisonnière, tandis que de l'autre, il achevait de lui arracher ses vêtements qui tombaient un à un sur la pelouse.

Consternée et remplie de honte, Lisaveta ne tenta plus de résister.

— Stefan, vous êtes fou ! chuchota-t-elle dans un souffle.

— Oui, dit-il d'une voix rauque. Fou de vous, comtesse.

Et il se jeta sur elle avec un soupir de dément. Alors, Lisaveta fut remplie de terreur, d'autant qu'elle sentait le désir monter en elle et qu'elle savait que dans peu de temps, elle serait aussi incapable de se contrôler. Au même moment, elle entendit des pas dans le jardin.

On approchait...

Dans un ultime sursaut de lucidité, elle articula :

— Stefan, attendez... Attendez qu'ils soient partis. Ou allons ailleurs... Je... je vous en prie.

Mais il était trop tard. Stefan, incapable d'attendre davantage, avide de lui faire payer les tourments qu'il avait endurés, venait à bout de ses dernières défenses. Un spasme secoua Lisaveta quand il la fit sienne.

— Où croyez-vous qu'ils soient allés ? demandait une femme.

— Moi, répondait un homme, je dirais qu'ils sont en route vers le palais Bariatinsky. Il y avait comme de l'urgence dans le regard de Stefan.

Lisaveta flottait comme dans un rêve. Fermant les yeux, elle retint à grand-peine un gémissement qui eût déclenché le scandale. Si on les avait découverts ? Stefan, qui comprit quels étaient ses tourments, lui souffla à l'oreille :

— Ignore ces intrus... Je vais te faire perdre la raison... Pense seulement à toi, à moi, à nous...

Submergée par une vague de plaisir, Lisaveta exhala un soupir d'agonie.

Elle pensa que son célibat avait duré trop longtemps. Trois semaines en effet s'étaient écoulées depuis son retour de la montagne. Mais était-ce une excuse pour se conduire avec tant de folie ?

— Nikki va bientôt chercher la comtesse, disait encore la femme. Quelqu'un est allé lui signaler qu'elle avait disparu.

Il sembla à Lisaveta que la voix s'était encore rapprochée...

— Je serais intéressé de connaître la réaction de Nadejda, confia l'homme d'un ton amusé. Ne croyez-vous pas que nous devrions plutôt la rejoindre ? Le feu d'artifice ne va pas tarder à commencer.

A ce moment, Lisaveta poussa un gémissement qu'elle ne parvint pas à étouffer complètement.

— Qu'est-ce que c'est ? demanda la voix de la femme.

— Cela venait de l'orchestre, je crois. D'ailleurs, voilà que d'autres instruments font leurs gammes. Le bal ne va pas tarder à reprendre.

S'immobilisant un instant, Stefan se pencha sur Lisaveta et murmura :

— Il faudrait être plus discrète, douchka, sinon tu vas attirer les foules.

Narquois, il reprit ses mouvements.

« Non, pensa Lisaveta, il ne faut pas... »

— Non, murmura-t-elle, sentant que ses réactions ne lui appartenaient plus.

Et aussitôt après, elle s'abandonna totalement à la danse sensuelle dans laquelle Stefan l'entraînait.

Quelques minutes plus tard, Lisaveta avait remis sa robe et, tapotant de-ci, de-là l'étoffe froissée, essayait de redonner une apparence convenable à sa tenue. Mais la tâche n'était pas facile, après le traitement que venait de lui faire subir Stefan. Ce dernier avait d'ailleurs rajusté sa tenue. Il s'inclina brièvement devant la jeune femme, la salua d'un bref : « Merci, comtesse », et s'éloigna.

Médusée, incrédule, elle le regarda qui disparaissait dans les buissons. Puis, elle eut envie de hurler. Elle pensa arracher aux arbustes un faisceau de leurs branches et poursuivre ce mufle pour le rosser d'importance. Oui, c'est ce qu'elle aurait dû faire.

Mais elle avait aussi très envie de le rattraper, de s'accrocher à son bras et de le supplier :

— Emmène-moi avec toi.

Catastrophée, Lisaveta se dit alors qu'elle faisait partie des légions de femmes — ex-maîtresses, maîtresses actuelles et futures maîtresses — qui trouvaient irrésistible le prince Stefan Bariatinsky. Et qui lui pardonnaient tous ses caprices, même les plus déplaisants.

13.

Traversant à grands pas rageurs le jardin anglais qui bordait la mer Baltique, Stefan trouva son cocher en train de bavarder devant les écuries et se fit conduire au yacht-club. Là, il se laissa lourdement tomber dans un fauteuil près des fenêtres et se fit servir une bouteille de cognac. Il savait qu'il ne dormirait pas cette nuit, et l'alcool l'aiderait peut-être à surmonter le dégoût de lui-même qui l'assaillait.

Il n'aurait pas dû forcer Lisaveta.

Ainsi, il ne se serait pas aperçu qu'elle était capable de réagir comme une... comme une courtisane. Combien d'hommes avaient-ils joui de ses faveurs au cours des dernières semaines ?

La pensée que d'autres que lui avaient pu toucher Lisaveta le rendait fou de jalousie.

Comment expliquer sa propre conduite de la soirée ? Peut-être avait-il voulu lui faire l'amour, rapidement, brutalement, afin d'exorciser le besoin d'elle qui le consumait et ensuite s'en retourner à Kars, le cœur léger. Possible...

Mais Stefan avait maintenant la ferme intention d'emmener Lisaveta sur le front, puisque son mal ne s'en était pas allé. Et la question à se poser dans l'immédiat n'était pas : « Pourquoi ? » mais : « Comment ? »

Très simplement, comme il avait fait ce soir : sans demander son avis à Lisaveta, et en l'enlevant si nécessaire. Cela lui avait bien réussi lorsqu'il avait intercepté la jeune femme dans sa fuite et l'avait séquestrée dans son chalet de montagne. Elle ne s'était pas plainte, passé le premier moment de surprise...

Oui, il procéderait ainsi.

Beaucoup d'hommes, autour de Stefan, avaient une femme et entretenaient des maîtresses. C'était une pratique plus que courante, et parfaitement admise par la société. Et s'il s'était toujours promis jusque-là qu'il lui répugnerait d'en faire autant, il commençait à admettre — tandis qu'il buvait son cognac à petites gorgées — que c'était une solution valable.

Car s'il continuait à penser qu'il devait épouser Nadejda, il ne voulait pas pour autant se passer de Lisaveta.

Du salon désert, on entendait à peine le murmure de la salle de jeu, où s'était concentrée toute l'activité du club à cette heure tardive. Stefan remplit de nouveau son verre et, pour la première fois de la soirée, regarda par la fenêtre. Les quais déserts s'étendaient jusqu'aux hangars, démesurés. La forêt des mâts et des haubans se silhouettait parfaitement sous la lune et la brise, très vive, faisait claquer oriflammes et bannières.

Stefan, qui contemplait cette scène mélancolique, sentait l'agitation le gagner de nouveau. Il avait envie de se lever... Sa décision était prise : la Princesse d'Or devait être soustraite à la convoitise des Pétersbourgeois. Que cela lui plût ou non !

La bouteille de cognac était à demi vide lorsque Nikki entra dans le salon. Il s'arrêta un moment sur le pas de la porte et examina la vaste salle meublée de fauteuils et de canapés, de tables, de présentoirs à journaux. Malgré la faible lumière — la plupart des chandeliers s'étaient éteints —, il reconnut parfaitement Stefan, solitaire, assis près de la fenêtre. D'un pas décidé, il s'avança vers lui.

— Ah, te voilà enfin ! lança-t-il d'entrée.

Lorsqu'on lui avait dit que le prince s'était montré à la soirée du prince Gagarine, il l'avait cherché dans toutes les pièces du palais. Puis, il avait couru au palais Bariatinsky et dans différents estaminets. Furieux de ne le trouver nulle part, il avait enfin pensé au yacht-club.

Stefan leva sur lui un œil mauvais. Il n'était pas d'humeur à recevoir de quelconques remontrances.

— Bon, tu m'as trouvé. Et ensuite ?

Il connaissait le but de la visite de Nikki, bien sûr, mais il s'étonnait que son ami fît tant d'histoires. Lisaveta avait couché avec tout Saint-Pétersbourg. Pourquoi s'en prendre à lui particulièrement ?

— Qu'est-ce que tu as fait à Lisaveta ?

— Comme tout le monde, répondit Stefan, d'une voix pleine de fureur.

— Je devrais te tuer sur-le-champ pour cette réponse infâme ! Même eu égard à notre longue amitié, je te répondrai simplement que tu te trompes complètement.

— Ce n'est pas ce qu'on raconte !

Stefan criait — comme Nikky —, mais il n'avait pas daigné se lever et continuait à regarder par la fenêtre, comme si cette conversation le concernait à peine.

— On t'a raconté des mensonges. Tu aurais pu la blesser, dit Nikki d'une voix très douce, presque un murmure.

— Elle ne m'a pas semblé souffrante. Au contraire, j'ai...

— Elle est enceinte.

Stefan se figea un bref moment, puis se recomposa une attitude pleine de calme.

— Et alors ?

Les yeux de Nikki lancèrent des éclairs de colère. Il se pencha sur son interlocuteur et posa les deux mains sur les bras du fauteuil.

— Alors, c'est toi le père ! Comme je suis le cousin de Lisaveta, son seul parent ici, je suis venu te demander ce que tu comptes faire.

— Peux-tu le prouver ?

— Prouver quoi ?

— Que je suis le père.

— Si je te tue, cela n'aura plus d'importance.

— Cela ne serait peut-être pas une bonne solution pour la demoiselle, remarqua Stefan avec un sourire sardonique. Dois-je comprendre qu'elle veut m'épouser ?

— Elle affirme que non. Elle prétend aussi ne pas être enceinte.

— Et malgré cela, tu viens me harceler ici ?

— Lisaveta ne veut pas admettre encore la vérité, mais il faudra bien qu'elle se rende à l'évidence. Toi aussi.

— Mais pourquoi serais-je le père ? Elle est ici depuis plus d'un mois, après tout.

Devant tant de mauvaise foi, Nikki laissa échapper un soupir excédé.

— La conduite de Lisaveta ici a été irréprochable.

— Alors comment se fait-il que circulent sur elle tant de rumeurs détestables ?

Pour la première fois, Nikki sourit.

— Ce ne sont, comme tu le dis, que des rumeurs. Il est vrai que Lisaveta plaît, et tous les hommes veulent lui faire la cour. La cour, c'est tout...

Il s'interrompit et demanda :

— Au fait... ne me dis pas que c'est pour elle que tu as quitté le front ?

— Les munitions et l'artillerie tardent à arriver. Nous avons des semaines de retard sur le programme de réarmement... Alors, ce qu'on m'a raconté à propos de Lisaveta serait donc faux ?

Stefan voulait se faire confirmer cette nouvelle incroyable ; lui qui n'avait jamais éprouvé jusque-là le besoin de fidélité, il tenait à être rassuré.

— Lisaveta, lui dit Nikki, est rentrée de chaque soirée avec ma femme et moi, dans notre voiture. Ma parole d'honneur suffira-t-elle à éteindre ta jalousie ?

— Tous les soirs ?

— Tous les soirs.

— Je ne sais pas si je dois te croire, murmura Stefan, mal remis encore du choc que venait de lui infliger son ami.

— En tout cas, Lisaveta sera flattée d'apprendre que tu as négligé ton devoir de soldat pour elle.

— Tu te trompes complètement ! grommela Stefan.

— Allons donc ! Depuis quand nous connaissons-nous ? Depuis que nous avons quinze ans, si je ne m'abuse. Et ta personnalité n'a plus guère de secrets pour moi. Ose me dire que tu es ici pour d'autres raisons.

Nikki attendit, confiant.

— Je pourrais être ici pour voir ma fiancée..., commença Stefan.

— Justement, j'ai une question à te poser au sujet de cette petite Nadejda : étais-tu ivre lorsque tu lui as proposé le mariage ?

— Oui.

— Je m'en doutais.

— C'est qu'il me faut un héritier.

— Il y a tant de femmes disposées à t'en donner un. Pourquoi avoir choisi la moins intéressante de toutes ?

— Il m'a semblé que cela n'avait pas d'importance, avoua Stefan avec un soupir. J'en avais assez de chercher, et Militza me tourmentait à ce sujet depuis plus de deux ans. Comme je n'avais qu'une semaine à passer ici, j'ai fait mon choix rapidement.

— Et Vladimir Maximovitch, son père, pourrait être un allié de poids.

— Certes. Voilà qui rend la donzelle plus présentable, n'est-ce pas ?

Dans l'esprit de Stefan s'ébauchèrent des perspectives difficiles : son plan de mariage conventionnel et pratique allait tomber à l'eau. Et tout cela parce qu'il était tombé amoureux d'une belle comtesse. Il éructa quelques affreux jurons et demanda :

— Alors, que faisons-nous ?

— Tu épouses Lisaveta, cela va sans dire.

— Et Nadejda ?

— Il faudra rompre les fiançailles. Je ne vois pas d'autre solution.

— Facile à dire : le contrat de mariage est rédigé, signé...

— Tu devras naturellement dédommager la pauvre éplorée, ce qui ne te sera pas difficile puisque tu possèdes la moitié de la Géorgie. Autre chose : tâche d'être très persuasif lorsque tu demanderas sa main à Lisaveta. Cette petite est très indépendante.

— Ah bon ? Parce qu'en plus, il faudra que je la supplie ?

Nikki se raidit.

— Ma cousine est enceinte. Tu l'épouseras, un point, c'est tout !

— Et si je refuse ?

— Ce serait dommage de ruiner notre belle amitié, tu ne crois pas ? De toute façon, tu aimes Lisaveta, sans quoi tu n'aurais pas risqué de faire un scandale à cause d'elle chez Gagarine.

— D'accord, fit alors Stefan. Je lui parlerai.

— Très bien ! Veux-tu venir avec moi ?

— Maintenant ?

Stefan avait été célibataire trop longtemps, et son mariage venait de se décider de façon inopinée. Il n'avait donc pu s'empêcher de gagner un petit délai, que Nikki lui concéda de bonne grâce.

— Demain matin.

— D'accord... Demain matin.

Sur ce, Nikki s'éloigna et Stefan reprit en main sa bouteille de cognac.

Pourquoi, se demanda-t-il, le mariage l'effrayait-il plus lorsqu'il s'agissait d'épouser Lisaveta, alors qu'il n'en avait rien été lorsque sa fiancée était Nadejda? La réponse était facile à trouver : parce que Lisaveta comptait pour lui. Il aurait pu épouser Nadejda et la délaisser aussitôt, continuer à mener sa vie indépendante et libre, alors que Lisaveta bouleverserait ses habitudes.

Il venait de découvrir que l'amour pouvait être contraignant.

Sur cette pensée mélancolique, il remplit son verre pour réfléchir aux changements futurs. Lisaveta ferait-elle preuve d'exigences nouvelles et répétées? Elle avait un caractère bien trempé et ne manquerait pas de l'affronter durement au moindre sujet de désaccord.

Son mariage, bien différent de ce qu'il avait imaginé, sonnerait probablement le glas de sa liberté... Cette pensée terrifia Stefan, et il vida son verre d'un trait.

Avec un léger mal de tête, dû à ses libations de la veille et aux pensées qui l'avaient agité toute la nuit, Stefan n'était pas de la meilleure humeur le lendemain matin.

« Pourquoi cette démarche? » se demanda-t-il alors qu'un valet venait le chercher dans la bibliothèque où on l'avait introduit. Sans doute n'avait-il plus rien à dire après sa rencontre de la soirée précédente, et s'il n'avait pas craint de passer pour un couard, il aurait tourné les talons sur-le-champ.

Il se leva quand Lisaveta entra dans le petit salon. Lentement, et en guise de salutations, il déclara :

— Pardonne-moi pour ce que j'ai fait hier soir. Tout était entièrement ma faute.

La jeune femme, qui elle non plus n'avait pas dormi de la nuit, ne se trouvait pas disposée à absoudre.

— Oui, dit-elle, c'était effectivement votre faute. Vous et la brutalité sans vergogne, cela ne fait pas deux.

Stefan ouvrit la bouche pour rappeler à l'insolente les griffures qu'elle lui avait laissées sur la nuque, preuve que ce qu'il lui avait infligé n'avait pas été pour elle trop désagréable. Mais il choisit de n'en rien faire et de dire, un peu platement :

— Je suis extrêmement désolé.

Surprise, Lisaveta le détailla. Ce ton contrit n'était pas trop dans les habitudes du prince Bariatinsky. Elle se demanda s'il n'avait pas, après tout, un semblant de conscience.

— Si vous êtes venu pour me présenter des excuses, considérez que c'est fait. Au revoir, prince Bariatinsky.

— Attends !

La main sur la poignée de la porte, la jeune femme se retourna, sévère comme une institutrice importunée par un mauvais sujet.

— Oui ?

Elle portait une robe d'intérieur d'un vert vif, coupée très simplement. Rien à voir avec son aguichante tenue de la veille. Ses cheveux, tressés en couronne, lui donnaient un air austère que venait à peine adoucir le collier de perles donné par Militza. Mais pourquoi, se demandait Stefan, trouvait-il si sensuelles cette réserve, cette absence presque complète de volonté séductrice ? Cette attitude distante lui apparaissait comme un défi. Il eût voulu prendre la jeune femme dans ses bras, éparpiller ses cheveux, déboutonner sa robe. Il voulait la toucher, entendre ses gémissements, là, dans le salon.

— Avez-vous encore quelque chose à dire ? s'enquit-elle, étonnée de ce silence qui se prolongeait.

Revenant à la réalité, Stefan répondit :

— Oui... En fait, je suis venu pour...

Il ne savait plus par où commencer, par où aborder le véritable sujet de sa visite. Pouvait-il demander :

— On m'a rapporté que tu es enceinte et si c'est vrai je suis le père de l'enfant et donc nous devons nous marier et si je te le demande, acceptes-tu ?

Voilà qui était bien compliqué — et si difficile à dire... Stefan songea qu'il valait mieux, dans un premier temps, ne pas évoquer sa fiancée Nadejda, qui aurait encore embrouillé un peu plus son propos.

Pour la même raison, il ne voulait pas non plus s'aventurer à parler d'amour. Chaque chose en son temps... Pourtant, il devait le reconnaître, l'amour lui semblait de plus en plus important ; il occupait presque continuellement son esprit et, s'il avait fait ce voyage à Saint-Pétersbourg, ce n'était, en vérité, que par amour. Stefan s'en était rendu compte peu à peu, au cours de sa soirée au club, tandis qu'il vidait lentement sa bouteille de cognac.

— Est-ce que c'est à moi de deviner ? demanda encore Lisaveta, de plus en plus perplexe.

Mais à son ton plus que froid, Stefan comprit fort bien qu'elle n'avait pas envie de jouer.

— J'ai parlé à Nikki hier soir, dit-il.

— Et alors ?

De toute évidence, la jeune femme ne ferait rien pour rendre plus facile cette entrevue. Stefan fit deux pas en avant pour réduire la distance qui les séparait.

— Il m'a dit, reprit-il, ou plutôt, il a suggéré... enfin, il sait que nous avons passé quelques jours ensemble avant ton arrivée à Saint-Pétersbourg.

Ce n'était qu'à l'aube que Stefan avait quitté le yacht-club. Après un bon bain et un solide petit déjeuner, une longue course à cheval l'avait aidé à se remettre les idées en place. Puis, il était venu directement au palais Kouzan, effrayant par sa galopade effrénée les rares Pétersbourgeois qui circulaient en ville à cette heure matinale...

— Je n'ai en effet pas cru devoir faire mystère du fait que je vous connaissais, prince Bariatinsky. Mais je ne m'en suis pas fait une vaine gloire non plus.

— Stefan, tu pourrais m'appeler Stefan ! s'exclama-t-il. Bon sang, Lisaveta, cesse de jouer les anges justiciers. Viens t'asseoir près de moi, que nous puissions parler sérieusement.

Il voulut prendre sa main, qu'elle lui refusa pendant un bref moment. Car ce geste, somme toute innocent, faisait battre son cœur à une allure démesurée. Comment pourraient-ils raisonnablement discuter ? se demandait Lisaveta. Après ce qui s'était passé la nuit précédente ! Quand elle l'eut dit l'instant d'après, il répondit d'une voix solennelle :

— Je suis désolé, douchka, à un point que tu ne peux imaginer. Mais la vérité, c'est que j'étais rongé de jalousie.

Cet aveu inattendu éveilla l'intérêt de la jeune femme.

— Alors, dit-elle, nous devons parler, en effet.

Elle prit la main de Stefan et le suivit jusqu'à un canapé recouvert de soie rose. Mais ils s'assirent à distance respectable l'un de l'autre, tous deux prudents, circonspects, aussi éprouvés l'un que l'autre par leur rencontre de la veille et la nuit de tourments qui s'en était suivie. Stefan prit aussitôt la parole.

— Puisque je ne trouve pas le moyen d'amener le sujet avec tact, je dirai simplement que... Nikki m'a révélé que tu es enceinte.

— Cela ne vous regarde pas.

— Bien sûr que si !

— Ecoutez, Stefan...

C'était la première fois que Lisaveta utilisait son prénom. Cela lui fit plaisir, bien qu'il trouvât l'attitude de la jeune femme désespérément froide.

— Nikki n'aurait pas dû vous parler de ma...

« Ma quoi ? » se demanda-t-elle. Le mot *grossesse* ne l'enchantait pas. Stefan, qui savait la raison de ses hésitations, s'enchanta de cette naïveté, de cette fraîcheur. Lisaveta était finalement trop fragile pour la dureté du monde, et il eut envie de la protéger.

— La situation dans laquelle je me trouve, reprit-elle, ne doit pas vous faire changer vos projets.

— Mais es-tu enceinte, oui ou non ?

Lisaveta rougit jusqu'aux oreilles.

— Je ne sais pas...

— C'est insensé ! protesta Stefan. Tu as un excellent moyen de le savoir. C'est...

— Je ne réponds pas à de telles questions ! Et je ne vous dirai plus rien. Je n'ai aucun compte à vous rendre.

— Lisaveta, soupira Stefan, tu ne me rends pas la tâche facile...

— Au contraire. Maintenant, si vous voulez que nous changions de sujet...

— Surtout pas ! Il faut que nous en finissions !

— Alors, prince Bariatinsky ! Qu'avez-vous l'intention de me dire, ou de faire ?

Il y eut un court moment de silence, puis Stefan reprit :

— Nikki pense que nous devrions nous marier.

Les yeux de Lisaveta étincelèrent d'une lueur glaciale.

— Est-ce là une demande en mariage ?

Alors, Stefan explosa.

— Oui, c'en est une !

— Eh bien, je refuse, moi, une demande faite d'une façon aussi peu gracieuse !

— Tu n'as pas le droit de refuser ! riposta Stefan.

Stefan qui, quelques heures auparavant, tremblait encore à l'idée de s'engager dans les liens du mariage...

— Au contraire, c'est la seule réponse possible et elle marque la fin de notre entretien. Veuillez m'excuser, prince Bariatinsky, mais je pense que votre fiancée sera une interlocutrice plus accommodante pour vos charmantes propositions.

Sur ce, Lisaveta se leva abruptement. Tout aussi abrupt, Stefan lui prit un poignet et la força à se rasseoir.

— Tu partiras quand je t'en donnerai l'autorisation ! Je n'ai pas traversé toute la Russie pour être congédié comme un valet.

— Vous oubliez, général, que vous ne parlez pas à un de vos subordonnés. Je n'ai pas à recevoir d'ordres de vous.

Ivre de colère, la jeune femme essaya de libérer son poignet, mais Stefan, qui la tenait fermement, l'attira dans ses bras et lui donna enfin le baiser dont il avait envie de la gratifier depuis qu'il avait été mis en sa présence.

Derechef, Lisaveta voulut résister à cette emprise, mais en vain. Elle ne lutta pas longtemps, à vrai dire, tant elle fut surprise de constater que dans ce baiser, forcé certes, ne transparaissait pas de colère ou de ressentiment, comme la veille, mais de la tendresse et presque... Oui, de la timidité. Stefan posait sur sa joue, sur ses lèvres, sur ses yeux et sur le bout de son nez, de petits baisers d'une infinie délicatesse. Alors, Lisaveta se détendit et lui rendit baiser pour baiser.

— Je ne devrais pas vous laisser faire cela, murmura-t-elle cependant.

— Pourtant, je le fais, répondit Stefan d'une voix rauque.

L'impatience le reprenait, et il commençait à jouer avec les boutons les plus à portée de sa main.

— Tu es trop habile, gémit Lisaveta. Je devrais résister.

— Résiste, comtesse, résiste. Tu sais que j'adore cela.

— Tu n'es qu'un dévergondé trop sûr de son charme. Je te hais.

La main de Stefan s'était glissée dans l'échancrure qu'il avait su ménager dans la robe de la jeune femme.

— Moi, j'adore ton tempérament, chuchota-t-il.

Lisaveta ferma les yeux et s'abandonna au délicieux tourment que suscitaient en elle les caresses de Stefan. Mais soudain elle se raidit et, redevenant agressive, elle s'écria, d'une voix presque méchante :

— Non ! Ne me touche pas !

Stefan resserra aussitôt son étreinte.

— Je le veux !

— Mais tu ne peux pas n'en faire toujours qu'à ta tête !

— Pourquoi non ? Cela s'est toujours passé ainsi, jusqu'à présent.

— Et qu'arrive-t-il si tu rencontres des obstacles insurmontables ?

Il haussa les épaules.

— Pourquoi imaginer le pire ?

— Si je ne veux pas accéder à tes désirs ?

— Allons ! Tu ne demandes que cela !

— Pas maintenant !

Avec un sourire, Stefan réfléchit quelques secondes, puis proposa :

— Tu veux donc que je te fasse la cour ?

— Exactement !

— Ce sera difficile. Voyons... Il ne me reste qu'un jour et demi. Que puis-je faire en si peu de temps ?

La surprise s'afficha sur le visage de Lisaveta.

— Que feras-tu, ensuite ?

— Je retournerai à Kars, pardi ! Tu n'imaginais tout de même pas que la guerre est finie ?

Soudain, la jeune femme eut peur de perdre Stefan,

non pas en le voyant disparaître au bras de Nadejda — ou d'une des innombrables femmes qui tournaient autour de lui —, mais peur de le perdre d'une manière bien plus définitive.

— Est-ce que tu vas la gagner, cette guerre ? demanda-t-elle d'une voix moins assurée.

— Bien sûr ! C'est ce que j'ai toujours fait.

— C'est vrai, murmura Lisaveta, le prince Bariatinsky n'a jamais connu de défaite.

Elle le regarda. Sans son brillant uniforme de général, Stefan n'était plus le symbole de l'empire du tsar ou de la force de l'armée russe, mais un homme, tout simplement, un homme qui souriait, sûr de lui, insouciant des dangers qui le menaçaient.

— Au moins, promets-moi d'être prudent, implora-t-elle.

— Ma chérie, c'est en n'étant pas prudent qu'on survit dans ce genre d'affaire. Ne te fais pas de souci pour moi.

Lisaveta essaya d'arborer un sourire plein d'assurance, mais elle ne put réprimer un frisson.

— Est-ce que tu as fini, maintenant ? questionna Stefan.

Comme elle le regardait sans comprendre, il précisa :

— De parler... N'oublie pas que je n'ai qu'un jour et demi. Nous n'avons pas de temps à perdre.

Cette fois, Lisaveta sourit avec plus d'entrain.

— Certains hommes savent présenter leurs désirs avec plus de galanterie, fit-elle remarquer.

— C'est qu'ils ont plus de temps que je n'en dispose.

— Dois-je donc tomber tout de suite dans tes bras ?

— J'aimerais assez.

D'une voix soudainement grave, Stefan poursuivit :

— Douchka, tu tiens mon cœur. Je t'aime comme jamais je n'ai aimé personne.

Cette déclaration inattendue ébranla Lisaveta, dont les yeux s'emplirent de larmes.

— Oh, Stefan, qu'allons-nous faire ?

— D'abord, nous allons nous marier, répondit-il avec simplicité.

— Je ne peux pas t'obliger à cela. C'est trop dur pour toi. C'est ta vie tout entière que tu risques.

La jeune femme avait parfaitement compris les enjeux : en l'épousant, Stefan ruinait tous les plans soigneusement mûris pour réparer la disgrâce qui avait frappé son père. Mieux, il risquait d'en subir une bien plus grave encore si le prince Taneiev décidait de venger l'affront fait à sa fille Nadejda. Bien des hommes déjà avaient vu leur carrière ruinée pour des fautes plus bénignes. Isolé du monde, le tsar ne recevait que des informations soigneusement filtrées par son entourage, parfois même présentées de façon tendancieuse lorsqu'un grand de la cour avait décidé de nuire à un adversaire...

— N'exagérons pas ! protesta Stefan. Les difficultés ne sont pas si grandes que tu l'imagines.

— Il ne faut pas que tu m'épouses.

— Mais je le veux, douchka ! En outre, Nikki me tuera si je n'en passe pas par là.

— Mais le prince Taneiev te tuera si tu m'épouses.

— C'est fort probable, convint Stefan sans s'émouvoir. Mais je sais que sa cupidité outrepasse son sens de l'honneur. Je lui offrirai donc de fortes sommes d'argent, ce qui me mettra à l'abri de sa vindicte...

Il attira Lisaveta dans ses bras et murmura :

— Alors, me diras-tu oui, à la fin ?

— Oh, oui. Oui, oui, oui, oui, et encore oui !

Lisaveta suffoquait de bonheur. Elle se sentait habitée d'une joie si profonde qu'elle tremblait de tous ses membres. Elle aimait Stefan au-delà de tout ce qu'elle avait imaginé ; elle l'aimait d'une façon incohérente, déraisonnable.

Elle avait présenté ses objections, elle avait fait preuve

de raison, elle avait offert à Stefan toutes les chances de revenir sur sa proposition sans déroger aux règles du savoir-vivre. Il ne devait pas l'épouser parce que Nikki l'y obligeait ou parce qu'elle portait leur enfant. Jamais elle n'aurait accepté un mari contraint ou aigri.

Mais à présent que toutes ses objections avaient été repoussées par Stefan, maintenant qu'elle était convaincue que rien ne le ferait revenir sur sa décision, Lisaveta laissa s'exprimer le bonheur qui envahissait son cœur.

— Je te rendrai heureux, Stefan, je te le promets.

Et lui, le blasé qui avait eu tant de femmes, qui ne croyait plus à grand-chose, sut que non seulement elle disait vrai, mais que c'était possible. Ce fut une révélation qui le laissa anéanti.

— Et moi, je ne serai pas en reste, murmura-t-il.

Il posa un baiser sur les lèvres de Lisaveta, qu'elle lui rendit avec un sourire. De nouveau, le désir les embrasait, mais Stefan, en un effort surhumain, s'arracha à l'étreinte ensorcelante, prit sa nouvelle fiancée par la main et la tira vers la porte.

— Et maintenant, dit-il, je t'emmène dans ma maison.

14.

Mais Nikki était là, qui attendait dans le corridor, assis sur un canapé vénitien, juste en face de la porte du salon.

— Tu chaperonnes ? lui demanda Stefan d'un ton plaisant.

Puis il prit Lisaveta dans ses bras et la souleva du sol, comme pour un enlèvement.

— En fait, je voulais lire un peu, répondit Nikki du même ton.

Il reposa sur la table, à côté de lui, le livre qu'il tenait en main et qu'il n'avait pas ouvert.

— Bien sûr, reprit Stefan. Et tu es venu t'installer pour cela sur le seul siège disponible dans cette grande bâtisse.

— Ce n'est certes pas le seul, mais c'est celui que je trouve le plus pratique pour lire... A ce que je vois, vous êtes réconciliés ?

Ce n'était pas très difficile à deviner : le visage de Lisaveta rayonnait de joie. Quant à Stefan, il avait le regard assuré d'un homme qui vient de remporter un triomphe.

— Et dans le cas contraire ? interrogea Stefan.

— J'avais apporté mon revolver... Pour marquer ma page, naturellement.

Ce n'était pas vrai, mais derrière son badinage on devinait aisément qu'il aurait cherché à venger, par la violence, l'honneur de sa cousine en cas de besoin.

— Avant que vous ne fassiez quelque bêtise et ruiniez mon bonheur tout neuf, intervint Lisaveta en souriant, puis-je vous faire remarquer que tout cet étalage d'honneur viril est bien mal à propos, puisque Stefan a demandé ma main et que j'ai accepté de la lui donner ?

— Toutes mes félicitations ! s'exclama alors Nikki en se levant. Je vais de ce pas parler au prêtre de ma paroisse.

— Ne te donne pas cette peine, mon ami ! riposta Stefan en le retenant par le bras. Je parlerai au mien.

Il se pencha sur Lisaveta pour ajouter :

— Si cette proposition t'agrée, bien sûr.

Lisaveta, qui nageait littéralement dans le bonheur, n'était point disposée à s'arrêter sur ce qu'elle considérait comme un point de détail. Aussi répondit-elle avec insouciance :

— Comme tu veux, mon chéri.

Les yeux de son futur mari s'agrandirent d'une surprise à peine feinte.

— Comment ? Pas de contestation ? Pas de protestation ?

Comme Lisaveta confirmait d'un battement de cils, il se mit à plaisanter.

— C'est simple au fond : pour adoucir ce mauvais caractère, il suffit d'épouser... J'aurais dû y penser plus tôt.

— Eh bien, voilà, tu viens de découvrir un des grands secrets de l'âme féminine. Il y en a bien d'autres, et je te promets de te les apprendre tous.

Cette proposition n'avait rien pour déplaire au prince Bariatinsky. Mais, soldat avant tout, il n'oubliait pas que le temps lui était compté.

— J'aimerais beaucoup rester avec vous pour bavarder, mais je repars dans un jour et demi.

— Je passerai te voir chez toi avant ton départ pour connaître le détail de tes projets, lui indiqua Nikki. Désires-tu que je répande la bonne nouvelle de ton prochain mariage ?

Le regard de Stefan croisa celui de Lisaveta, et la jeune femme comprit instantanément quelles étaient ses pensées : Nadejda, le prince Taneiev à amadouer...

— Non, pas encore..., répondit Stefan avec fermeté. Je te ferai savoir quand le temps sera venu.

— Je crois que nous devrions partir, maintenant, murmura Lisaveta à son oreille.

Ils firent leurs adieux à Nikki. Stefan avait déjà oublié la famille Taneiev. Pourquoi gâcher son bonheur avec de telles contingences ?

— Passez une bonne journée, dit encore Nikki.

— Nous ferons notre possible, assura Stefan avec un sourire entendu.

Les semaines de séparation, la jalousie qui l'avait rongé, tout cela aussi était oublié. Stefan et Lisaveta n'éprouvaient plus qu'une joie insensée à la pensée qu'ils allaient passer une journée ensemble. Stefan, qui se réjouissait de faire entrer la jeune femme dans sa maison — et surtout dans son lit — le lui dit avec ferveur.

— Je t'aime, lui répondit-elle. De tout mon cœur.

— Jamais plus je ne te laisserai partir !

La façon dont Stefan exprimait le sentiment qu'il éprouvait pour Lisaveta correspondait à la force qu'il avait mise dans tous ses actes ; elle traduisait aussi la fureur qu'il avait éprouvée lorsqu'il avait cru la jeune femme indifférente, ou frivole. Enfin, elle disait la confiance retrouvée. Le commandant de la cavalerie du tsar n'avait jamais souffert de défaite : Lisaveta conquise, il était pleinement lui-même.

Le lui aurait-on demandé qu'il n'aurait pas su dire pourquoi il avait abandonné si vite sa vieille ligne de conduite. Il avait refusé de croire à l'amour, il en avait combattu maintes fois chez lui les prémices en se persuadant qu'il ne s'agissait que d'une aberration passagère. Mais il venait de découvrir que l'émotion qu'il éprouvait en présence de Lisaveta ne se laisserait pas réduire au rang de folie.

« J'ai longtemps placé la raison au-dessus de l'amour. Elle l'est, en effet; comme la pluie est au-dessus de l'océan. »

Hafiz avait écrit ces phrases. Stefan Bariatinsky venait d'en comprendre le sens.

Ce soir-là, les deux amants se retrouvèrent dans un lit assez grand pour qu'on pût y jouer à se poursuivre, et qui avait été conçu tout spécialement pour l'arrière-grand-père de Stefan qui entretenait un harem de huit cents concubines. La rumeur courait que dans ce lit, Stefan avait reçu beaucoup de femmes — et parfois même plusieurs à la fois. Comme Lisaveta lui posait la question, il lui répondit simplement :

— Tu es mon seul amour... tout mon univers.

Ils s'aimèrent avec une passion exacerbée par la retenue que Stefan imposait à leurs élans. Sa peur de faire mal à la jeune femme ou de blesser le fruit de leurs amours était telle qu'il faisait preuve d'une pudeur dont lui-même ne se serait jamais cru capable. Et lorsque enfin ils connurent l'assouvissement de leurs désirs, ils restèrent embrassés, immobiles, heureux.

Pendant ce temps, dans le grand salon du palais Taneiev, dont les fenêtres donnaient sur la statue équestre de Pierre le Grand et la flèche dorée de l'Amirauté, Nadejda s'occupait à massacrer un arbuste en pot.

— Il n'a pas le droit de m'humilier ainsi, maman ! s'écria-t-elle d'une voix vibrante de haine.

Faisant un brusque demi-tour, elle marcha à grands pas jusqu'aux fenêtres et s'arrêta devant sa mère, les bras croisés, frémissante.

— Je ne le supporterai pas ! répéta-t-elle. A Tiflis, ce trou perdu, cela pouvait encore passer. Mais ici !

Le visage tordu par la rage, ses boucles blondes s'agitant autour de son joli minois, elle montra les poings comme une harengère.

— Je ne serai pas la risée de tout Saint-Pétersbourg !

Sa mère, assise devant une petite table à thé, sortit enfin de sa placidité pour parler. Mais sa tentative fut aussitôt interrompue par un hurlement.

— Et n'essaie pas de mettre sa fortune sur le tapis ! Je me moque de sa fortune !

Le ressentiment de Nadejda était sans limite. Et dire qu'elle avait consacré la majeure partie de son temps, depuis qu'elle était officiellement fiancée, à faire d'interminables listes de tout ce qu'elle achèterait lorsqu'elle disposerait de la fortune Bariatinsky !

Mais si Irina trouvait très compréhensible le désir de revanche de sa fille, elle désirait plus encore la caser entre les bras d'un mari immensément riche, doté, en outre, d'un caractère apte à maîtriser les effroyables colères de la petite. En femme pratique et volontaire, très activement impliquée dans les affaires de son mari, elle objecta :

— Ton père aussi s'intéresse à l'argent de Stefan... mais pas seulement à cela. N'oublie pas que c'est lui qui conduit la guerre actuelle, et je te rappelle que ton père assure la fourniture des canons.

Sur ce chapitre, elle ne pouvait guère en dire plus. D'un côté, parce que Nadejda pouvait difficilement comprendre le mécanisme compliqué de la corruption mise en œuvre pour garder la main sur ce fructueux marché ; mais aussi parce qu'elle se serait empressée de répéter à tort et à travers des secrets sulfureux. En cette matière, le silence valait plus que de l'or.

En vue de garder la haute main sur les fournitures à l'armée, Taneiev et Melikoff, le vice-roi du Caucase, avaient monté une organisation occulte impliquant plusieurs hauts fonctionnaires. Avec Stefan, Taneiev aurait pour futur gendre un homme dont la probité ne souffrait pas d'être mise en cause, excellente réputation dans les plis de laquelle il pouvait se draper pour ourdir en toute impunité ses fructueuses intrigues.

En plus de la distribution des habituels pots-de-vin, nécessaires pour obtenir les contrats, Vladimir Maximovitch avait mis sur pied des combinaisons annexes lui permettant de récupérer sur les fabricants d'armes une partie des sommes qui leur étaient versées. Il sollicitait par exemple des dons pour la prestigieuse cavalerie du général Bariatinsky, lequel n'en voyait jamais le moindre rouble. Comme Stefan était bien connu pour équiper ses troupes sur sa cassette personnelle, quand tardaient les crédits gouvernementaux, il pouvait arguer de sa sollicitude presque paternelle pour aider un homme si généreux. Dans ces conditions, Stefan devait rester le fiancé officiel de Nadejda, au moins jusqu'à la fin de la guerre.

— Je me moque des canons de papa ! éructa Nadejda.

Et elle retourna à la plante en pot, dont elle reprit l'effeuillage.

La mère tressaillit à l'énorme sottise qui venait d'être émise et considéra d'un œil affligé les débris qui s'amoncelaient sur le sol. Il faudrait, se dit-elle, retourner la plante contre le mur, pour cacher les dégâts ; voire l'éliminer purement et simplement. Pour régler sans tarder ce problème domestique, elle tira discrètement le cordon de service.

En femme pratique, Irina avait banni de sa vie tout ce

qui ressortissait au domaine des sentiments. Les émotions, pensait-elle, ne devaient s'exprimer que dans la poésie ou les opéras, et ne jamais interférer avec la réalité. Cruelle, dure vérité, que Nadejda, trop jeune, ne pouvait encore comprendre.

— Il faut, lui dit-elle avec tact, attendre au moins la fin de la guerre.

Nadejda arracha alors une moitié de la plante et la jeta sur le sol, avant de la piétiner.

— Que j'attende ? hurla-t-elle. Dois-je comprendre que tu me conseilles de supporter en silence la goujaterie de Bariatinsky ?

— Non... Mais papa t'expliquera cela mieux que moi, ma chérie.

— Je ne l'épouserai que s'il vient se traîner à mes pieds pour demander pardon. Je suis sérieuse, maman ! Et entre nous, il ne manque pas de jeunes gens riches et bien nés disposés à m'épouser.

La saison avait en effet bien commencé pour elle, qui avait reçu une dizaine de demandes en mariage, et dont les soupirants ne se comptaient plus. Sa beauté un peu fade faisait de nombreux admirateurs dans la gent masculine. D'ailleurs, si Stefan l'avait choisie pour fiancée, c'était bien parce que lui aussi éprouvait un faible pour les blondes.

— Certainement, ma chérie, reprit Irina. Mais tu dois attendre la fin de la guerre. Maintenant, assieds-toi et calme-toi, papa va rentrer. J'ai envoyé Piotr le chercher, et il t'expliquera pourquoi tu dois supporter — mais pour très peu de temps — la scandaleuse conduite de Stefan...

Elle marqua un temps d'arrêt, avant de proposer, d'une voix calme et persuasive :

— Et quand nous aurons eu cet entretien avec ton père, pourquoi n'irions-nous pas dans les magasins ? Il paraît que Brabant vient de recruter un nouveau joaillier, dont on dit qu'il est un véritable magicien. Est-ce que tu n'aimerais pas un beau collier, comme celui de Sophie, avec de gros diamants ? Ou peut-être des boucles d'oreilles pour aller avec ta nouvelle robe jaune ?

Ainsi qu'elle l'avait prévu, la perspective de posséder de nouveaux bijoux changea l'humeur de Nadejda. Elle réfléchit quelques instants, puis elle poussa un énorme soupir, très théâtral, et vint s'asseoir près de sa mère, qui lissait en silence les plis de sa robe.

— Qu'est-ce que j'aurai, maman ? Je veux dire : en plus des bijoux. Il faut penser que je vais devoir affronter une horrible campagne de ragots.

— Papa te répondra lui-même, répondit Irina en lui tendant une tasse de thé. Mais je crois pouvoir te dire qu'en cas de rupture des fiançailles, tu recevras une énorme somme d'argent.

Pour la première fois de la soirée, le visage de Nadejda s'éclaira d'un sourire.

— Enorme comment ? demanda-t-elle.

— Je ne sais pas exactement.

— Assez pour acheter une nouvelle cape de zibeline ?

Ce fut au tour de la mère de sourire. La naïveté de Nadejda la surprenait toujours.

— Assez pour acheter des dizaines de capes de zibeline. Ton père et moi avons participé activement à la rédaction du contrat, fais-nous confiance. Nous avons exigé quelques petites clauses additives...

Stefan découvrit ces *petites clauses*, toutes plus ruineuses les unes que les autres, le lendemain en fin d'après-midi, au palais Taneiev. Vladimir Maximovitch les avait multipliées à plaisir, et Stefan ne pouvait blâmer que lui-même, puisqu'il avait balayé d'un revers de main les avertissements que lui prodiguait son conseiller juridique, alors que la rédaction du contrat progressait lentement. En se fiançant, il ne tendait que vers un seul but : le mariage ; il n'imaginait même pas qu'il pourrait changer d'avis. Il avait sélectionné sa fiancée comme une pouliche, et son intention était de l'épouser, pas de lui faire faux bond.

Mais voilà que, contre toute attente, il devait rompre ses fiançailles. Or, s'il n'avait pas escompté une grande complaisance de la part de ses ex-futurs beaux-parents, il n'avait pas non plus prévu les complexités d'un contrat qu'il avait parcouru d'un œil distrait avant d'y apposer sa signature.

L'âpreté de Vladimir Maximovitch, il la connaissait. Les menaces, il les attendait. Toutes choses dont il pouvait s'accommoder en offrant de l'argent.

Beaucoup d'argent.

Mais ses propositions de négociation semblèrent tomber dans l'oreille d'un sourd.

Au dixième refus, il laissa éclater son exaspération.

— Pourquoi ne me dites-vous pas clairement ce que vous voulez, Vladimir Maximovitch ?

Cela faisait déjà longtemps que les formules diplomatiques et la courtoisie feutrée en usage dans les salons dorés avaient été laissées de côté. Stefan n'avait qu'une idée en tête : en finir avec des fiançailles ridicules, les rompre à tout prix, à n'importe quel prix. Il disposait d'une immense fortune, et on pouvait bien la lui voler, il s'en moquait !

Lui, il voulait épouser Lisaveta, cette ensorcelante femme qui lui avait volé son cœur. C'était aussi simple que cela.

« Sans elle, avait écrit Hafiz, le parfum des roses lui paraîtrait fade, le printemps ne serait plus qu'une morne saison. »

Puisque Stefan avait enfin compris que son cœur reposait dans les mains de Lisaveta, il devait l'épouser, et l'enfant qu'elle attendait devait porter son nom. Le mariage aurait lieu de toute urgence, avant qu'il ne rejoigne Kars, où il reprendrait la guerre. La guerre dont, parfois, on ne revient pas.

— Ce que je veux, déclara Vladimir Maximovitch d'une voix froide, c'est que vous honoriez vos engagements envers ma fille.

— Si vous persistez dans votre obstination, vous allez me forcer a soumettre notre cas au tsar.

Puisque l'argent ne suffisait pas, il devait mettre l'empereur dans la balance. C'était un argument dont il n'était pas aussi sûr qu'il voulait le faire croire : son père, aussi, avait cru toute-puissante une amitié qui s'était dérobée au moment crucial. Cependant, Stefan était décidé à jeter sa carrière dans la balance... encore une attitude qu'il n'aurait jamais imaginée quelques mois plus tôt !

Vladimir Maximovitch, qui avait disposé de plusieurs heures, avant l'arrivée de Stefan, pour préparer son argumentation, répondit :

— Si vous allez devant le tsar, je vous implique dans le scandale de Sesta.

Sesta... La moitié d'une division avait été anéantie par l'ennemi, parce que la cavalerie appelée en renfort s'était brusquement trouvée dépourvue de montures. Cinq mille chevaux, en effet, avaient péri en moins d'une semaine, après avoir absorbé du fourrage avarié. Furieux, le tsar avait promis de faire pendre les responsables de ce scandale, quel que fût leur rang. Une commission d'enquête, nommée par lui personnellement, essayait depuis de découvrir les coupables.

— Les rapports se trouvent sur mon bureau, reprit Vladimir Maximovitch avec un sourire méchant. On pourrait très facilement y ajouter votre nom.

— Le tsar ne croira jamais une chose pareille.

— Lorsque je lui aurai montré certaine correspondance écrite de votre main, il changera d'avis. J'ai aussi des témoins... Croyez-moi, mon garçon, votre disgrâce sera complète.

Les documents, cela se falsifie; les témoins, cela s'achète. Stefan n'ignorait rien des infamies que peut commettre un homme décidé à perdre son prochain. Vladimir Maximovitch jouait sur du velours : le tsar voulait des coupables à tout prix. Les journaux avaient largement rendu compte du scandale, les familles des victimes réclamaient vengeance et il fallait leur jeter en pâture des noms, de préférence célèbres. En cas de besoin, un bouc émissaire ferait l'affaire.

Soudain, Stefan se sentit envahi par une terreur ignoble. Disgrâce ! Le mot résonnait douloureusement dans son esprit troublé. Ce mot qui avait marqué son enfance, et qu'il avait passé toute sa vie à essayer d'oublier, revenait soudain avec une acuité presque insupportable. Disgrâce ! Il prit une profonde inspiration et essaya de lutter contre des souvenirs insupportables : les conversations qui s'arrêtent lorsqu'on entre dans un salon; les murmures que l'on entend derrière soi; les regards de biais, à la fois avides et gênés; les insultes, parfois...

Stefan eut l'impression d'être reporté plusieurs décennies en arrière, et qu'il allait revivre les mêmes épreuves. Tous ses succès militaires ne lui serviraient à rien pour éviter la vengeance de Taneiev. Les portes du futur se refermaient devant lui avec un claquement sinistre, et il n'avait aucun moyen d'échapper au destin misérable qu'on lui préparait.

Habitué aux intrigues de cour, Vladimir Maximovitch savait reconnaître sur un visage les stigmates de la défaite — alors même qu'on essayait de faire bonne figure.

— Prince Bariatinsky, je savais bien que vous reconsidéreriez votre décision, déclara-t-il alors d'une voix mielleuse.

Stefan hésita. Il se sentait pris au piège, et c'était un sentiment tout nouveau, et fort désagréable, pour un homme qui avait gagné toutes ses batailles parce qu'il n'imaginait même pas qu'il pouvait les perdre. Mais cette fois, la blessure était profonde, d'autant plus profonde qu'elle rouvrait la plaie mal refermée de la disgrâce paternelle.

— Il faut que je repense à tout ce que vous m'avez dit, murmura-t-il.

— Quand partez-vous pour Kars ?

— Demain.

— Dans ce cas, je vous donne jusqu'à demain à midi pour me faire part de votre décision ultime. Je suis sûr que maintenant, vous ne voyez plus que des avantages à ne pas dénoncer vos engagements. Pour le moment... Mais lorsque la guerre sera terminée, et que tous nos officiers seront de retour, alors Nadejda pourra jeter son dévolu sur un autre fiancé.

Stefan ne réussit pas à dissimuler le choc que lui causait cette proposition. Pourquoi, se demanda-t-il, Vladimir Maximovitch n'avait-il pas parlé plus tôt de cette issue possible ? Le gros homme en face de lui souriait, heureux de son effet de surprise. On disait de lui qu'il préférait de beaucoup fouetter un homme bien en vie, et la réputation du plaisir qu'il prenait à torturer ses victimes n'était pas surfaite. Or s'il avait, d'entrée, mentionné la possibilité d'une rupture ultérieure des fiançailles, il n'aurait pu jouir du désarroi bien réel de Stefan.

— Donc, nous pourrons rompre les fiançailles, dit ce dernier. Lorsque la guerre sera terminée... Mais pas maintenant... Pourquoi ?

Il entrevoyait bien quelques raisons pertinentes, mais il

ne disposait pas d'assez de temps pour découvrir la vérité avant son départ pour Kars.

— Je ne m'inquiète que des intérêts de ma chère fille, lui fut-il répondu. A cause de cette maudite guerre, nous manquons de partis présentables. La pauvre petite serait bien malheureuse.

— Vous me surprenez, Taneiev. J'ignorais que vous puissiez avoir des sentiments.

Vladimir Maximovitch prit une pose théâtrale et, la main sur le cœur, récita :

— Nadejda est mon plus cher trésor.

— J'en suis sûr, ironisa Stefan.

Estimant qu'il était temps pour lui de prendre congé, il se leva.

— Encore une chose, mon cher garçon, lui lança Vladimir Maximovitch. Avant que vous ne partiez, j'aimerais que vous fassiez à Nadejda les excuses qu'elle mérite pour l'affront que vous lui avez fait hier, chez Gagarine. Elle se trouvait au bal aussi, savez-vous ?

Le sang de Stefan se glaça dans ses veines. Des excuses ? A la fille d'un homme qui menaçait de le faire rouler dans l'abîme ?

— Et si je refuse ?

— Rien ne saurait me faire plus de peine, et je crois alors que je donnerais un premier indice au tsar... Je lui indiquerais que le nom d'un officier de cavalerie est mentionné avec insistance dans l'affaire de Sesta.

Hideux, le sourire de Vladimir Maximovitch s'élargissait à mesure qu'il parlait.

— Je crois même que je profiterais, pour ce faire, de la réception du corps diplomatique qui doit avoir lieu ce soir. Naturellement, la rumeur pourrait cesser si vous décidiez de venir enfin à résipiscence.

Il se rapprocha de Stefan qui venait de faire quelques pas en direction de la porte ; lui posant la main sur le bras, il lui demanda avec la délicatesse du bourreau qui s'inquiète de savoir si le condamné désire ou non un bandeau :

— Verrez-vous notre illustre empereur avant votre retour au front ?

Si le voyage éclair de Stefan n'avait qu'un but personnel, il avait effectivement l'intention de rendre au tsar une courte visite de courtoisie.

— Je ne sais pas encore, répondit-il pourtant.

— Eh bien, reprit Vladimir Maximovitch avec l'entrain que donne la victoire, faites comme bon vous semble. Mais croyez-moi, avec votre... disons, expérience des femmes, de simples excuses ne devraient pas vous coûter trop.

Son regard glacial se posa une dernière fois sur Stefan qui jaugea l'homme à sa juste mesure. Comment pouvait-on traiter sa fille avec aussi peu de considération ? Elle n'était pour lui, c'était sûr, qu'un instrument pour servir ses intérêts...

— Alors ? insista Taneiev.

Stefan n'avait aucune chance d'échapper au piège soigneusement tendu, il le savait.

— Très bien, parvint-il à articuler avec difficulté.

Vladimir Maximovitch parut presque déçu, comme s'il avait espéré infliger au prince une plus grande humiliation, comme s'il s'était déjà vu glisser dans l'oreille du tsar le nom de celui qu'il voulait discréditer.

« Comme j'aimerais lui brûler la cervelle, songea Stefan sans bouger un cil. Voir ce sourire s'éteindre dans un rictus bestial... » Presque amusé, il évalua les conséquences de ce geste fatal. La tapisserie derrière lui serait bien gâtée, songea-t-il.

Un début de sourire se dessina alors sur ses lèvres.

— Puis-je connaître le motif de cette jovialité ? s'enquit Taneiev.

— Je vous le dirai peut-être un jour.

— Peut-être qu'un jour nous nous rappellerons avec grand plaisir notre entretien d'aujourd'hui.

— Je l'espère de tout mon cœur.

Stefan jeta un coup d'œil au cartel de bronze qui trônait sur la cheminée.

— Maintenant, si vous voulez bien m'excuser... Je dispose de peu de temps.

— N'oubliez pas que Nadejda vous attend. Me ferez-vous connaître votre décision ?

— Je vous ferai porter un message.

Le prince Taneiev ne répondit pas, mais il s'inclina brièvement, pour indiquer qu'ils n'avaient plus rien à se dire.

Suivant le valet dans les couloirs du palais, Stefan se demandait comment il pourrait ruser avec cet homme. Tourner les talons et partir ? L'honneur le lui commandait : l'acte de soumission qu'on lui demandait lui paraissait monstrueux, inhumain, insupportable !

Mais il avait besoin de temps pour définir une ligne de conduite sensée et se sortir du piège tendu par Taneiev. C'est pourquoi il décida d'en passer par où voulait son adversaire. Quelques mots prononcés du bout des lèvres ne seraient pas une épreuve bien cruelle, si l'on voulait y réfléchir. Et il obtiendrait ainsi le délai dont il avait tant besoin. Oui, son orgueil supporterait cette petite atteinte, et peut-être saurait-il que faire pour se venger le lendemain.

En attendant, Stefan se promettait de faire les excuses les plus brèves et les plus sèches de toute l'histoire de l'humanité.

Seule dans le salon grec, Nadejda leva à peine les yeux lorsque le valet lui annonça que le prince Bariatinsky demandait la faveur d'une entrevue.

— Qu'il entre.

Il entra. Si certains regards avaient la possibilité de tuer, Taneiev eût pu dire adieu à sa fille pour toujours. Celle-ci se tenait debout au milieu de la petite pièce, comme si elle attendait le visiteur avec impatience. Raide, Stefan attendit que le valet eut refermé la porte.

— Je suis venu vous faire mes excuses pour ce qui s'est passé hier soir. J'ignorais que vous assistiez à la soirée donnée chez Gagarine.

Voilà ! Ce n'était pas plus compliqué que cela ! Certes, ces paroles, loin d'exprimer le moindre regret, constituaient un simple rappel des faits. Stefan fut heureux de s'en tirer à si bon compte.

— Evidemment !

Ce simple mot, jeté comme un coup de couteau, et les yeux de Nadejda, trop durs et trop clairs, avaient de quoi donner des frissons. Et Stefan eut froid dans le dos. La jeune fille portait une robe de soie blanche ornée de grosses rouges en taffetas. Invinciblement, le prince pensa à une morte couverte de taches de sang.

— Par la suite, et j'espère que mon père vous a prévenu, je ne tolérerai plus un tel comportement.

Stefan se raidit davantage.

— Je ne veux plus voir non plus ces vêtements de sauvage !

Il portait le pantalon très large et la chemise en usage dans toute la Géorgie. C'était la tenue qu'il affectionnait lorsqu'il n'avait pas à porter son uniforme de général. Loin d'être les oripeaux que le ton de Nadejda laissait supposer, ces vêtements constituaient une parure riche et originale. La chemise noire, de soie brodée de fils d'or, venait de Chine ; le pantalon, fait d'un cachemire chatoyant produit dans certaine région de l'Himalaya, et si fin, se rétrécissait pour entrer dans les bottes de cuir rouge, œuvre du meilleur faiseur de Tabriz.

Cependant, si les critiques portées sur sa tenue le laissaient indifférent, Stefan ne supportait pas qu'on lui adressât la parole sur ce ton. Il commandait toute la cavalerie du tsar, aucune fortune ne pouvait prétendre rivaliser avec la sienne, et cette mijaurée se permettait des remarques ?

— Je m'habille comme il me plaît ! s'entendit-il grommeler.

Il ne voulut pas en dire plus, de peur de se conduire en grossier personnage. Maintenant qu'il avait satisfait aux obligations imposées par Taneiev, il était libre de quitter le palais. Sur un bref salut, il fit demi-tour.

— Je n'en ai pas fini avec vous, lança Nadejda fort acidement.

Après lui avoir promis de trouver un moyen d'éviter d'autres embarras avec Bariatinsky, son père avait ajouté que si elle devait assumer, en public, les obligations qui incombent à une fiancée, elle n'avait pas, en revanche, à faire de manières avec lui en privé. Puis, sans aucune gêne, il avait expliqué que le prince constituait pour lui un atout important, jusqu'à la fin de la guerre...

Nadejda attendait de plus amples explications, mais son père s'était retranché derrière le secret militaire, ajoutant qu'il était temps d'aller chez Brabant. La visite au joaillier avait restauré l'humeur de la jeune fille qui, lestée d'un collier aux rubis gros comme des œufs de pigeon, avait promis de jouer le rôle qu'on attendait d'elle.

— J'espère, dit-elle à Stefan, que vous vous conduirez mieux dorénavant. Plus de scandale, c'est compris ? Si j'entends le moindre écho déplaisant à votre sujet, je demanderai à papa de vous faire retirer votre commandement. Je crois que je prendrai grand plaisir à votre disgrâce.

Pour avoir trop longtemps cru que le monde lui appartenait, Nadejda avait perdu le sens de la mesure.

La prudence que Stefan s'imposait depuis le début de l'entretien éclata soudain en une rage terrible. A quoi lui servirait-il de composer, avec tous les membres de cette famille attachés à sa perte ? « La peste soit de Vladimir Maximovitch ! songea-t-il. La peste soit de la petite pécore ! Et de la mère aussi ; elle ne m'a encore rien fait, mais cela ne saurait tarder ! »

En reprenant sa liberté, il se défendrait mieux des dangers qui le menaçaient. Aussi déclara-t-il en martelant ses mots :

— Vous pouvez considérer nos fiançailles comme définitivement rompues.

— Vous n'avez pas le droit ! hurla Nadejda.

Non sans satisfaction, Stefan constata alors qu'il avait réussi à amener un peu de couleur sur ces joues trop blanches, et des larmes dans ces yeux trop froids.

— Je fais ce qu'il me plaît, mademoiselle, dit-il avec détermination. Il me plaît de mettre fin à ce qui n'était qu'une énorme erreur.

— Papa ne vous le permettra pas.

Cette menace, Stefan l'avait déjà entendue un nombre incalculable de fois. Mais, là, Nadejda lui parut si sûre d'elle qu'il ne put s'empêcher de demander :

— Pourquoi ?

Il lui avait semblé que la jeune fille connaissait les lourds secrets de la famille. S'il parvenait à lui soutirer un début d'indication, il n'aurait pas perdu son temps.

Hélas ! Son regard trop tendu l'avait trahi, et la petite avait compris qu'elle avait fait un faux pas. D'une voix plus hésitante, elle reprit :

— Il... Papa n'acceptera jamais de me voir dans un tel embarras. Mais quand la guerre sera terminée, c'est moi qui romprai nos fiançailles.

— L'échéance que vous fixez, vous et votre père, m'intrigue de plus en plus.

— Il n'y a plus d'hommes, maintenant, expliqua Nadejda.

Elle avait dit cela comme un enfant aurait dit : « Je n'ai plus de bonbons. » Cette remarque, au moins, avait l'accent de la sincérité. Fort satisfait d'avoir eu l'audace de rompre, Stefan sentit monter en lui le bonheur qui suit la délivrance. Il se permit une ultime petite cruauté :

— Vous devriez me féliciter, car je vais me marier ce soir.

Il se sentait merveilleusement bien, plein d'indulgence pour le monde entier, même pour cette petite Nadejda, à qui il n'en voulait déjà plus. Elle n'avait jamais eu d'importance pour lui, et il venait de la rejeter pour toujours. Serait-elle malheureuse ? C'était à voir.

— Papa vous tuera, si vous ridiculisez notre famille ! promit-elle d'une voix glaciale.

Souriant, Stefan rétorqua :

— Qu'il essaie. Mais gare à lui s'il échoue ! Tenez, je vais vous charger de lui transmettre un avertissement : il arrive à mon garde du corps de retomber dans des pratiques que la civilisation ne nous permet plus. Imaginez, mademoiselle, qu'un homme tombé un jour entre ses mains a connu une agonie de huit heures, ses entrailles répandues sur le sol. Excusez-moi de vous accabler de ces détails sordides, certes, mais nécessaires pour une bonne compréhension des dangers auxquels votre père pourrait s'exposer.

Satisfait, il quitta enfin la pièce. Insouciant des périls qu'il allait devoir affronter, Stefan ne voulait penser qu'à sa liberté recouvrée, et il se demanda avec curiosité si son père n'avait pas eu tort de prendre le chemin de l'exil au lieu d'affronter ses adversaires. La disgrâce, ainsi, ne l'aurait peut-être pas frappé...

D'abord, il avait pensé pouvoir s'accommoder des exigences de Taneiev, se soumettre pour gagner le temps nécessaire à l'accomplissement de ses projets, dire *oui* en pensant le contraire et présenter à Nadejda des excuses dont il ne voyait pas l'utilité. Mais sa véritable nature avait vite repris le dessus, et il avait préféré accepter le combat. Fou de bonheur, il courut vers la sortie, sentant frémir en lui l'excitation qui précède les grandes batailles.

A présent, il se rendait au palais d'Hiver, chez le tsar.

15.

— Je ferai tout mon possible, avait dit l'écuyer du tsar.

Stefan marchait à longs pas, en songeant que son cœur aurait battu moins vite s'il avait dû affronter toute l'armée turque. De temps en temps, il s'arrêtait devant les fenêtres pour admirer la Néva, ou bien il essayait de s'asseoir sur une des innombrables chaises de l'antichambre. Mais très vite l'agitation le reprenait, et il se remettait en marche et se posait la même lancinante question : comment réagirait le tsar ? Bien malin aurait été celui qui eût pu le dire...

Alexandre II subissait les pressions constantes de toutes les forces politiques et avait survécu à une douzaine d'attentats au cours des trois années précédentes. Depuis qu'il avait libéré les serfs, en février 1861, d'autres transformations changeaient progressivement le visage de l'Empire russe. Mais si, pour certains, le chariot des réformes avançait avec trop de lenteur, d'autres au contraire ne rêvaient que de revenir à l'ancien régime. Les mécontents de tous bords essayaient de l'assassiner pour mieux le convaincre. Le mois précédent, une bombe avait détruit la salle à manger du palais et, s'il ne s'était pas attardé au chevet de son fils malade, Alexandre II aurait été pulvérisé. Sans cesse sur ses gardes, le tsar ne savait plus sur qui se reposer.

Stefan comptait sur ses années de fidèle dévouement et sur son amitié indéfectible pour appuyer la requête qu'il allait présenter, mais il savait aussi que sa position de grand chef militaire et sa popularité pouvaient paraître suspectes à l'empereur. En effet, plusieurs coups d'Etat avaient déjà été fomentés par des officiers ambitieux, comptant sur les troupes d'élite pour assurer le succès de leur tentative.

L'écuyer revint enfin pour annoncer :

— Sa Majesté va vous recevoir.

Tendu, agité, Stefan se demanda s'il avait bien fait d'entreprendre cette démarche. Sans cesse éloigné de la cour, il n'avait pas su cultiver ses amitiés et ses alliances, alors que Taneiev, lui, avait eu tout le temps pour placer ses pions aux bons endroits.

L'accueil du tsar fut cordial. Sans quitter son bureau, il fit signe à Stefan de prendre un siège en face de lui, et les deux hommes échangèrent tout d'abord de menus propos : Alexandre demanda des nouvelles de Militza ; Stefan admira les photographies de la famille impériale trônant sur le bureau. Il y en avait des quantités ; tous les membres de la famille impériale étaient représentés. Au mur, se trouvaient accrochés les portraits du père et de la mère d'Alexandre. Même l'effigie de sa femme avait sa place dans cette galerie, mais tout le monde savait bien qu'elle occupait dans le cœur de l'empereur la seconde place, après sa maîtresse.

Un serviteur apporta le thé et l'on passa aux choses sérieuses, c'est-à-dire à la guerre en cours. Alexandre revenait lui-même d'une tournée d'inspection à Pleva, que les Turcs tenaient toujours, et visiblement il se tourmentait fort pour les milliers de soldats russes qui continuaient de perdre la vie là-bas. La question des renforts en hommes et en matériel fut ensuite débattue. Stefan indiqua les divisions qui pouvaient encore tenir et celles qui devaient être relevées. Il relata enfin les progrès accomplis par le génie dans l'établissement des lignes télégraphiques et exprima son espoir d'une victoire prochaine.

Finalement, le tsar demanda à son général les raisons de sa soudaine apparition à Saint-Pétersbourg.

— La campagne marque le pas et je suis tombé très amoureux de la comtesse Lazaroff, lui répondit Stefan sans détours. Alors, j'ai fait un saut jusqu'ici pour la voir.

— Quand êtes-vous arrivé ?

— Hier.

— Et quand repartez-vous ?

— Demain.

Le tsar sourit.

— Je vois, murmura-t-il.

Stefan, qui se sentait rougir, affirma avec conviction :

— Elle est... remarquable.

— Je suis tout à fait d'accord. Comme le sont également tous les hommes qui ont assisté aux soirées données à Saint-Pétersbourg depuis quelque temps. La compétition a dû vous paraître stimulante.

— Il n'y a pas eu de compétition.

— Ah ? Fort bien... Et avez-vous rencontré de la résistance chez cette jeune personne ?

— Non... J'ai su la persuader.

— Elle vaut sans doute la peine d'être persuadée, acquiesça le tsar. Non seulement elle est belle, mais en plus intelligente, brillante. Trouvez-vous son instruction impressionnante ?

— Tout, chez elle, est impressionnant, affirma Stefan d'un ton plein de ferveur. Je dois vous remercier pour l'avoir introduite dans la société.

— Ne me remerciez pas, car ce fut un plaisir pour moi. Cette jeune personne est véritablement délicieuse.

Le regard de Stefan se durcit, tandis qu'il essayait de décrypter le sens donné par l'empereur à ce mot : délicieuse. Il n'y avait plus un chef et son subordonné, mais deux hommes prêts à en venir aux mains pour une femme. Le tsar comprit parfaitement de quoi il s'agissait, car il ajouta doucement :

— Ne laissez pas galoper votre imagination, Stefan. Je vous en prie. Je ne suis plus très jeune. Catherine et ma petite famille sont les seules joies que je recherche.

Il s'adossa à son fauteuil et caressa ses épais favoris.

— Pardonnez-moi, lui répondit le prince en soupirant. Mais comme vous avez pu le constater, je perds la raison dès qu'il s'agit de la comtesse...

Il prit une profonde inspiration avant de poursuivre. On était arrivé au cœur du problème.

— C'est d'ailleurs à cause d'elle que j'ai sollicité cette entrevue.

Il narra alors sa soudaine rupture de fiançailles et le différend qui l'opposait à la famille Taneiev. Alexandre écouta le récit d'un bout à l'autre, n'interrompant Stefan que pour lui poser deux questions à propos du scandale de Sesta.

— Vladimir Maximovitch m'a affirmé qu'il vous parlerait ce soir, pour vous suggérer ma culpabilité.

— Je vais donner des ordres pour qu'il soit retenu à la chancellerie.

Encouragé par la réaction du tsar, Stefan eut le courage d'ajouter :

— Quelque chose dans le comportement de Vladimir Maximovitch ne me semble pas clair. Lui comme sa fille ont insisté sur le fait que nos fiançailles devaient tenir jusqu'à la fin de la guerre. Je n'ai pas le temps de découvrir les raisons de ce délai, car je dois retourner à Kars. Mais puis-je me permettre de suggérer...

— Je n'ai jamais aimé Taneiev, avoua Alexandre. Qui

sait si le moment n'est pas venu de le sonder sérieusement ? Il est si difficile d'accorder sa confiance, de nos jours...

Sa voix empreinte de tristesse résonnait lugubrement dans la pièce envahie par l'obscurité. De plus en plus isolé et soupçonneux à mesure que les années passaient, ne sachant plus s'il devait croire ceux qui se proclamaient ses amis, effrayé par les dissensions et les intrigues qu'il découvrait chaque jour au sein de la cour et de l'état-major, conscient de la vénalité des fonctionnaires, le tsar n'était plus qu'un homme meurtri par les dures réalités du pouvoir.

— La guerre est impopulaire, je le sais, reprit Stefan. Attendons qu'elle se termine, tout pourrait aller mieux.

Il était le meilleur général de l'empereur, mais il devait mener un incessant combat contre les officiers d'état-major — qui considéraient leur poste comme une sinécure —, et les grands-ducs, parfaitement incompétents, mais qui décidaient des plans de bataille. Des voix malveillantes s'élevaient de plus en plus souvent contre lui.

Recouvrant sa fermeté coutumière, Alexandre déclara :

— En tout cas, je ne capitulerai pas devant les forces réactionnaires ! Cette guerre, nous devons la gagner, sinon toutes les vies perdues l'auront été pour rien.

— Jamais notre position n'a été meilleure, maintenant que les renforts et les nouveaux armements se mettent en place. Les Turcs, eux, ont leurs propres problèmes à Istanbul. Certaines factions exigent le cessez-le-feu. Pour eux aussi cette guerre coûte cher, et si nous pouvions prendre Kars, nous leur porterions, je crois, un coup fatal. Bezna Pacha a retiré ses troupes du front et a juré de ne jamais les y ramener. Les tribus frontalières manifestent leur énervement, parce que leur aide n'a toujours pas été payée. *Pas d'or, pas de Circassiens*... C'est un proverbe dont la fausseté n'a jamais pu être prouvée.

Les deux hommes sourirent, et Stefan reprit :

— La campagne d'automne sera décisive. Les tribus frontalières se débandent, les Turcs n'ont plus de cavalerie, plus d'éclaireurs, plus aucun service de renseignement. Cette fois, nous les aurons.

— Merci, Stefan, pour ces nouvelles fort encourageantes, répondit l'empereur. Merci aussi pour toutes les victoires que vous nous avez déjà données. Votre père aurait été fier de vous.

Le maréchal manquait toujours à son vieil ami l'empereur. Les deux hommes n'avaient jamais cessé de se voir malgré la disgrâce, et il leur était même souvent arrivé de passer ensemble quelques jours de vacances à Plombières, Ems ou Baden-Baden.

— C'était le meilleur soldat que la Russie eût jamais eu, affirma son fils avec un accent de fierté dans la voix.

— D'aucuns disent que vous le surpasserez.

— Jamais, sire !

Stefan avait prononcé ces mots avec emphase, mais en même temps il détournait le regard pour que le tsar ne vît pas les larmes qui le troublaient. Toute sa science militaire, il la tenait de son père, et son aptitude au commandement, il l'avait reçue avec le don de la vie. Il devait tout à cet homme qu'il révérait plus que quiconque et qui lui avait appris cette vérité première : la valeur d'un être humain se mesure dans sa capacité à accomplir son devoir, si humble soit-il. Malgré les années qui l'éloignaient dans le passé, malgré la disgrâce qui ternissait sa réputation, son père avait toujours été, pour Stefan, son seul héros.

De son côté, Alexandre II avait eu son lot d'épreuves, et c'était peut-être ce qui l'avait rapproché de Stefan. La façon dont celui-ci avait surmonté l'humiliation infligée à son père et s'était forgé un style de vie tout entier tendu vers le succès l'avait toujours impressionné.

— Je crois que je ne pourrai pas parler à Vladimir Maximovitch ce soir, déclara-t-il en guise de conclusion. Mon écuyer ira l'informer de mon désir. S'il y a un homme en qui j'ai toute confiance, c'est bien vous, Stefan. Au fait, j'oubliais... Toutes mes félicitations pour votre futur mariage.

Stefan s'inclina et répondit dans un sourire :

— Merci, sire. J'ajoute que ce mariage m'insufflera la volonté de terminer cette guerre au plus vite.

— Excellente idée !

Sa charge semblait tout à coup moins lourde à l'empereur. Très gai, il reprit :

— Je compte sur vous pour obtenir une reddition rapide des Turcs. Mais nous allons avoir besoin d'un brevet spécial.

Il sonna et un aide de camp apparut aussitôt.

Quand Stefan quitta le palais d'Hiver, une demi-heure plus tard, il tenait le brevet signé et cacheté. Vladimir Maximovitch avait perdu la partie, et lui avait un mariage à organiser.

Lisaveta dormait lorsqu'il pénétra dans la chambre. Aussi, fit-il en sorte de ne pas la réveiller. Attirant une chaise près du lit immense, il s'assit pour la regarder, heureux, et tout empli d'un amour qu'il sentait croître d'heure en heure. « Je vais l'épouser ! ne cessait-il de se répéter. Je vais épouser la blancheur de sa peau et les boucles de ses cheveux... »

Il tendit la main pour caresser les cheveux répandus sur l'oreiller. Il ne pouvait plus résister davantage, il lui fallait toucher cette délicieuse femme qui était sa joie et son tourment.

Malgré ses efforts pour ne pas faire de bruit, Lisaveta ouvrit les yeux.

— Tu m'as manqué, soupira-t-elle d'une voix encore pleine de sommeil.

— J'espère bien !

Se rappelant soudain pourquoi Stefan avait quitté le palais, la jeune femme s'assit dans le lit. La bretelle de sa chemise de nuit glissa, révélant une épaule ronde.

— Comment cela s'est-il passé ? demanda-t-elle.

Stefan, d'abord, ne répondit pas. La voyant si belle, si confiante, il pensa avec terreur qu'il avait failli la perdre en acceptant d'en passer par où voulait Vladimir Maximovitch. Or il avait besoin d'elle, elle lui était plus nécessaire que l'air et l'eau.

— Comment cela s'est-il passé ? répéta-t-elle.

Sans retenir plus longtemps sa joie, il lança la réponse :

— Je suis libre !

Lisaveta ne fit pas un mouvement, et Stefan en conçut de la déception. Il s'était attendu à la voir éclater de rire, ou au moins sourire, sauter de joie ou se jeter dans ses bras... Mais elle resta trop calme, et d'une voix trop tranquille elle demanda :

— Ce n'est pas possible. Ils n'ont pas pu te rendre ta liberté aussi facilement. Ne te moque pas de moi, Stefan. Ce n'est pas possible.

— Femme de peu de foi ! s'exclama-t-il. N'as-tu pas confiance en moi ?

— Si, mais Taneiev me fait peur. Nadejda aussi, cette fille glacée comme la banquise.

Depuis qu'elle séjournait à Saint-Pétersbourg, la jeune femme avait maintes fois eu l'occasion de constater la malignité de cette famille, et elle savait parfaitement jusqu'où pouvait aller leur zèle vicieux lorsqu'il s'agissait de nuire à l'un ou à l'autre.

— Est-ce que ton manque de foi s'applique aussi au tsar ? demanda Stefan.

Lisaveta sourit enfin.

— Te soutient-il ?

Stefan sortit alors le brevet et le déplia. La signature et le cachet ne permettaient aucune équivoque. Alors, Lisaveta se jeta dans ses bras et lui couvrit le visage de baisers éperdus.

— J'avais si peur ! avoua-t-elle. Plus jamais je ne t'aurais vu après ton retour là-bas. J'imaginais que Nadejda trouverait un moyen pour te faire disparaître, ou pour te retenir... enfin, qu'elle ferait tout pour t'empêcher de me revoir.

Les mots se bousculaient. La jeune femme marqua un temps d'arrêt avant de reprendre :

— Mais tu es là ! Tu es là !

Se penchant en arrière, elle regarda Stefan pour confirmer par la vue ce que sa bouche venait d'énoncer. Comme l'aurait fait une aveugle, elle promena ses mains sur le visage de l'être aimé, descendit au cou, parcourut les larges épaules puis continua sa descente jusqu'au torse ; elle ne s'arrêta que lorsqu'elle eut trouvé l'emplacement du cœur qui battait très fort.

De son côté, Stefan ne l'avait pas touchée sauf pour la retenir lorsqu'elle avait sauté sur ses genoux, afin de mieux l'accabler de ses baisers.

— Je t'aime, murmura Lisaveta. Je t'aime tant que je mourrais si je te perdais.

— Je t'aime, reprit-il en écho. Je t'aime tant que pour toi j'aurais abandonné mon commandement.

— Non !

Ce simple mot, aussi ferme que la déclaration qui l'avait provoqué, était le fruit d'une lente maturation qui s'était produite dans l'esprit de la jeune femme. Elle n'avait pas manqué de noter la tristesse de Stefan chaque fois qu'il lui avait parlé de son père, dans le chalet de la montagne, et elle avait fini par se convaincre qu'elle n'avait pas le droit de lui imposer le même sacrifice.

— Entre toi et ma carrière, mon choix est tout fait.

En exprimant cette décision, Stefan ne se comportait plus en chef militaire prestigieux. Il n'était plus qu'un homme amoureux, un homme qui découvrait le bonheur après avoir cru, pendant des années, qu'il ne s'agissait que d'un idéal sorti de l'imagination des poètes. Il couvrit de ses grandes mains celles de la jeune femme et lui demanda :

— Donc... que dirais-tu d'un mariage éclair... ce soir par exemple ?

— Ce soir ?

Ce cri, expression vraie d'une femme prête à toutes les folies, traduisait aussi la pensée qui l'avait traversée : la toilette, les fleurs, la famille, les invités... tout le cérémonial auquel une jeune fille songe dès sa plus tendre enfance et qui doit contribuer à faire du plus beau jour de sa vie le plus glorieux aussi.

— Nous partirons demain matin, indiqua Stefan, d'une voix bienveillante.

Lui avait songé à d'autres détails, plus importants pour ce qui les concernait... Il avait une guerre à reprendre, et les questions de fleurs ou de vêtements ne l'avaient même pas effleuré.

— Demain matin ?

— Oui. Est-ce que je parle une langue compréhensible ?

— Nous devrions peut-être...

— Je t'en prie, ne reprenons pas cette discussion. Pour toi, j'ai vendu mon âme.

— C'est bien ce que je disais ! protesta Lisaveta. Je ne veux pas que tu vendes ton âme.

Elle libéra ses mains.

— Peut-être regretteras-tu ton geste, dans une semaine, ou dans un an. Peut-être Vladimir Maximovitch réussira-t-il à ruiner ton crédit dans l'esprit du tsar et alors, tu me haïras parce qu'à cause de moi tu auras ruiné ta carrière, ta vie...

— Pour l'amour de Dieu, Lisaveta, cesse de jouer les belles âmes !

— Je ne joue pas les belles âmes, je ne veux pas que tu sois malheureux. Que tu penses plus tard que notre mariage a été bâclé.

Stefan se mit à sourire.

— Si cela arrive, nous pourrons toujours divorcer. Boris l'a fait au cours d'une partie de chasse avec le tsar. Alexandre a signé le décret, et Hélène a découvert le lundi qu'elle n'était plus mariée.

Piquée au vif par l'arrogance avec laquelle Stefan racontait comment un mari avait la possibilité de répudier sa femme, Lisaveta répliqua avec vivacité :

— Si tu le prends comme cela, moi aussi je demanderai le divorce !

— Très bien. Je vois que nous sommes d'accord. Pourquoi ne pas tenter l'aventure, alors ?

Il continuait de parler avec légèreté, et c'était déconcertant pour Lisaveta, qui croyait l'entendre évoquer ses anciennes amours, aussi vite oubliées que consommées. Le cœur douloureusement serré, elle se demanda alors si pour Stefan ce mariage n'était finalement qu'une aimable fantaisie, une de plus, dans une vie qui en avait comporté beaucoup, alors qu'elle désirait lui vouer un amour profond, sincère, durable... et payé de retour.

— Moi, dit-elle d'une voix marquée par le ressentiment, je ne veux pas épouser un homme qui croit se lancer dans une aventure.

Elle paraissait si jeune dans sa robe de nuit blanche, avec ses boucles qui lui tombaient sur le visage ! Stefan pensa que si son instruction la rendait très adulte, elle restait presque une gamine dès qu'il s'agissait de sentiments.

Il eut beau chercher, il ne trouva aucune femme de sa connaissance qui eût refusé de tenter avec lui, par jeu, l'aventure du mariage.

— Ecoute, ma chérie, reprit-il d'un ton plus sérieux. Je dois partir demain matin. Ce n'est pas que j'en aie envie, mais il le faut. Je ne veux pas te forcer la main, mais il se trouve que je t'aime. Ne t'effraie pas de ce mariage que je te propose si rapidement, car jamais je ne demanderai le divorce. Je le jure.

— Mais tu as dit...

— Je plaisantais, c'est tout. Alors gronde-moi si tu veux, mais dis : *Si nous pouvions nous marier ce soir, ce serait parfait*, et je donnerai des ordres pour que mon personnel se tienne prêt à satisfaire le moindre de tes désirs. Nous vivrons ensuite heureux, jusqu'à ce que la fin du monde survienne, je t'en donne ma parole.

Le sourire que Stefan décocha alors à Lisaveta la rendit heureuse, mais lui fit regretter aussi la colère qu'elle avait prise bien inconsidérément.

— Je n'ai pas de robe de mariage, fit-elle remarquer d'une toute petite voix.

— Seigneur ! S'il ne s'agit que de cela !

— Ce détail a son importance. D'ailleurs, ce n'est pas un détail, c'est... tout.

— Tout ? Pourrais-tu m'expliquer ce que contient ce *tout* ?

Lisaveta fit la moue d'une petite fille déçue par son nouveau jouet.

— Tu n'es pas très romantique, je le regrette.

Stefan sourit de nouveau, et promit de faire preuve d'un romantisme exacerbé, lui qui deux mois plus tôt n'avait pas la moindre notion de ce que c'était ! Puis il reprit la jeune femme dans ses bras et la serra contre lui, songeant qu'il était l'homme le plus heureux du monde.

— Aïe !

La plainte de Lisaveta l'arracha à ses rêveries.

— Tes broderies..., expliqua-t-elle comme il l'interrogeait du regard. Elles m'écorchent la peau.

— On peut arranger cela très facilement.

En un clin d'œil, Stefan ôta sa chemise. La soie de Chine glissa sur le sol, et il put reprendre Lisaveta dans ses bras.

— Tu n'as qu'à dire, reprit-il.

— De combien de temps est-ce que je dispose ? Si ce n'est pas trop idiot de le demander...

Elle sourit, puis répondit elle-même à la seconde de ses questions.

— Peut-être est-ce idiot, en effet, mais pour moi, un mariage ne va pas sans robe blanche, montagnes de fleurs, cierges et musique... et un amour sincère, cela va sans dire.

Stefan lui posa un petit baiser sur les lèvres.

— L'amour sincère, tu l'as, répondit-il. C'est le principal, notre mariage sera donc réussi. Pour le reste... Est-ce que deux heures de préparation te semblent suffisantes ?

— Deux heures ? gémit Lisaveta.

— Quatre heures ? Mais je n'irai pas au-delà. Allez, disons jusqu'à 11 heures.

Comme elle faisait encore la moue, il ajouta :

— Comprends-moi, je ne peux pas faire attendre les Turcs !

Finalement, Lisaveta accepta ces conditions.

— Nous aurons Nikki et Alisa, dit-elle.

— Je les ai déjà prévenus.

— C'est fou comme certains hommes peuvent être sûrs d'eux-mêmes.

— L'habitude, sans doute...

— Attention, je peux encore changer d'avis !

— Non, tu ne peux pas.

— Et pourquoi? demanda Lisaveta en fronçant les sourcils. Je ne suis pas obligée de t'épouser, que je sache!

— Je ne pense pas que ton cousin Nikki serait d'accord. Et puis, les invités seraient déçus.

— Quels invités?

— Tu verras bien. Il y aura aussi le tsar...

— Le tsar?

— Oui. A l'heure où nous parlons, des serviteurs s'activent à faire briller les candélabres dans la chapelle.

— Mais si je dis non?

— Tu as déjà dit oui.

— Je peux changer d'avis..., menaça Lisaveta.

— Dans ce cas, je te ferai opérer un nouveau revirement. C'est un exercice dans lequel j'excelle.

— Bien... Combien d'invités sont prévus?

— Je crois que la chapelle peut accueillir trois cents personnes.

— Et combien de femmes y aura-t-il?

Voilà, elle l'avait dit! Sans détours et sans faux-fuyants, Lisaveta avait enfin posé la question qui la tourmentait depuis qu'il avait été question de mariage.

— Juste les femmes de mes amis, répondit Stefan. Je n'ai pas compté.

— C'est que je suis jalouse.

— Moi aussi. Aucun de tes galants ne figurera à cette cérémonie.

— J'adore ta jalousie.

— Mais oui, mais oui...

Lisaveta se hissa pour poser un baiser sur les lèvres de Stefan, un baiser empli de gratitude. Son cœur était si plein d'amour qu'elle avait envie de rire et de pleurer, et aussi de crier pour manifester son amour au monde entier.

Et lorsqu'une larme coula sur sa joue, Stefan la poursuivit de ses baisers en murmurant :

— Ne pleure pas, chérie. Tout ira bien. Je ne regarderai plus d'autre femme que toi et je te donnerai plus de quatre heures pour te préparer si tu le désires.

Il faillit ajouter : « Après tout, les Turcs peuvent attendre. » Mais le télégramme qu'il avait trouvé chez lui en rentrant de l'audience impériale ne lui permettait pas de traiter la guerre avec autant de légèreté. Hussein Pacha accourait d'Erzeroum à marches forcées, et cette nouvelle inattendue raccourcissait le délai dont disposait Stefan pour retrouver le commandement de ses armées. Certes, il savait que Hussein Pacha avait peu de chances d'atteindre Kars avant lui, mais il avait appris à ne jamais taquiner le destin. Songeant qu'il devrait reprendre les armes sous peu, il resserra son étreinte.

— Sois heureuse, Lisaveta, murmura-t-il.

La douceur de la jeune femme constituait le remède le plus puissant contre la soudaine tristesse de ses pensées. Peut-être était-ce même le dernier cadeau que lui faisait la vie.

— Ne pleure pas... S'il te plaît... Je t'aime tant...

— Je suis vraiment heureuse, répondit Lisaveta d'une voix secouée de sanglots.

— Dis-moi ce que tu veux. Dis-le-moi.

— Mais je ne veux rien. Simplement, je pleure toujours quand je suis heureuse.

Stefan laissa percer la perplexité où le mettait cet aveu : jamais il n'avait tenu dans ses bras de femme pleurant de bonheur.

— Ah ? C'est vrai ?

— Vrai, affirma Lisaveta en hochant vigoureusement la tête.

Alors, incertain de ce qu'il devait faire, il l'embrassa. Car s'il y avait une chose dont il était encore sûr, c'était de l'efficacité de ses baisers.

Il n'avait pas tort.

Quelques minutes plus tard, Lisaveta lui murmurait d'une voix charmeuse :

— Est-ce que nous avons le temps de... ?

Stefan leva la tête pour consulter la pendule et rendit aussitôt son verdict :

— Non.

— Alors, il vaudrait mieux que nous arrêtions ce jeu, avant qu'il ne soit trop tard.

— Bonne idée, mais je me demande s'il n'est pas déjà trop tard.

— Nous pourrions nous contenter d'un tout petit mariage... Après tout, ai-je vraiment besoin de fleurs, de robe blanche et de musique ? Et ainsi, nous économiserions notre temps...

Aguicheuse, la main de la jeune femme se faisait de plus en plus insinuante. Stefan se laissa convaincre et porta Lisaveta sur le lit.

— Repoussons le mariage d'une heure, proposa-t-il.

La robe de mariage fut choisie une heure et demie plus tard, parmi celles qu'avaient apportées les couturières de Saint-Pétersbourg, convoquées de toute urgence par le majordome de Stefan. On en retint une dont la coupe fort simple et le décolleté modeste étaient compensés par une avalanche de broderies faites à la main, qui coulaient des épaules et s'étiraient en une interminable traîne.

Stefan tenait absolument à assister à la séance d'essayage. Il insista ensuite pour que sa fiancée commandât auprès des couturières tout ce qu'elle estimerait nécessaire pour la constitution de son trousseau. Puis ils reçurent les joailliers, les fleuristes et les traiteurs. Seules les fleurs furent l'occasion d'une courte dispute. Lisaveta, en effet, voulait des lis, et Stefan lui confia que les lis le faisaient songer à la mort. Pourquoi ne pas plutôt acheter des fleurs d'oranger, ou des violettes ? Mais ce n'était pas la saison des fleurs d'oranger ni des violettes. On fit un compromis sur les orchidées.

— Mais des petites, recommanda Lisaveta. Pas ces choses énormes...

— Quelques grosses orchidées quand même, intervint Stefan. Elles me rappellent ma grand-mère. Son palais en était rempli.

Lorsque la jeune femme s'inquiéta de savoir comment les invités seraient prévenus pour la cérémonie, puisque l'heure en avait déjà changé deux fois, Stefan répondit simplement :

— Pas de problème.

Un de ses régiments, stationné à Saint-Pétersbourg, avait été réquisitionné pour porter les messages et les invitations — et ce fut à cette occasion que Lisaveta prit conscience, pour la première fois, des énormes pouvoirs de son futur mari, de ses prérogatives quasi royales. Il ne répondait de ses actes devant personne, sauf le tsar, qui l'honorait de son amitié. Il commandait la cavalerie impériale, les tribus du Caucase lui prêtaient serment d'allégeance, et s'il voulait rassembler tous les guerriers qui lui payaient tribut, il était en mesure de constituer une armée redoutable. L'état-major le savait, les grands-ducs ne l'ignoraient pas, et c'est pourquoi Stefan ne rencontrait partout que déférence et obséquiosité.

Cette puissance presque illimitée expliquait qu'il pût organiser un mariage en si peu de temps.

Il n'avait qu'à dire ce qu'il voulait, et personne n'osait rien lui refuser.

Stefan, soudain, apparaissait à Lisaveta comme très différent du guerrier autoritaire et rugueux qu'elle avait appris à connaître au cours du voyage d'Alexandropol à Tiflis, ou dans le chalet au milieu des montagnes.

Connaissait-elle vraiment l'homme qu'elle allait épouser ?

16.

Cinq heures plus tard, la chapelle s'emplissait d'invités ravis d'avoir été arrachés à leurs activités mondaines ordinaires pour assister au mariage surprise de Stefan Bariatinsky avec la belle et spirituelle jeune personne qui avait été révélée au monde quelques semaines auparavant. On se répétait à l'envi les traits de cette biographie courte, mais significative : présentée à la société par le tsar en personne, la jeune femme descendait de la famille Kouzan, dont la réputation au cours des siècles s'était faite moins par son immense fortune que par son mépris des conventions. Le fait que le marié eût rompu brutalement, quelques heures plus tôt, ses fiançailles avec Nadejda Taneiev ajoutait du piquant à cette histoire bien romantique.

Quelques invités, plus observateurs que les autres, regardèrent autour d'eux et n'aperçurent aucune des anciennes maîtresses de Stefan.

— Alors, il doit s'agir d'un véritable mariage d'amour, chuchotèrent-ils.

— Pour combien de temps ? demandèrent les plus cyniques.

— N'oubliez pas que la mariée est une Kouzan ! ajoutèrent les esprits bien informés. Ce mariage durera un an, pas plus.

Mais personne n'osa risquer le moindre pari sur la longévité de l'union qui allait être célébrée. La réputation de Stefan y était pour quelque chose...

On remarqua aussi que les soupirants de la comtesse Lazaroff n'avaient pas été invités non plus, et on en déduisit que Stefan avait conçu de la jalousie à leur égard. Stefan, jaloux ? Grande nouveauté, chez un homme qui entretenait autrefois plusieurs liaisons à la fois. D'ailleurs, à ce propos... pourrait-il longtemps se satisfaire d'*une seule* femme ?

La cérémonie nuptiale allait être célébrée dans une exubérante chapelle baroque, toute de marbre blanc. La nef, rythmée par des pilastres bleutés qui soutenaient un plafond orné de fresques tourmentées, fourmillait de statues toutes plus expressives, toutes plus dorées les unes que les autres. Ce bâtiment avait été conçu pour éveiller l'émotion des fidèles et faire jaillir leurs prières. Des milliers de cierges brûlaient partout, piqués sur de riches candélabres, ou simplement alignés à profusion devant les effigies des grands saints.

Dans cet ensemble conçu pour donner aux humains une idée approximative du paradis, les fleurs jouaient une part non négligeable. Elles encombraient le sol devant l'iconostase, elles dessinaient un long parterre coloré dans l'allée centrale, du porche au sanctuaire ; et comme les fleuristes n'avaient pas encore disposé de tout ce qu'on leur avait commandé, ils avaient réparti le reste au petit bonheur, accrochant des bouquets aux candélabres, aux pilastres et même aux statues.

Dans cette explosion florale, la corbeille offerte par Stefan à sa femme, des lis, occupait la place d'honneur. La banderole portait ces mots : « Pour ma femme. J'aurais préféré des fleurs d'oranger et des violettes. »

Le marié fit son entrée, splendide dans son grand uniforme blanc, et il s'avança lentement sous les yeux de l'aristocratie pétersbourgeoise. Le sauveur de la Russie, le soldat le plus décoré de tout l'empire, l'homme qui avait aimé des centaines de femmes, attendait maintenant son épouse.

Serein, il déployait sa haute stature magnifiée par la lumière des cierges, et il conversait calmement avec les prêtres tandis que le murmure des prières et des bavardages plus profanes montait sous la voûte, parmi les fumées de l'encens.

Soudain, une fanfare de trompettes et de cors annonça l'entrée de l'épousée. Les invités ne se tournèrent pas tout de suite pour la voir, mais portèrent leurs regards sur le marié qui, lui, la contemplait. A son regard, chacun comprit qu'il l'aimait vraiment.

Ils se souriaient comme s'ils étaient seuls au monde, tendaient l'un vers l'autre leurs mains destinées à se joindre, et Stefan, incapable d'attendre, voulut s'avancer vers elle. Mais un des célébrants chamarrés le retint par le bras : ce n'était pas ainsi que devait se dérouler le cérémonial.

Lisaveta se tenait toujours dans l'entrée, hiératique dans sa robe de dentelle rehaussée de perles et de diamants qui brillaient dans la lumière des cierges. Souriante, confiante, elle éleva la main pour montrer à Stefan son bouquet de violettes.

La cérémonie commença, très lente, comme hors du temps, réglée par un protocole fixé au cours des siècles et dont tous les rites furent accomplis. Stefan avait voulu un mariage dont personne, ensuite, ne pourrait contester la légitimité. Devant le monde entier, représenté par l'aristocratie de Saint-Pétersbourg, le prince Bariatinsky épousait la comtesse Lazaroff, et l'enfant qui devait naître de leur union — mais personne, à part Nikki et Alisa, ne savait qu'il était déjà conçu — serait reconnu comme son fils.

Un célébrant lui offrit une coupe de vin qu'il prit avant de se tourner vers Lisaveta. La saluant d'une légère inclination de la tête, il but une gorgée, avant de lui tendre le récipient, dont elle prit à son tour quelques gouttes. C'était un gage de fertilité, dont en fait ils auraient pu se passer... L'épousée comprit la pensée qui traversait Stefan, car elle lui adressa un discret clin d'œil en lui rendant la coupe.

Sans craindre de scandaliser les prêtres compassés, il prit alors le bras de la jeune femme et l'attira jusqu'à lui pour murmurer à son oreille :

— Je t'aime, douchka. Je t'aime pour mille ans.

Elle sourit et l'embrassa sur la joue.

— Mille ans seulement ?

— Jusqu'à ce que les montagnes s'écroulent dans la mer.

Et il lui rendit son baiser.

Les invités échangèrent des regards entendus. Ils reconnaissaient bien leur Stefan, que rien ni personne n'intimidait, et qui n'hésitait pas à afficher son amour devant les prêtres qui lui faisaient les gros yeux. Son geste était celui d'un homme habitué à ne supporter aucune contrainte. Et la fiancée ! Elle n'avait même pas rougi. Venant d'une Kouzan, cela n'étonnait personne.

Lisaveta et Stefan furent autorisés à s'embrasser officiellement après la bénédiction nuptiale, quelques instants plus tard. Puis, rayonnant de joie et d'orgueil, le marié conduisit sa femme devant Alexandre II, assis au premier rang. Ce geste fut interprété à sa juste valeur : plus qu'un geste de courtoisie et de déférence envers le tsar de toutes les Russies, c'était un avertissement à tous ceux qui tenteraient d'attenter au bonheur des nouveaux époux, et à Taneiev en particulier.

La brillante réception qui suivit la cérémonie religieuse resterait dans les annales de Saint-Pétersbourg. Retenu par les vins de Géorgie, le charme de la mariée, les danses des gitanes et les acrobaties des Cosaques, le tsar s'y montra plus longtemps que prévu. Il ne partit qu'après l'ouverture du bal, heureux d'avoir pu danser deux fois avec Lisaveta ; et l'accolade chaleureuse qu'il donna à Stefan constituait une nouvelle et définitive démonstration de leur amitié indéfectible.

Ensuite, les nouveaux mariés se mêlèrent à la foule des invités pendant une heure, pour recueillir les félicitations et bavarder avec les uns et les autres. Jamais Stefan n'avait paru si détendu, si agréable. On s'accorda pour dire que la nouvelle princesse Bariatinsky avait une excellente influence sur son mari.

Mais l'heure du départ sonna bientôt pour les héros de la fête. Monté sur l'estrade de l'orchestre, Stefan recommanda à ses invités de s'attarder aussi longtemps qu'ils voudraient : ses celliers restaient à leur disposition, et les musiciens joueraient pendant une semaine si nécessaire. Puis sa femme vint le rejoindre, ils firent leurs adieux, et il l'enleva dans ses bras, sous une salve d'applaudissements qui se prolongea tout le temps que dura la traversée de la salle, et ne s'éteignit que lorsque la voiture, qui attendait au pied du grand escalier, s'ébranla dans la nuit.

— Combien de temps nous reste-t-il ? demanda Lisaveta.

— Ce mariage m'a retardé de cinq heures, mais tout va bien.

Stefan n'avait pas encore parlé à sa femme des télégrammes alarmistes qu'il avait reçus. D'autres lui étaient parvenus juste avant la cérémonie pour confirmer l'avance de Hussein Pacha, et il savait qu'il devait retourner sur le front sans attendre.

— Je suis désolée d'avoir bouleversé ton emploi du temps, dit Lisaveta pour le taquiner.

La jeune femme ne cessait de s'émerveiller d'un amour qui restait pour elle un miracle. Encore quelques mois auparavant, et même après être tombée sous le charme de Stefan, au cours de leur première nuit à Alexandropol, elle n'aurait osé imaginer un mariage avec le héros de la Russie.

Elle se croyait alors une femme éduquée, sensée, capable certes de tomber amoureuse d'un homme, mais susceptible aussi de dire *adieu* lorsque l'amour s'éteint. Confiante dans son savoir, elle était loin de soupçonner que l'intelligence ne vaut rien au regard des sentiments. Hafiz le savait. Lisaveta avait lu Hafiz, mais n'avait pas compris. Il devait lui être donné de faire elle-même cette découverte capitale.

— Je suis heureux que tu aies bouleversé mon emploi du temps, douchka, lui confia Stefan en souriant. C'est toute ma vie que tu bouleverses... Ce mariage fut une réussite.

Il la prit dans ses bras et la serra contre lui. Le parfum de ses cheveux lui rappela les nuits de Tiflis, au printemps, lorsque la senteur des roses, entêtante, monte sous la voûte étoilée. Stefan songea alors qu'il avait bien fait de monter vers le nord pour ramener la jeune femme au sud, chez lui : elle méritait qu'on fît pour elle cet éreintant voyage.

— Tu es à moi, murmura-t-il.

— Tu es à moi, dit-elle en écho. Cela te chagrine-t-il ?

L'homme dont la fierté et l'indépendance ne souffraient aucune entrave, le seigneur régnant sur des milliers de guerriers répondit avec honnêteté.

— Je n'avais jamais envisagé cette possibilité. Est-ce l'ordre des choses ?

— Oui, mais ce n'est pas humiliant.

Stefan donna alors un baiser à Lisaveta, un baiser d'acquiescement.

— Si cela doit te rendre heureuse, ajouta-t-il, je serai heureux aussi. Je t'appartiens désormais corps et âme.

— Méritons-nous tant de bonheur ? s'inquiéta-t-elle après lui avoir rendu son baiser.

— Toi, je ne sais pas. Mais moi, oui, sans aucun doute. C'est toi que j'attendais, depuis toujours.

De nouveau, Lisaveta ne put s'empêcher de le taquiner.

— Et tu m'as cherchée dans les bras de toutes ces femmes ?

Stefan éluda la question d'un geste insouciant.

— Tout le monde a une maîtresse ou un amant caché dans un placard.

— *Presque* tout le monde, lui fut-il répondu.

— Pense à ce qui arrivera à ma réputation si je change de comportement.

— Pense aussi à ce qui arrivera à ta santé si tu ne changes pas...

Amusé, Stefan affronta le regard de sa femme.

— Me menacerais-tu de châtiments corporels ?

— C'est exactement cela.

— Charmant...

Mais Stefan souriait.

— N'essaie pas de m'amadouer avec ce sourire, dit encore Lisaveta. Je suis sérieuse.

— Dans ce cas, douchka, c'est promis : je change de comportement.

La voiture roulait à vive allure dans les rues de Saint-Pétersbourg. Pensif, Stefan regarda par la fenêtre, songeant qu'il avait trouvé une maîtresse, au sens premier du terme, puisqu'elle allait lui imposer sa conduite, à lui qui ne prenait des ordres de personne. Mais le plus étonnant dans tout cela, c'était qu'il s'en réjouissait.

⁂

Nikki et Alisa attendaient dans le wagon privé de Stefan, pour faire leurs adieux. Après l'échange des baisers et des accolades, après un renouvellement des vœux de bonheur, Alisa passa avec Lisaveta dans sa chambre pour l'aider à se changer.

Les deux hommes s'assirent dans le salon, devant une bouteille de cognac, et la conversation roula aussitôt sur le déroulement de la guerre. Nikki, colonel en poste à l'état-major, assurait les liaisons entre le tsar et ses officiers.

— Que penses-tu de la tentative de Hussein Pacha ? demanda-t-il.

— C'est un pari audacieux. Son choix est simple : ou il meurt, ou il réussit à traverser le désert. Mais même s'il parvient jusqu'à Kars, sera-t-il encore en condition pour combattre ?

— C'est vrai qu'il prend des risques insensés.

— Mais on ne peut pas s'empêcher de l'admirer. C'est son grade qu'il joue là, pour ne pas dire sa vie.

Ils marquèrent un moment de silence, puis Nikki demanda encore :

— Comment nous sortirons-nous de la prochaine attaque sur Kars ?

Tout d'abord, Stefan haussa les épaules. On lui avait tant de fois posé cette question, à laquelle il ne répondait pas sans répugnance ! La cité fortifiée avait déjà résisté à deux assauts de grande envergure, et elle ferait encore de nombreuses victimes dans les rangs de l'armée russe.

— Cela dépend des munitions qu'ils ont encore, indiqua-t-il. Mais cela, nous ne le savons pas.

— Rassure-moi... Tu ne vas pas conduire l'assaut toi-même, maintenant que... que tu n'es plus célibataire.

— Bien sûr que si ! répondit Stefan avec vivacité. Mes hommes comptent sur moi.

Il n'imaginait pas plus pouvoir conduire une guerre sans quitter les confortables fauteuils de l'état-major qu'il ne songeait à faire retraite. Son prestige personnel était aussi nécessaire aux troupes que les vivres et les munitions. Stefan avait toujours vécu parmi ses hommes, subissant les mêmes épreuves, connaissant les mêmes frayeurs, écoutant sans se lasser les confidences sur les femmes, les maîtresses, les enfants... S'il le leur avait demandé, les soldats auraient suivi leur général en enfer !

Dans peu de temps, il les entraînerait dans une entreprise qui valait bien l'enfer, surtout si Hussein Pacha réussissait dans son entreprise et venait renforcer la garnison de la forteresse que le sultan avait voulue invincible. Cela aussi était un pari très audacieux, mais si Kars tombait, alors tous les territoires turcs de l'est tomberaient, et les ministres du sultan seraient forcés de venir s'asseoir à la table des négociations.

Si Kars tombait, la guerre serait finie. Et Stefan rentrerait à Tiflis.

— Je suppose, reprit Nikki, qu'il ne servirait à rien de te recommander la prudence ?

Stefan sourit.

— A ma manière, je suis prudent. J'ai maintenant des raisons de me montrer plus prudent encore... Mais cela me sera-t-il salutaire ?

— Je sais bien que ce mot de prudence ne signifie pas grand-chose en temps de guerre. La prudence a-t-elle jamais remporté une victoire ? Mais prends soin de toi quand même.

— C'est bien mon intention.

Les deux hommes n'ignoraient pas que ces intentions voleraient en éclats en même temps que les premières balles siffleraient aux oreilles de Stefan.

— Qu'as-tu l'intention de faire ? demanda Lisaveta qui réapparaissait au même moment dans le salon.

Elle portait une robe de voyage en velours, d'un beau vert émeraude dont la couleur mettait en valeur celle de ses yeux et les bijoux donnés par Militza.

— J'ai l'intention de t'aimer jusqu'à la consommation des siècles, lui répondit Stefan. Mais dis-moi... Es-tu bien installée ?

— Oui, et je suis contente d'avoir quitté cette robe de mariage. Elle pèse si lourd !

— Sans doute, intervint Alisa, mais quelle splendeur !

— Il faut souffrir pour être belle, ajouta Nikki.

Sachant à quel point le temps de Stefan lui était compté, son ami se leva pour prendre congé.

— Au revoir, dit-il. Bon voyage, et encore tous nos vœux.

— Donne-moi de tes nouvelles, chuchota Alisa à Lisaveta.

En plus des baisers et des accolades, on échangea cette fois des promesses : on s'écrirait, on se rendrait visite à la première occasion.

Mais personne n'osa évoquer la guerre.

Dès qu'Alisa et Nikki eurent mis le pied sur le quai, le train se mit en branle. Les jeunes mariés se penchèrent à la fenêtre.

— Es-tu heureuse? demanda Stefan en enlaçant sa femme.

— Oui, au-delà de ce que pourraient exprimer les mots.

Elle s'appuya contre lui et fut heureuse de le sentir si fort.

— Fatiguée? Cette journée a dû être épuisante pour toi.

Lisaveta soupira. Trop prise par les préparatifs, la cérémonie et la réception, elle n'avait pas eu une minute pour penser à elle. Mais maintenant, la fatigue se faisait durement sentir.

— Pourquoi ne pas prendre un peu de sommeil? lui proposa Stefan. Je te réveillerai dans deux heures.

D'autorité, il la souleva du sol pour la porter sur le lit.

— Tu me réveilleras, c'est promis ? lui dit-elle en bâillant.

— Promis. Mais bébé et toi avez besoin de repos.

Lisaveta l'agrippa soudain et demanda :

— Tu crois vraiment que j'attends un bébé ?

Elle n'en était plus si sûre, puisqu'elle se sentait parfaitement bien, à part la fatigue bien compréhensible de la journée.

De son côté, Stefan n'avait pas eu le temps de s'interroger à ce sujet. Au vrai, il aimait mieux ne pas trop y songer, puisque la perspective de la paternité pouvait affecter son comportement devant Kars. La venue de cet enfant lui apportait une joie mêlée de sentiments plus mélancoliques, elle le rendait plus vulnérable en l'obligeant à penser au lendemain, lui qui n'avait vécu que dans l'instant. Quant à ses responsabilités, qu'il avait appris à assumer avec succès, elles s'étendaient maintenant à deux autres personnes, une femme qu'il aimait déjà de tout son cœur, et peut-être un bébé. Les questions qu'il se posait à leur sujet touchaient à l'essentiel.

Penserait-il à eux lorsque viendrait le moment de sonner la charge ?

Hésiterait-il à prendre des risques, maintenant qu'il avait charge de famille ?

Incertain, déconcerté, il n'était pas sûr de vouloir ce bébé. Du moins, pas immédiatement.

— J'espère que nous aurons un enfant, répondit-il cependant.

Lisaveta leva les yeux sur lui pour évaluer d'après son regard la sincérité de sa réponse.

— C'est bien ainsi, parce qu'Alisa a probablement raison.

— Nikki, lui, était plus que sûr. Quel choc pour moi quand il m'a annoncé la nouvelle.

Les yeux de la jeune femme s'écarquillèrent.

— Il ne t'a pas forcé à m'épouser, au moins ?
— Non, chérie. On ne m'a jamais forcé à rien.
— Alors, tu ne l'as pas fait non plus rien que pour m'être agréable ?
Stefan éclata de rire. Cette idée que lui prêtait Lisaveta — épouser pour faire plaisir — était la plus cocasse qu'il eût entendue depuis des années.
— Rassure-toi, répondit-il, je t'ai épousée parce que je t'aime. Il ne s'agit pas d'une erreur de ma part.
— Comme tu sais dire des choses gentilles, mon chéri.
— L'entraînement...
— Un entraînement que tu vas devoir interrompre à cause de moi.
— Bien sûr.
— Es-tu toujours aussi accommodant ?
— Oui. L'entraînement...
De nouveau, Stefan se mit à rire, et il posa sur les lèvres de Lisaveta un baiser pour atténuer ce que sa petite plaisanterie pouvait avoir de cruel pour la jeune femme. Il ajouta même :
— T'ai-je déjà dit que j'attendais avec impatience le moment de revenir à la monogamie ?
Ces mots réchauffèrent le cœur de Lisaveta.
— Cette nouvelle expérience te semblera peut-être bizarre...
— Mais je suis toujours prêt à faire de nouvelles expériences...
— Libertin !
— Non ! Ancien libertin.
— C'est vrai que tu es un homme marié, maintenant.
— J'aime à t'entendre le dire, surtout quand je te tiens dans mes bras. Cela aussi est une expérience toute nouvelle pour moi.
— Il faudra que nous songions à remercier les Turcs, proposa la jeune mariée. C'est grâce à eux que nous nous sommes rencontrés.

— Tu as raison.

Mais la soudaine intrusion des Turcs dans leur conversation avait altéré la joie de Stefan. Il pensa à l'énorme travail qui l'attendait : étudier ses cartes à la lumière des nouveaux renseignements qui lui étaient parvenus, et dresser ses plans de bataille. Lorsqu'il descendrait du train à Vladikavkaz, il devrait être prêt à reprendre la direction des opérations militaires.

— Dors, maintenant, murmura-t-il. Je te réveillerai dans peu de temps.

Le rythme lancinant du train et la douceur des paroles de son mari avaient accompli leur œuvre sur la jeune femme. Sur le point de céder au sommeil, elle eut encore la force de demander :

— Tu n'oublieras pas ?

L'œil de Stefan s'illumina, le sourire lui revint.

— Ne t'en fais pas. Ceci est ma seule nuit de noces. Je ne veux pas la rater.

Lorsque Lisaveta se fut endormie, il déroula les cartes qu'il avait apportées et se mit au travail. Il devait coordonner les mouvements de la cavalerie avec ceux de l'infanterie, mesurer les distances séparant ses troupes des différentes positions d'artillerie, estimer quels étaient les points faibles de la forteresse...

Il connaissait bien les Turcs, avec qui il avait eu de fréquentes escarmouches frontalières, dès avant la guerre. Il savait comment Moktar Pacha et Mehemet Pacha pensaient, réagissaient, dressaient leurs propres plans. Les seuls renseignements qui lui manquaient, c'étaient la nature et l'importance des munitions que renfermait encore la forteresse de Kars. Il ignorait aussi si les renforts conduits par Hussein Pacha arriveraient avant lui.

Il mesurait à présent le risque considérable qu'il avait pris en quittant le front, et il s'effrayait presque de son audace. Mais lorsque Stefan avait pris sa décision, le danger était moindre, pour ne pas dire inexistant. Après avoir mûrement réfléchi, il avait décidé, en général responsable, qu'il avait le temps de faire son voyage éclair à Saint-Pétersbourg — et si Hussein Pacha n'avait pas entrepris sa marche suicidaire, il aurait même eu le loisir de prolonger son séjour.

Mais les données du problème avaient changé et maintenant, Stefan courait après le temps. Il avait donné des ordres pour que la voie jusqu'à Vladikavkaz fût libre de tout obstacle, et les mécaniciens, de leur côté, devaient faire rouler le train à la vitesse maximale. Stefan gagnerait ainsi une dizaine d'heures sur la durée normale du trajet, et il comptait sur sa chance légendaire pour lui permettre d'achever sans encombre la fin du voyage.

Quelque deux heures plus tard, il jeta un coup d'œil à la pendule posée sur son bureau. Il prit encore le temps de mettre au point son plan d'attaque par le sud-ouest, notant les régiments qui feraient partie de la première vague d'assaut et ceux qui resteraient en réserve. Puis il repoussa ses cartes, s'étendit sur sa chaise et s'étira.

« Ai-je fait du bon travail ? » se demanda-t-il avec angoisse.

La poursuite de la guerre dépendait de l'effort de réflexion qu'il venait de mener. Tout reposait sur lui, son succès ou son échec devant Kars déterminerait même l'histoire de la Russie pour de longues années.

Un échec était impensable.

Mais avait-il jamais échoué ?

Stefan se leva pour regarder par la fenêtre. Soulevant les lourdes draperies, il essaya de distinguer dans l'obscurité épaisse les masures disséminées dans la campagne. Parfois, une faible lumière lui indiquait que d'autres êtres humains vivaient là. Il se sentait bien seul dans son luxueux wagon, il avait l'impression irréelle de planer au-dessus du vide.

Le fardeau d'une guerre longue et cruelle reposait sur ses épaules, et il se sentait plus fatigué qu'à l'ordinaire. Lui qui conduisait depuis des années les guerres voulues par son ami le tsar n'en avait jamais ressenti si durement le poids.

Peut-être le siège avait-il duré trop longtemps. Peut-être aurait-il dû donner beaucoup plus tôt l'assaut décisif. Peut-être n'avait-il pas assez insisté pour faire prévaloir ses vues au cours des longues et orageuses réunions d'état-major.

Chassant ces pensées délétères, Stefan se dirigea vers l'armoire aux liqueurs, pour se servir un petit verre de cognac. « Inutile, se dit-il, de refaire le passé, cela ne sert à rien. Préparons plutôt l'avenir. »

Son avenir se mesurait à une aune différente de celle qui avait servi dans son passé tumultueux. Le temps alors était rythmé par les batailles et les jolies jeunes femmes qui venaient peupler son lit. Son avenir ne comporterait désormais plus qu'une seule femme, et bientôt un enfant qui perpétuerait la dynastie des Bariatinsky, un enfant que Stefan chérissait déjà et pour lequel il osait faire des projets d'après-guerre.

Il porta un toast en levant son verre à la nuit qui défilait à sa fenêtre.

— Pour vous, papa et maman. Vous auriez aimé ma femme et mon fils.

Il prit une profonde inspiration et ajouta :

— Et à ma chance. Je vais en avoir besoin.

17.

Stefan éveilla Lisaveta en se couchant auprès d'elle, toute chaude de sommeil. Il la prit dans ses bras et la serra contre lui, longuement, sans rien dire.

— Je t'aime, murmura-t-il soudain.

Lisaveta lui répondit par des baisers. La Russie éternelle passait sous leurs fenêtres, ils savouraient la joie paisible d'être ensemble. La pièce lambrissée de bouleau s'éclairait d'une seule petite lampe posée à côté du lit, et dont le halo ne portait pas jusqu'aux parois.

Stefan n'avait retiré que sa veste, qu'il avait jetée sur une chaise avant de s'attaquer à ses plans de bataille. Son corps long et souple n'était qu'à moitié éclairé par la petite lampe. Lisaveta se pelotonna contre lui, comme une petite fille encore mal réveillée. Un jour, bien des années plus tard, elle raconterait à ses enfants comment elle avait passé sa nuit de noces dans un train qui filait à toute vitesse dans la nuit.

— J'ai toujours eu de la chance, dit doucement Stefan en lui caressant délicatement la joue.

— Moi, je crois aux contes de fées... J'ai toujours su que tu viendrais un jour.

— Il m'en a fallu du temps, pour te trouver...

— Oui, tu m'aimes, au moins ?

— Bien sûr. Cependant, j'aurais dû m'y prendre plus tôt.

— Nous aurons tout le temps, maintenant.

— Trois jours. C'est peu.

— C'est notre lune de miel quand même.

— Tu as raison. C'est notre lune de miel.

Stefan se pencha sur Lisaveta pour l'embrasser encore. Puis il entreprit de la dévêtir, délaçant les rubans, déboutonnant les perles de nacre. Il prenait son temps. En fait, il avait le sentiment, étonnant, qu'en ne hâtant pas ses mouvements il pourrait faire durer plus longtemps sa nuit de noces, et peut-être même arrêter le temps.

Lisaveta se tenait près de lui, tranquille, acceptant avec gratitude les caresses que son mari lui prodiguait ; elle frissonna de plaisir lorsque la chemise de nuit glissa sur sa peau pour tomber au sol. La chaleur qui émanait de Stefan faisait monter en elle des ondes insoupçonnées. Un extraordinaire sentiment de possession la fit soudain vibrer tout entière. Il était son mari ! Le mot et la réalité qu'il impliquait lui furent comme un aphrodisiaque puissant. Surprise et émerveillée par cette réaction, elle conçut l'idée d'un amour qui irait en s'accroissant toujours, et se dit qu'elle ne se lasserait jamais d'être regardée, touchée et aimée par un tel homme.

Mais pourquoi tardait-il à s'unir à elle ? Elle entreprit à son tour de le dévêtir.

Stefan sourit de son impatience. La respiration qui s'accélère, les gestes fébriles, autant de signes qu'il avait appris à reconnaître chez Lisaveta. Elle défit la large ceinture de cuir et la jeta au sol, puis fit glisser les boutons argentés et se leva pour mieux lui retirer son pantalon de cuir blanc.

— J'adore les trains, confia-t-elle, alors que nue et gracieuse, agenouillée devant lui, elle terminait son œuvre.

— Moi aussi. C'est parfait ainsi.

Tout était parfait, vraiment : la petite pièce intime et joliment décorée, les étoiles qu'on apercevait par la fenêtre et la vitesse qui leur donnait l'impression qu'ils couraient au bout du monde.

— Nous sommes seuls au monde, murmura encore Stefan.

Lisaveta se jeta à son cou, consciente qu'ils n'avaient plus trop de temps à eux. Ils avaient dit « pour toujours », mais leur *toujours* se réduisait à un seul jour. Elle le regarda, si beau, si fort, si tranquille, et elle ne sut pendant un moment quel sentiment dominait en elle : le bonheur d'avoir un tel mari, ou la douleur de le perdre au profit de la plus cruelle des maîtresses, la guerre.

— Ne pars pas. Oh ! ne pars pas, murmura-t-elle.

Il ne répondit pas, et elle se sentit coupable d'avoir prononcé les mots qu'il ne fallait pas, coupable de lui avoir demandé ce qu'il ne pouvait lui donner. Il lui caressa l'épaule, gentiment.

— Je ne pars pas, dit-il.

Et comme Lisaveta lui jetait un regard dubitatif, il expliqua :

— Nous avons encore aujourd'hui et demain.

La jeune femme songea qu'en lui parlant ainsi, Stefan lui faisait défense de parler d'autre chose que de leur lune de miel. Ensuite, on verrait bien. A chaque jour suffit son lot d'épreuves. Et ils ne disposaient que de deux jours.

— Je suis heureuse que tu ne partes pas, déclara Lisaveta.

— Et moi, donc !

Ils se sourirent, heureux de la fiction grâce à laquelle ils se ménageaient un havre de paix et de douceur dans un monde troublé. L'amour avait parfois des pouvoirs insoupçonnés.

Stefan se réjouissait de ne pas voir Lisaveta s'effondrer

en sanglots. C'était une femme solide, bien trop fière aussi pour être traitée comme une enfant à qui on doit cacher les vérités un peu dures. Mais il y avait aussi le bébé.

— Le bébé..., dit-il.

La grossesse de sa femme le préoccupait, il ne savait pas quel comportement adopter, il n'osait pas poser de questions trop précises. Lisaveta, qui l'avait compris, s'empressa de le rassurer.

— Je vais bien.

— Tu es sûre, au moins ?

— Mais oui. Ne t'inquiète pas ! Et puis, nous avons déjà trop parlé.

La jeune femme ponctua cette déclaration en se jetant au cou de Stefan qui éclata de rire.

— Je me trompe peut-être, mais voilà qui ressemble fort à un ordre !

— Un ordre sans équivoque !

Le désir brillait dans les yeux de Lisaveta. Ses doigts s'impatientaient. Stefan se dit qu'il était temps pour lui d'accomplir son devoir conjugal.

Stefan ouvrit la fenêtre du wagon et se pencha pour respirer l'air frais de la nuit. Il pleuvait, et ses cheveux mouillés se mirent à boucler sur son front. Lorsqu'il revint dans le lit, où Lisaveta l'accueillit à bras ouverts, il sentait bon la forêt de pins.

Dépouillé de ses attributs militaires ou princiers, il ressemblait à un adolescent, et Lisaveta soupira en songeant à tout le temps qu'elle avait perdu en ne faisant pas sa connaissance plus tôt.

— Je t'aime tant que mon cœur se fend à seulement y penser ! lui dit-elle en buvant les gouttes de pluie qui parsemaient ses joues et son front.

— Non, non, et non ! lui fut-il répondu d'une voix pleine de gaieté et d'insouciance. Tu m'aimes tant que ton cœur bondit de joie.

Stefan lui prit le visage entre ses mains.

— Aime-moi avec joie, avec jubilation, avec allégresse ! poursuivit-il. Moi, c'est ainsi que je t'aime. Je t'aime d'autant plus que tu portes notre bébé.

Il prononça ces derniers mots avec fierté et respect, et il éprouva à ce moment un tel bonheur qu'aucun mot humain n'aurait pu en rendre compte. Ses yeux brillaient d'une passion presque insoutenable, et son sourire le transfigurait comme un demi-dieu.

Lisaveta posa les mains sur celles de Stefan qui reposaient toujours sur ses joues.

— Je t'aime, Stefan Bariatinsky. Qu'est-ce que tu en dis ?

Il prit un air soucieux, pensif.

— Je dis qu'il va falloir que je te rende heureuse.

Tenant parole, il la rendit heureuse, très heureuse, dans les instants qui suivirent. Ils firent l'amour sans retenue, avec générosité et extravagance. Chaque baiser les transportait de joie. Se fondant l'un dans l'autre, ils atteignirent le point où le temps et l'espace s'abolissent inexplicablement.

Puis Stefan, de nouveau, offrit son cœur, son âme, sa joie, son amour à Lisaveta, qui reçut ces présents avec un bonheur toujours neuf.

L'aube se levait quand ils s'endormirent dans les bras l'un de l'autre, rêvant que le train les emportait loin, très loin du champ de bataille.

Ils dormirent tard, et lorsqu'ils se levèrent, le soleil, déjà haut dans le ciel, brillait de toute sa splendeur.

« La moitié du jour est déjà passée », songea Stefan.

Conscient de la fuite inexorable des minutes, il se demanda si les quelques heures de bonheur qui lui restaient à vivre avant le retour à Kars n'étaient pas les dernières. Puis il chassa ces pensées mélancoliques, revint vers Lisaveta pour lui souhaiter le bonjour.

Paresseusement, elle ouvrit les yeux.

— Il faut manger, maintenant, lui dit-il d'un ton impatient.

La jeune femme, qui connaissait bien le solide appétit de son mari, demanda :

— Comment as-tu tenu aussi longtemps ?

— L'éducation, sans doute.

Elle lui caressa doucement les joues et le menton bleuis de barbe. Il avait l'air d'un brigand des montagnes.

— Tu as raison, dit-il comme s'il pouvait lire dans ses pensées. Je vais me raser... après que nous aurons déjeuné, naturellement.

— Tu n'as pas de patience !

— Pourquoi devrais-je en avoir ?

Il tira sur le cordon de la sonnette.

— Vu l'heure, nous avons le choix entre un petit déjeuner et un déjeuner. Que préfères-tu ?

Ils se décidèrent pour un petit déjeuner somptueux, servi au lit. Après quoi, ils firent encore l'amour avec une énergie renouvelée.

L'après-midi passa vite, la soirée plus vite encore. Ils les consacrèrent à d'autres joutes amoureuses, qu'ils entrecoupaient de conversations sans queue ni tête.

Ils évitèrent d'aborder les sujets sensibles de la guerre ou de leur avenir, mais ils y pensaient de plus en plus souvent. Stefan, surtout, voyait surgir dans son esprit la silhouette spectrale de la forteresse qu'il aurait bientôt à investir. La terrifiante possibilité de sa mort effleurait

Lisaveta qui en repoussait aussitôt l'idée, par crainte superstitieuse d'avoir affaire à un lugubre pressentiment.

La nuit suivante, elle dormit mal, et Stefan veilla sur elle jusqu'au petit matin en révisant ses plans de bataille.

Cela n'était pas habituel chez lui. Jusqu'au dernier moment, avant une manœuvre importante, il envisageait toutes les possibilités de mouvement, déplaçait dans son esprit les régiments comme les pions d'un jeu d'échecs, essayait de se placer du point de vue de l'ennemi pour trouver ses faiblesses. Seul le clairon qui sonnait la charge pouvait l'arracher à ses méditations stratégiques.

Mais pour la première fois, il percevait dans son énervement une composante toute nouvelle : l'anxiété. Pour la première fois, il n'avait plus seulement peur de perdre la bataille. Stefan Bariatinsky craignait pour sa vie.

Ils arrivèrent en gare de Vladikavkaz à 4 heures du matin. La locomotive, au foyer chauffé à blanc, fumait dangereusement, mais les mécaniciens avaient tenu parole : ils avaient dix heures d'avance sur l'horaire habituel.

Le train roulait encore qu'un violent coup de poing fut donné sur le wagon de Stefan. Celui-ci, qui avait rendossé son uniforme dès minuit, ouvrit la porte. En apercevant les troupes à cheval rassemblées sur la place devant la gare, les officiers qui arpentaient nerveusement le quai, il sut qu'il allait devoir affronter d'importants problèmes.

Le jeune lieutenant fort émotif — celui qui avait donné du poing contre le wagon du général-prince — lui adressa un salut fort peu réglementaire, et oubliant qu'il parlait à un chef de corps, annonça :

— Hussein Pacha n'est plus qu'à trois jours de marche de Kars. Venez immédiatement !

« Comment a-t-il fait ? » Telle fut la première pensée

de Stefan. Le général turc avait traversé en un temps record un pays sans eau et sans nourriture. A la vitesse qu'il avait maintenue, il aurait dû perdre au moins la moitié de ses hommes et de ses chevaux. Stefan, qui connaissait bien la région, apprécia l'exploit en connaisseur, mais aussi la souffrance de ceux qui l'avaient réalisé. Cependant, en l'absence de tout renseignement plus précis sur l'état des renforts, il n'avait plus qu'une chose à faire : foncer lui aussi sur Kars pour arriver avant le Turc.

— Accordez-moi une seule minute, dit-il au lieutenant, et faites amener mon cheval.

Retournant dans la chambre, il se demanda s'il devait éveiller Lisaveta qui avait passé une fort mauvaise nuit. Il se sentait coupable de la tirer du sommeil paisible qu'elle avait enfin trouvé, mais il ne pouvait pas non plus la quitter sans lui faire ses adieux.

La joue chaude de la jeune femme frémit sous la caresse qu'il lui donna. Elle entrouvrit les paupières, vit Stefan, puis son uniforme. Et elle se rappela.

— Il faut que je m'en aille, lui murmura-t-il.

— Mon Dieu !

Elle lui saisit les deux mains.

— Je n'ai qu'une minute, on est allé chercher mon cheval. Militza prendra soin de toi. Une escorte t'attend pour te conduire à Tiflis. Je t'aime, douchka. Je t'aime de tout mon cœur. J'aime aussi notre enfant.

Lisaveta essaya d'affermir sa voix avant de parler. Elle savait bien qu'il devait partir, elle savait que le salut de l'empire reposait sur sa cavalerie; et sa propre vie comptait peu en regard du salut de l'empire.

— Que Dieu t'accompagne, chuchota-t-elle.

Les larmes emplissaient ses yeux.

Stefan la prit dans ses bras, la serra contre lui.

— Tu es toute ma vie, douchka, lui confia-t-il d'une voix brisée par le chagrin. Prends soin de notre enfant. N'oublie jamais que nous avons...

Effrayé par ses propres mots, il fut incapable de poursuivre. Il eut l'impression qu'il prononcerait sa propre condamnation s'il parlait trop. S'arrachant à l'étreinte, il prit la direction de la porte.

Lisaveta tenta de le retenir. Elle voulut lui crier qu'il ne devait pas la quitter, que dans ses bras il serait toujours en sécurité, et qu'on ne part pas pour la guerre quand on a une femme et un enfant. Mais elle savait que les femmes en pleurs n'ont jamais retenu les guerriers ; aussi lui dit-elle simplement :

— Sois prudent.

Et elle s'effondra sur le lit en sanglotant. Stefan se retourna une dernière fois.

— Rassure-toi, je ne prends jamais de risques, mentit-il.

Un coup frappé à la porte lui apprit que, dehors, on s'impatientait.

— J'arrive ! cria-t-il, avant d'ajouter plus doucement : Il faut que je parte.

Il s'attarda à contempler Lisaveta. Il la savait nue sous les couvertures, il connaissait toutes ses séductions ; elle était sa femme adorée, la mère de son enfant, et pourtant, il devait la quitter.

Qu'il était dur pour lui de retourner à la guerre, qui autrefois avait été toute sa vie. Fermant les yeux pour affirmer son courage, il dit une dernière fois :

— Je t'aime.

Quelques minutes plus tard, Stefan montait en selle. Il attacha à sa taille la ceinture portant ses revolvers et les cartouches, glissa dans son pantalon les poignards kurdes. Il vérifia les munitions de sa carabine avant de la glisser dans les fontes. Puis il tapota l'encolure de Cléo en lui murmurant quelques mots affectueux. Enfin, il jeta sur ses épaules le grand manteau noir apporté par un soldat.

Se retournant sur sa selle, il jeta un coup d'œil sur son

escorte alignée dans un ordre impeccable et questionna du regard le jeune lieutenant.

— Nous sommes prêts, Votre Excellence.

Sans rien laisser paraître des sentiments qui l'animaient, Stefan jeta un dernier coup d'œil à la fenêtre éclairée de son wagon.

Un léger claquement de langue. Cléo dressa les oreilles et, ayant reconnu l'ordre familier, elle se mit en marche.

Tandis que Stefan, à la tête de ses troupes, galopait le long des boulevards ombragés de Vladikavkaz et franchissait dans un bruit de tonnerre le pont sur le Terek, Lisaveta pleurait. Ils traversèrent la plaine, entreprirent l'ascension qui devait les mener au col de Tomar; elle pleurait toujours. Les chevaux faisaient jaillir des étincelles du sol pierreux, leurs sabots jetaient des gerbes de gravillons qui dévalaient les pentes abruptes, et Lisaveta hoquetait en essuyant ses yeux rougis. Stefan allait à la guerre, et la jeune femme pensait ne jamais le revoir.

Mais comme le soleil se levait sur Gouze Damour et que ses rayons frappaient en même temps la troupe au galop et le train arrêté en gare de Vladikavkaz, Lisaveta sécha ses larmes d'un geste volontaire et comprima les sanglots qui soulevaient encore sa poitrine. Elle s'assit et repoussa les couvertures. A quoi bon pleurer? Elle pouvait bien le faire un millier d'années, cela ne lui ramènerait pas Stefan et ne rendrait pas son entreprise moins périlleuse.

Militza l'attendait. Stefan voulait qu'elle continuât son voyage jusqu'à Tiflis, pour rester avec sa tante jusqu'à la fin de la guerre. Et bien que Lisaveta eût préféré un site plus proche de Kars, il s'était montré inflexible. Le front pouvait se déplacer très rapidement, avait-il expliqué. Les troupes à cheval se lançaient très fréquemment dans des mouvements en profondeur pour surprendre l'ennemi sur ses arrières, et il n'aurait pas supporté de savoir sa femme en danger de se faire capturer par les Turcs ou les bachi-bouzouks. En outre, Alexandropol se trouvait trop près de la frontière, et offrait peu de sécurité à cause d'un repli toujours possible.

Il avait raison : Tiflis était plus sûr. Mais cela ne rendait pas Lisaveta moins malheureuse.

Tout d'abord, elle devait s'habiller. Ouvrant l'armoire qui se trouvait en face de son lit, elle choisit une robe de serge beige ornée de passementerie noire. Puis elle fit sa toilette dans le minuscule, mais luxueux cabinet de toilette jouxtant la chambre à coucher. La décoration de ce lieu intime lui redonna un peu de bonne humeur : entièrement décorés de carreaux peints à la main, les murs étaient d'un beau bleu, celui qu'on ne voit que dans les mers du sud. Dans cet océan de faïence s'ébattaient des sirènes toutes plus séduisantes les unes que les autres. Stefan les lui avait présentées et lui avait fait ensuite un cours plein d'esprit sur la vie maritime... revue et corrigée par lui.

Ces souvenirs récents amenèrent un sourire sur les lèvres de Lisaveta, qui termina sa toilette en récapitulant ses motifs d'optimisme : Stefan menait une vie pleine de charme, elle la partagerait avec lui ; c'était un brillant soldat, qui s'était sorti de situations autrement plus périlleuses qu'un siège de forteresse. Enfin, après un dernier coup d'œil critique sur sa tenue, devant le miroir, elle sortit.

Lorsqu'elle revint dans le salon, trois officiers et le majordome personnel de Stefan, Ellico, attendaient ses ordres. Les inclinations profondes de ces hommes surprirent Lisaveta, car elle n'avait pas été habituée à tant de cérémonie. Mais elle était maintenant la princesse Bariatinsky, l'épouse du meilleur soldat de l'empereur, et elle devrait s'y faire. « Depuis combien de temps m'attendent-ils ? se demanda-t-elle avec angoisse. Que se serait-il passé si j'étais revenue en chemise, ou plus déshabillée encore ? »

— Votre Excellence est-elle prête à voyager ? demanda le plus âgé des officiers.

— Oui, je vous remercie. Dois-je prendre un manteau ?

— Son Excellence a pourvu à tout, Votre Excellence.

La voix de l'officier, plus que du respect, exprimait la dévotion qu'il portait à son chef. Pour ses hommes, Stefan n'était pas un simple mortel, et son prestige rejaillissait sur sa femme. Saurait-elle rester simple dans cette pompe, ce décorum et ces formules à n'en plus finir ? Elle avait appris à voyager simplement, à monter sa tente et allumer un feu de camp, et n'éprouvait pas le besoin d'une armée de serviteurs pour prévenir le moindre de ses désirs.

— S'il vous plaît, appelez-moi Lisaveta, ordonna-t-elle en souriant.

C'était l'ordre auquel les hommes s'attendaient le moins, et il se livra dans leur esprit un rude combat entre les règles du protocole et le désir exprimé par leur nouvelle maîtresse. Cas de conscience...

— C'est vraiment ce que je voudrais, insista la jeune femme.

— Oui, Votre Exc... madame... Lisa... veta, bafouilla le pauvre homme.

— Stefan veut que je me sente à l'aise, ajouta Lisaveta.

Par ces mots, en évoquant le nom de Stefan, elle authentifiait le décret verbal qu'elle venait de notifier.

Les trois officiers sourirent, de même que le valet.

— Comme vous voulez, dit le plus âgé.

Avec un bel ensemble, ils s'inclinèrent.

Le valet, qui portait le cafetan de soie bleue et le turban rouge de sa tribu, s'avança pour présenter un cadeau.

— Pour Votre Excellence, de la part de Son Excellence.

Pour lui, dont la famille servait celle de Stefan depuis des générations, la moindre familiarité était impensable. Mais son sourire n'était pas de commande.

— Son Excellence souhaite un agréable voyage à Votre Excellence, ajouta-t-il.

Lisaveta prit le paquet enveloppé de velours bleu et orné d'un ruban doré, refoulant ses larmes à la pensée que Stefan, malgré la précipitation du départ, avait encore eu cette délicate attention.

— Je vous remercie, dit-elle dans un souffle. Je suis prête.

Très luxueuse, la voiture de Stefan comportait des ressorts de suspension énormes, spécialement conçus pour la rudesse des routes. Les sièges, très confortables, recouverts de velours de soie, devaient amortir les chocs, et les murs capitonnés ne devaient pas faire souffrir trop la voyageuse, si par aventure un cahot la précipitait d'un côté ou de l'autre.

Seule dans la voiture lancée vers Tiflis, Lisaveta ouvrit le cadeau de Stefan. Elle découvrit une boîte d'or et d'émail, déjà précieuse en elle-même, à l'intérieur de laquelle se trouvaient trois jolis cadres ovales d'une finesse remarquable. Le premier contenait le portrait peint de Stefan, et la jeune femme fut fort surprise de trouver sa photographie dans le deuxième. Avec sa robe de mariée ! Elle s'émerveilla de la rapidité avec laquelle avait travaillé l'artiste, puis elle se rappela les propos de Stefan sur son photographe personnel : il l'avait assuré que cet homme lui était nécessaire pour ses travaux militaires.

Le troisième cadre, vide, justifiait sa présence grâce à

une note manuscrite de la main de Stefan : « Pour bébé. » Une lettre dans la boîte portait ces mots : « Pour une future maman, de la part du papa le plus fier du monde. Avec tout mon amour, Stefan. »

Ainsi, la photo d'un bébé prendrait place, un jour, dans le troisième cadre... Cette pensée parut étonnante à la jeune femme, presque incroyable. Elle plaça ses mains sur son ventre, espérant recevoir un signe de ce bébé, une confirmation de sa présence. Quand saurait-elle, enfin ? Quand commencerait-elle à observer sur elle-même des transformations significatives ? Elle aurait aimé avoir la compétence d'Alisa qui semblait certaine de son diagnostic. Même Stefan doutait moins qu'elle.

Mais les événements s'étaient précipités, et elle devait faire un effort de réflexion pour se rappeler qu'elle était désormais la princesse Bariatinsky. Dans la voiture qui parcourait les défilés, la jeune femme récapitulait les bouleversements récents de sa vie. Princesse Bariatinsky, l'épouse... Princesse Bariatinsky, la future mère... Comme cette femme, dans son double rôle, était différente de celle qu'elle avait été avant sa rencontre avec Stefan !

Les études sur son cher Hafiz occupaient alors toute sa vie ; elle pensait connaître un bonheur, tranquille certes, mais le bonheur tout de même. Lorsqu'elle se couchait, tard le soir, elle attendait avec impatience le lever du soleil pour commencer une nouvelle journée de traductions et de commentaires. Il lui arrivait même de se sentir plus proche du poète, mort plusieurs siècles auparavant, que de ses contemporains.

Les temps avaient changé. A présent, Lisaveta savait que la sérénité ne fait pas bon ménage avec la passion. L'horrible tristesse qui l'étreignait était le prix à payer pour l'amour.

Elle souhaita porter cet enfant, et elle espéra qu'il

accuserait une forte ressemblance avec son père. Et si... la guerre tournait mal — un euphémisme pour traduire ses terribles craintes — si... un malheur arrivait, Stefan revivrait dans son enfant et d'une certaine manière, il serait toujours avec elle.

Prête à défaillir, Lisaveta songea qu'elle avait besoin du réconfort que lui prodiguerait Militza. La vieille dame saurait repousser les terreurs en lui racontant comment son cher Stefan avait survécu à toutes les épreuves, comment il avait toujours obtenu la victoire, comment il n'avait jamais été blessé. En lui rappelant que Stefan bénéficiait des soins d'un ange gardien très attentif, Militza redonnerait à Lisaveta le courage de supporter la longue attente.

Regardant par la fenêtre, elle vit les cimes enneigées qui se découpaient sur l'horizon. Puis elle essaya de lire les inscriptions portées sur les bornes, et d'évaluer le nombre d'heures qui restaient à courir avant l'entrée dans Tiflis. Cet exercice aride lui permit au moins de faire passer son anxiété au deuxième plan de ses préoccupations.

Stefan et ses hommes galopaient sans trêve ni repos, s'arrêtant à peine pour sauter sur les chevaux de réserve, déjà sellés et harnachés, qui les attendaient à tous les relais de poste. Tous avaient compris que le temps était précieux et qu'un délai de quelques heures pouvait faire basculer la victoire d'un camp dans l'autre. Hussein Pacha avait trouvé le moyen de traverser le désert, et c'était pourquoi ils galopaient comme s'ils avaient tous les démons de l'enfer à leurs trousses. Ils mirent huit heures seulement pour arriver à Tiflis, trempés de sueur et couverts de poussière.

Pendant que ses hommes prenaient une rapide collation, Stefan courut au palais pour rencontrer Militza et

Gorkov, son homme d'affaires. Conformément au vœu qu'il exprimait dans un télégramme envoyé de Vladikavkaz, ils l'attendaient dans la bibliothèque.

Après de brèves congratulations, ils se concentrèrent sur le travail pour lequel la présence de Gorkov avait été souhaitée. Ce dernier avait déjà pris place devant une table, sur laquelle il avait étalé des documents, ses plumes et son encre. Un uniforme frais attendait, posé sur une chaise. Sans pudeur aucune — mais le manque de temps excusait le manque de manières — Stefan arracha ses vêtements maculés tout en donnant ses instructions.

— J'annule mon précédent testament, et j'en veux faire un autre au bénéfice de ma femme et de mon enfant.

Gorkov, qui n'était pas encore au courant de la prochaine paternité du prince, eut du mal à celer sa surprise.

— Très bien, Votre Excellence, dit-il d'une voix chevrotante, tandis que ses joues rosissaient et que sa main tremblait.

— As-tu au moins le temps de manger un peu? demanda Militza à son neveu qui ôtait son pantalon.

— Non. Je mangerai en cours de route... Si je meurs, je veux que tous mes biens reviennent à ma femme, y compris la part réservée à mon enfant, qui sera conservée et administrée jusqu'à sa majorité.

Il boutonna son pantalon propre, tandis que Gorkov écrivait.

— Je crois que c'est la formule la plus simple et la plus juste, expliqua Stefan. Au cas où les Taneiev se montreraient trop gourmands dans la négociation de la rupture, je compte sur vous deux pour défendre les intérêts de ma femme et de mon enfant. Traînez-les en justice si nécessaire, protégez ma famille. Et méfiez-vous de Vladimir Maximovitch. Il n'en est pas à une bassesse près. Pour les dispositions annexes, conclut-il en enfilant ses bottes, je vous fais confiance.

Il boucla sur sa tunique immaculée la ceinture aux revolvers et ouvrit les bras à Militza.

La tante et le neveu s'étreignirent longuement, ainsi qu'ils faisaient depuis la plus tendre enfance de Stefan. Mais maintenant, c'était lui qui était le plus grand et le plus fort des deux ; il la dominait de sa haute stature. Pourtant, il avait toujours besoin de la force qui émanait de la vieille dame, une force qui ne lui avait jamais fait défaut.

— Je les protégerai, promit-elle. J'essaierai de faire aussi bien que toi.

— Nos guerriers kurdes monteront aussi la garde. Tu peux compter sur eux.

— Que tous les dieux veillent sur toi, mon petit. Et ne t'inquiète pas : je veillerai sur Lisaveta.

Stefan se pencha pour embrasser Militza sur les deux joues. Puis il se tourna vers son homme d'affaires et lui tendit la main.

— Merci d'avoir accepté de venir, Gorkov.

— Je vous en prie, Votre Excellence, ce fut un plaisir.

Avec un sourire, Stefan contempla sur la table les notes griffonnées, sans ordre et sans méthode, et qui se changeraient bientôt en un testament clair et net.

— Je signe en blanc, dit-il. Je vous fais confiance. Militza prendra les décisions que j'aurais pu oublier.

Il reposa la plume.

— Encore merci.

Un instant plus tard, il était parti.

Il gravit quatre à quatre les marches de l'escalier conduisant au deuxième étage et entra dans sa chambre. Là, il marcha directement vers un petit bureau de voyage qui avait appartenu à son père, s'assit, ouvrit le tiroir et en tira quelques feuilles de papier. Il allait peut-être écrire les derniers mots adressés à sa famille.

Tout d'abord, à Lisaveta. Il lui dit et redit à quel point

il l'aimait, et que les mots étaient bien incapables de rendre la richesse des sentiments qu'il éprouvait pour elle. Elle était son bonheur, sa joie, son monde, elle lui manquait terriblement, elle occupait toutes ses pensées et il lui écrirait chaque jour, si possible. Stefan termina par ces mots, difficiles à écrire, et qu'il relut à mi-voix :

— Si je ne devais pas revenir, sache que je serai toujours à tes côtés. De tout mon cœur, Stefan.

Il plia la feuille, la plaça dans une enveloppe sur laquelle il écrivit en gros le nom de la destinataire, et plaça la missive sur le manteau de la cheminée, bien en évidence.

Revenant au bureau, il se prépara à écrire la lettre la plus difficile de sa carrière, parce que le simple fait d'en former les mots impliquait qu'il se savait mortel. Il écrivit lentement, pesant avec mélancolie chaque mot, car il s'adressait à son enfant.

Toute sa vie, Stefan avait eu l'impression, très vive, qu'un esprit bienveillant, un ange gardien, veillait sur lui. Mais au cours des jours précédents, il avait éprouvé une impression curieuse, et les frissons qui le prenaient à l'improviste lui faisaient penser que peut-être la fin était proche.

« Mon cher enfant,

» J'aurais tant voulu être présent le jour de ta naissance et poser un baiser sur ta petite joue rose. Si j'avais pu tenir longtemps la main de ta maman, et la tienne aussi, j'aurais été le plus heureux des hommes. Le destin en a décidé autrement. Je ne suis plus là, mais je t'aime de tout mon cœur. Embrasse ta maman pour moi et veille sur elle. Papa. »

Il aurait voulu dire tellement plus ! Par exemple, raconter à son fils, ou à sa fille, tous les plaisirs que la vie réserve aux humains, ou encore la joie avec laquelle il avait attendu la naissance de l'héritier de la dynastie Bariatinsky. Il aurait aimé laisser une lettre nouvelle pour tous les jours de la vie de son enfant...

Mais la pendule et son tic-tac obsédant rappelèrent à Stefan que la guerre l'attendait. Alors, il prit une autre enveloppe, l'adressa à « bébé », et y glissa la lettre. Puis il se demanda ce qu'il devait en faire : la confier à Georgi qui la donnerait à l'enfant en temps voulu ? L'annexer au testament ? Il pesa le pour et le contre, et finalement la posa sur la cheminée, à côté de celle qu'il destinait à Lisaveta.

Il jeta ensuite un dernier coup d'œil à la chambre qu'il occupait depuis son adolescence. Pris d'une incoercible mélancolie, il ferma doucement la porte et quitta le palais.

18.

La voiture de Lisaveta arriva fort tard le lendemain soir, le cocher ayant reçu de Stefan l'ordre de voyager lentement, à cause de la « délicate santé » de sa nouvelle épouse. Le palais illuminé *a giorno* se préparait à recevoir dignement la princesse Bariatinsky, et lorsque la voiture franchit le portail monumental, les serviteurs accoururent en masse, comme s'ils avaient attendu, cachés derrière les cyprès et les massifs de rhododendrons.

On ouvrit la porte de la voiture, Lisaveta descendit.

— Bienvenue dans votre maison, ma chère fille ! s'écria Militza en s'élançant à sa rencontre avec chaleur.

Et comme le personnel, rassemblé autour d'elles, manifestait également sa joie, elle poursuivit :

— Comme vous le voyez, vous faites déjà l'unanimité. Nous sommes tous très heureux du choix de Stefan.

— Merci, Militza, merci mille et mille fois, répondit Lisaveta, les larmes aux yeux. Quant à moi, je suis ravie de vous retrouver.

La vieille dame lui prit le bras et, l'entraînant vers la longue file des serviteurs, lui expliqua :

— Il faut que vous disiez un petit mot à chacun, c'est l'usage.

Lisaveta n'aurait pu souhaiter un accueil plus chaleureux. Elle accomplit lentement ses devoirs de nouvelle maîtresse de maison, serrant les mains de tous les domestiques qui multipliaient les courbettes.

— Merci. Merci beaucoup, murmurait-elle à chacun. Vous êtes très gentils.

Ensuite, Georgi lut, au nom de tout le personnel, un court discours dans lequel il redisait la satisfaction éprouvée par chacun à l'annonce du mariage. Puis il poussa vers Lisaveta une petite fille qui disparaissait derrière un énorme bouquet de roses jaunes. Intimidée, la pauvre enfant commença à réciter un compliment, trébucha sur les lignes, recommença, s'embrouilla tout à fait, rougit atrocement, et finit par tendre ses fleurs, sans un mot. L'assistance éclata de rire, et Lisaveta se pencha pour accepter le présent et embrasser la messagère en lui soufflant à l'oreille :

— C'est très bien. Moi, je n'aurais pas fait aussi bien que toi. Comment t'appelles-tu ?

— Tamar, murmura l'enfant d'une voix à peine audible.

Lisaveta la prit dans ses bras, lui posa un baiser sur les deux joues, et la domesticité éclata en applaudissements.

La princesse Bariatinsky avait mis à profit les longues heures de son voyage pour s'exhorter au courage et accepter avec stoïcisme l'épreuve que constituait pour elle le départ de Stefan. Elle ne voulait pas non plus montrer au palais un visage défait et des yeux rougis, indignes de l'épouse d'un si glorieux guerrier. En outre, elle avait décidé de ne pas aborder elle-même le sujet de la guerre, et d'attendre pour cela que Militza l'y invitât.

Mais il n'est âme si bien trempée qui n'ait ses faiblesses, et les deux femmes montaient à peine le grand escalier du perron que Lisaveta s'entendit demander :

— Comment était Stefan lorsque vous l'avez vu ?

Militza hésitant à lui répondre, elle insista :

— Il est bien passé par Tiflis ? Il vous a rendu visite ?

— Stefan s'est arrêté brièvement hier après-midi, c'est vrai, reconnut la vieille dame. Il avait besoin de changer d'uniforme et de faire restaurer ses troupes. Mais ils ne sont pas restés plus de vingt minutes.

Elle n'osa pas évoquer la rédaction du testament, afin de ne pas alarmer la jeune épouse et changea de sujet.

— Racontez-moi donc votre voyage depuis Vladikavkaz. S'est-il bien passé? Vous devez être rompue de fatigue.

Silencieuse, Lisaveta regarda les deux portiers arcboutés contre les énormes portes de bronze du palais, qu'ils repoussaient lentement. « Que fait Stefan, en ce moment? » se demanda-t-elle. Elle pensa que s'il levait la tête, il verrait la même pleine lune que celle qui brillait au-dessus de sa propre tête, et elle trouva cette pensée démoralisante.

— C'est vrai, avoua-t-elle en secouant la tête. Je suis un peu fatiguée.

— Avec le bébé, c'est naturel. A ce propos, Stefan est absolument ravi.

Et comme Lisaveta semblait surprise de ce que la nouvelle fût déjà connue, Militza ajouta avec un grand sourire :

— Il a déjà annoncé la nouvelle à tout le monde !

Lisaveta rougit, tandis que Militza poursuivait d'une voix grave, vibrante, qui montrait assez qu'elle ne prononçait pas ses mots à la légère :

— Cette nouvelle l'a rendu heureux à un point que vous n'imaginez pas, affirma-t-elle. Pour cela aussi, d'ailleurs, je dois vous remercier. Et attention : tout le personnel attend aussi ce bébé avec grande impatience. Pensez donc ! Voilà trente-deux ans que nous n'avons pas vu de naissance dans ce palais.

Lisaveta se prit à rire, ravie de constater que tout le monde prenait ses intérêts à cœur.

— Gare à moi si je les déçois, alors ! lança-t-elle.

— Je ne vous le recommanderais pas. Savez-vous que les domestiques ont commencé à dresser des listes de prénoms ? Stefan leur a promis que le bébé en porterait un qu'ils auraient choisi.

— Il est heureux, n'est-ce pas ?

— Heureux ? Plus que cela, ma chère ! Excité, oui ! Et encore, il fait de rudes efforts pour garder le semblant de placidité qui convient à ses fonctions. Je ne vous le redirai jamais assez : vous lui avez apporté une joie, non seulement immense, mais aussi inattendue.

— Moi aussi, je suis heureuse, murmura Lisaveta. A tel point que j'en arrive à me demander comment j'ai pu vivre, avant... J'espère que cela ne finira jamais.

Devant la mélancolie de la jeune femme, Militza comprit les pensées qui l'effrayaient et elle tenta de la rassurer de son mieux.

— Stefan a toujours été un homme chanceux, ma chère. Et vous pouvez faire confiance à ses gardes du corps : ils le protégeront au péril de leur vie. Ne vous inquiétez donc pas outre mesure.

Elle prit la main de Lisaveta pour la faire entrer dans le palais et passa à une conversation plus mondaine.

— Notre chef a tenu à vous préparer un somptueux repas de bienvenue, et si vous refusez un seul de ses innombrables plats, il menace de se suicider.

Ces paroles furent prononcées avec une telle conviction que Lisaveta se demanda si elle devait y accorder foi.

— Ce n'est pas vrai ? Il ne ferait pas une chose pareille ?

— Je ne sais pas, ma chère. Je ne sais pas. Mais connaissant la sensibilité extrême de cet homme, je ne me hasarderais pas à lui faire de la peine.

Devant l'air découragé de Lisaveta, la tante de Stefan ajouta :

— Mais vous verrez, il ne sera pas nécessaire de manger beaucoup. Vous n'aurez qu'à goûter, c'est tout.

Lisaveta passa dans un cabinet de toilette pour se rafraîchir un peu et enfiler une robe plus confortable, avant de descendre dans l'immense salle à manger, où l'attendait un incroyable repas. Assise en face de Militza à la grande table somptueusement parée, elle assista à l'incessant ballet des serviteurs qui lui apportaient, sur des plateaux d'or, les plats préparés par l'ombrageux chef cuisinier. Celui-ci se tenait près d'elle, l'air terrible, et guettait sur son visage sa réaction après chaque bouchée. Lisaveta souriait, il s'inclinait jusqu'à terre et, déjà, le plat suivant arrivait.

Lorsque Lisaveta eut avalé la dernière bouchée du dernier dessert, elle se tourna vers le chef.

— Merci, Josef, tout était parfait. J'écrirai à mon mari pour lui dire que vous êtes un génie de la cuisine.

L'œil brillant et la joue rouge, Josef s'inclina de nouveau.

— Votre Excellence est trop bonne.

Militza intervint, d'une voix cordiale, mais ferme.

— Maintenant, Josef, vous pouvez vous retirer. Vous avez suffisamment terrorisé la princesse pour cette fois. Faites-nous monter une bouteille de vin doré — la cuvée spéciale — et prenez un repos bien gagné.

— Bien, Votre Excellence, répondit l'homme avec docilité.

Imité par toute l'équipe des serviteurs, il se lança dans une suite de courbettes compliquées et se retira à reculons.

— Ils vous adorent, c'est sûr, affirma ensuite Militza. En fait, Stefan les considère tous comme faisant partie de sa famille. Entre nous soit dit, je vous remercie de nous avoir conservé Josef.

— Oh... ce n'était pas un grand sacrifice. Il a vraiment

beaucoup de talent, et tout ce qui m'a été servi ce soir était délicieux... Mais je me demande si je pourrai manger de nouveau avant un mois.

— Nous allons prendre un peu de thé, pour aider à la digestion.

En un geste presque imperceptible, Militza éleva la main, et aussitôt apparurent quatre serviteurs.

— Thé à la menthe pour la princesse Bariatinsky, commanda la vieille dame. Le bébé a trop mangé.

Lisaveta se sentit rougir de la tête aux pieds, et la vieille dame sourit.

Lorsque le thé et le vin leur eurent été servis, les deux femmes se retirèrent dans un petit salon d'où elles voyaient les lumières de Tiflis, et se mirent à parler de la guerre. Militza apprit à Lisaveta que le conflit en cours occupait toutes les conversations en ville. La marche sur Kars, tentée par Hussein Pacha, semait la terreur dans tous les esprits. Si le Turc réussissait dans sa tentative, et si les armées russes étaient défaites devant la citadelle, l'ennemi pouvait ensuite menacer Tiflis.

— Comment était Stefan ? demanda Lisaveta.

— Pressé. Il n'a même pas pris le temps de manger un peu.

— Se faisait-il du souci ?

— Non ! Il n'a pas peur des Turcs, car il les combat depuis des années.

— Arrivera-t-il à temps ?

Militza, qui regardait par la fenêtre, se détourna pour fixer la jeune femme dans les yeux.

— Stefan n'a jamais échoué, affirma-t-elle.

— Mais je ne voulais pas qu'il parte...

Que répondre à cela ? Militza énonça les espérances qu'elle formulait pour elle-même.

— Il vous aime. Il reviendra vite.

— J'ai si peur.

Lisaveta n'avait pas encore touché à son thé. Son visage pâle de fatigue et d'angoisse faisait peine à voir.

— Vous irez mieux demain matin, promit Militza. Vos idées noires s'envoleront pendant la nuit.

Connaissant les enjeux terribles qui allaient se jouer devant Kars, elle aurait aimé offrir des garanties plus substantielles que des lieux communs ou des platitudes. Mais que pouvait-elle faire d'autre que conseiller :

— Buvez votre thé et allez dormir. Nous reparlerons de tout cela demain matin.

— Je devrais me montrer plus forte, mais je ne le peux pas, confessa Lisaveta en portant la tasse à ses lèvres.

— Vos soucis sont bien compréhensibles. Mais croyez-moi : dans peu de temps, les Turcs seront défaits et nous respirerons plus librement. Pour le moment, vous devez prendre un peu de repos. Je vais vous faire conduire à votre appartement.

Lisaveta se leva et demanda :

— Pourrais-je voir la chambre de Stefan ? Si cela ne vous ennuie pas, naturellement.

Elle éprouvait le besoin de sentir la présence de son époux avant de s'endormir, toucher son oreiller et sa brosse à cheveux, s'asseoir dans son fauteuil, humer le parfum de ses vêtements...

— Bien sûr, dit Militza en se levant à son tour.

Un nouveau geste de sa main, et un valet apparut comme par enchantement.

— Cela ira-t-il ? demanda la vieille dame avec sollicitude.

Elle se sentait désarmée devant la détresse de Lisaveta. Celle-ci hocha la tête courageusement.

— Désirez-vous que je vous tienne compagnie un moment ?

— Non, merci. Excusez-moi.

Les deux femmes faisaient assaut de courtoisie, chacune essayant de deviner ce qui ferait le plus plaisir à l'autre.

— Ma chère, cette maison est la vôtre, déclara Militza. Ne l'oubliez pas.

Lisaveta lui rendit son sourire, et se rassit.

— J'ai cru comprendre que vous avez eu une grande part dans l'éducation de Stefan. Parlez-moi un peu de lui.

— En fait, je me demande parfois si je puis vraiment affirmer que j'ai contribué à son éducation. Tout petit déjà, il était très volontaire... Cela dit, il a été la joie de ma vie.

— Il est ma joie, murmura Lisaveta.

Quelques instants plus tard, elle se tenait sur le seuil de la chambre de Stefan, pendant que le valet allumait les bougies dans les appliques murales. Les petites flammes jaunes révélaient peu à peu à Lisaveta le domaine le plus secret de son mari.

Elle marcha jusqu'aux fenêtres, écarta les rideaux de mousseline et appuya son front contre les vitres fraîches. Il faisait nuit, et la lune éclairait le paysage de sa lumière froide. Les souvenirs affluaient à la mémoire de la jeune femme. En un éclair, elle revécut les nuits d'Alexandropol et celles qu'elle avait connues dans la montagne. Elle était heureuse en ce temps-là... Mais voilà que mariée, elle se sentait déjà veuve.

« Comment survivent les femmes de soldats quand leurs maris sont morts à la guerre? se demanda-t-elle lugubrement. Y a-t-il des prières qui aident à supporter la douleur? Trouve-t-on des consolations lorsqu'on est condamnée à une infinie solitude? »

Elle se retourna pour s'approcher du lit. C'était encore un meuble prodigieux, immense, plus large que long, dont les boiseries d'acajou luisaient dans la pénombre, comme pour attirer la visiteuse. Celle-ci monta sur la courtepointe de soie verte et s'assit au milieu de la vaste surface. Regardant autour d'elle, elle eut l'impression de se trouver sur une île déserte, abandonnée.

Abandonnée, oui. Stefan parti, Lisaveta était seule au monde.

C'est alors qu'elle la vit.

Placée entre deux candélabres allumés, la lettre attirait invinciblement le regard, et le nom tracé en grosses lettres fit battre plus vite le cœur de Lisaveta.

Elle se leva, descendit du lit et s'approcha avec lenteur du rectangle de papier. Une seule pensée tournoyait dans son esprit : « Stefan m'a écrit, m'a écrit, m'a écrit... » Quelques heures plus tôt, il avait tenu, dans ses mains, cette enveloppe qu'elle allait décacheter et cette feuille dont elle allait dévorer le texte avant de la porter à ses lèvres et de l'emporter, comme un trésor inestimable.

Au moment de l'ouvrir, l'appréhension la retint ; elle eut peur, soudain, de découvrir les mots que son mari lui avait adressés avant de partir pour la guerre, et qui seraient peut-être un message d'adieu.

Puis elle se résolut à déchirer le papier épais et, assise devant la cheminée dans laquelle le valet avait allumé un petit feu, elle lut en pleurant.

« Lorsque la guerre sera terminée, nous irons retrouver les aigles dans la montagne et nous leur présenterons notre bébé. J'entends déjà le vent qui siffle à mes oreilles, je sens l'odeur des pins... »

C'étaient des paroles d'espoir, et qui exprimaient un amour si intense, si confiant, que Lisaveta ne comprit pas d'abord le sens de la dernière phrase, celle que Stefan avait écrite à contrecœur et qui faisait la part d'une issue moins heureuse.

Elle lut et relut plusieurs fois le document, examinant la forme énergique des lettres pour y puiser la conviction que Stefan, si déterminé, ne pouvait pas se laisser surprendre par la mort. Dans le silence de la chambre, entourée des objets familiers qui constituaient une part de lui-même, la jeune femme eut soudain l'impression qu'il allait entrer pour lui confirmer de vive voix ce qu'il avait écrit. Déjà, elle entendait sa voix aux sonorités graves et fortes...

Mais ce n'était qu'une illusion, et Lisaveta se jeta à genoux pour prier Dieu de lui ramener son mari.

La lettre serrée dans son poing comme un talisman, elle dormit dans le grand lit d'acajou. Elle rêva de montagnes vertigineuses et de bassins d'eau claire, bordés de mousse ; elle rêva de chambres en plein air avec la voûte étoilée comme plafond ; elle rêva d'une lune de miel prolongée à l'infini, loin des terribles contingences de la vie.

Le lendemain matin, Lisaveta s'aperçut qu'une autre lettre se trouvait à côté de la sienne. Déjà habillée, elle se promenait lentement dans la chambre, caressant chaque chose en se disant : « Cet objet, il l'a vu, il l'a touché. » Passant devant la cheminée, elle vit la petite enveloppe.

« Bébé. »

Lisaveta tourna et retourna l'objet entre ses mains. Stefan ne lui avait laissé aucune instruction concernant cette lettre, et comme elle était adressée à leur enfant, il valait peut-être mieux attendre la naissance pour la décacheter...

« Mais quel besoin Stefan a-t-il eu d'écrire ? se demanda-t-elle un peu plus tard. Il sera revenu depuis longtemps lorsque cette naissance interviendra... »

A présent, elle marchait d'un pas plus vif, en proie à des pensées contradictoires. Elle en voulait presque à son mari d'avoir écrit cette lettre, dont elle refusait de voir l'utilité. « Pourquoi, mais pourquoi ? » ne cessait-elle de répéter.

Elle se versa un grand verre d'eau froide et but d'un trait. Puis elle revint à la lettre qui lui faisait peur maintenant, comme un objet maléfique capable de détruire sa vie.

Les cyprès se balançaient doucement sous le ciel bleu. Il faisait beau, la vie s'écoulait, simple et tranquille pour ceux qui avaient la chance d'être dehors. Mais elle, Lisaveta, princesse Bariatinsky, se trouvait dans cette chambre, confrontée avec une lettre dont l'importance grandissait à mesure que les minutes passaient.

Enfin, n'y tenant plus, elle fit sauter le cachet en songeant que peut-être Stefan avait voulu qu'elle prît connaissance de cette lettre.

— Non !

Le cri, terrible, résonna dans la chambre, se répandit dans les couloirs.

Stefan avait écrit à son enfant parce qu'il *savait* qu'il ne reviendrait pas !

— Non, non, non !

Le cœur battant, les mains tremblantes, à bout de souffle, Lisaveta se rua hors de la chambre en hurlant :

— Militza ! Militza !

Un chant d'oiseau lui répondit ironiquement. Lisaveta ralentit sa course et, d'une voix mourante, continua d'appeler celle qui pourrait lui apporter un peu de réconfort.

— Militza ! Militza !

Mais ce n'était plus qu'un murmure, un râle d'agonie.

La douleur foudroya la jeune femme qui s'écroula sur le sol.

Elle s'éveilla dans le lit de Stefan. Militza lui tenait la main. La pièce bruissait des allées et venues de serviteurs aux mines graves.

Alors, Lisaveta se rappela ce qui s'était passé et elle éclata en sanglots.

— Ne vous inquiétez pas, murmura Militza en lui tapotant la main. Stefan ne le voudrait pas.

— J'ai eu si peur...

— Il n'a pas écrit cette lettre pour vous effrayer. Il s'agissait simplement de laisser un message à son enfant.

— Mais il reviendra?

— Il reviendra. Stefan est toujours revenu.

Ce que ne disait pas Militza, c'est que sa propre confiance avait été ébranlée à la découverte du document. Pour la première fois, lui semblait-il, son neveu avait moins confiance dans son ange gardien.

— Que faisons-nous? demanda-t-elle d'une voix enjouée. Voulez-vous voir nos vignes? Les haras? Tenez! Nous allons faire un pique-nique. Cela nous changera les idées.

— Quand aura lieu l'assaut? demanda Lisaveta, incapable de penser à autre chose.

Le cas de conscience posé à la vieille dame était sans doute le plus complexe de toute sa vie. Elle opta pour la vérité.

— Demain.

Quand Stefan arriva au camp, à minuit, il trouva l'état-major au complet dans la grande tente. Rien d'étonnant à cela : toute l'armée se tenait sur le pied de guerre depuis qu'on avait appris la marche de Hussein Pacha.

Les acclamations des officiers saluèrent son entrée. Retirant ses gants, il leur adressa un sourire plein de confiance.

— A ce que je sais, nous n'avons pas trop de temps; mais au moins, nous sommes en avance sur notre ami Hussein Pacha.

On fit venir quelques bouteilles de champagne et, pendant qu'on en répartissait le contenu dans les coupes alignées sur une table, Stefan reçut une nouvelle bordée de félicitations — faites sur le ton de la plaisanterie, ainsi qu'il convient entre militaires.

— Ainsi, on a finalement réussi à vous passer la corde au cou ! s'exclama un général de brigade.

— Vous êtes bien le dernier à qui on aurait pensé voir arriver un tel malheur, ajouta l'aide de camp.

Stefan écouta les commentaires des uns et des autres, souriant, puis y répondit en bloc.

— Messieurs, le mariage est une excellente institution que je ne saurais trop vous recommander.

— Mais pourquoi si vite ? demanda Loris Ignatiev, que sa longue amitié avec Stefan autorisait à poser des questions plus personnelles.

— Je ne voulais pas laisser à la comtesse le temps de changer d'avis.

— Est-ce la seule raison ? insinua encore Ignatiev.

« Ah ! songea Stefan. Le télégraphe doit fonctionner, maintenant. Ils sont déjà au courant... »

— Vous pouvez m'adresser d'autres félicitations, reprit-il. Je serai père dans peu de temps.

— Hip, hip, hip..., lança le général.

— Hourra ! répondirent en chœur tous les officiers.

Suivirent accolades et bourrades, dont Stefan se dégagea à grand-peine.

— Si vous ne prenez pas garde à vous, observa un jeune capitaine, cet enfant sera dès sa naissance le plus riche sujet du tsar.

— Ne vous tracassez pas, Karev. Je ferai en sorte que mon fils attende bien longtemps son héritage.

Ces plaisanteries sur la mort de chacun étaient un moyen courant de faire tomber la tension avant les grands engagements militaires.

— A propos de décès..., intervint le capitaine-prince Tamada d'une voix suave. Comment va ce cher Michel ?

— Il va bien, répondit Stefan avec un sourire féroce.

— Tant pis !

L'incompétence du grand-duc était unanimement exécrée dans les rangs de l'armée russe.

Stefan, lui, jouissait d'une considération que beaucoup, parmi les grands chefs militaires, lui enviaient à juste raison. Non seulement il était un général dont l'habileté ne pouvait pas être mise en doute, mais il avait autorité sur toutes les tribus du Caucase. On disait couramment que son nom valait cent mille guerriers. Certes, tous ne se battaient pas sous les étendards russes, mais ceux qui avaient refusé de s'engager gardaient une neutralité prudente. Il n'y avait pas une tribu frontalière qui eût osé prendre les armes contre leur prince.

— Maintenant que nous avons épuisé les nouvelles importantes, dit Stefan en posant son verre de champagne, si nous parlions un peu de notre travail ?

Il déroula les cartes sur lesquelles il avait travaillé dans le train. Pendant plus d'une heure, il donna ses ordres, expliquant en détail comment il concevait la manœuvre sur laquelle allait se jouer le destin de la Russie, assignant à chaque régiment de cavalerie une mission précise. A la lumière des renseignements fournis par les espions, il signala les points faibles de la défense turque, imaginant les réactions probables de l'ennemi.

Sa voix ferme sonnait clair, comme une charge. Ses mains, en se déplaçant sur les cartes, matérialisaient les neuf forts et la citadelle de Kars, dessinaient les batteries et les redoutes, indiquaient les particularités du terrain et s'arrêtaient sur les zones dangereuses...

De leur côté, les officiers prenaient des notes, posaient des questions ou demandaient des éclaircissements. Stefan leur manifestait son respect en écoutant jusqu'au bout leurs objections, sollicitant même leurs avis. Enfin, on passa à la critique générale du plan de bataille qui, après de minimes modifications de détail, fut adopté à l'unanimité.

— Encore des questions, messieurs ?

Il n'y en avait plus.

— Fort bien. Qu'on me réveille dans une heure.

Et soulevant l'auvent de toile, Stefan quitta la séance.

Quand il entra dans sa tente, il trouva un uniforme neuf étendu sur son lit fait au carré, une table chargée d'un plantureux repas et une baignoire fumante dans un coin de la pièce. Son ordonnance l'accueillit par un garde-à-vous impeccable.

— Merci, Ivan, dit Stefan d'un ton aimable. Vous avez fait du bon travail. Je me demande ce que je deviendrais sans vous.

Rayonnant de fierté, Ivan lui répondit :

— C'est votre père qui m'a appris le métier, Votre Excellence.

Cinquante ans plus tôt, Ivan était un jeune serf. Et alors qu'il allait être condamné à la pendaison pour un poulet dérobé afin de nourrir sa pauvre famille, il avait été sauvé du gibet par Alexandre Bariatinsky. Celui-ci avait payé le poulet à son propriétaire, puis avait racheté la famille d'Ivan. Le dévouement de cet homme au fils de son sauveur confinait à la dévotion.

— Ivan, est-ce que nous allons gagner demain ?

— Bien sûr. Les Bariatinsky sont toujours heureux au jeu de la guerre, Votre Excellence.

Stefan se lava les mains avant de passer à table. Pourquoi diable, se demanda-t-il alors, l'optimisme superstitieux du paysan russe lui inspirait-il plus confiance que la science militaire de son état-major ?

***

Il ne put trouver le sommeil.

D'ordinaire, il s'endormait comme une masse, la tête à peine posée sur l'oreiller.

Mais ce soir-là, allongé sur son lit de camp, immobile, les yeux fermés pour ne pas s'attirer les foudres d'Ivan, Stefan Bariatinsky était incapable de trouver le sommeil.

Le combat serait désespéré, il le savait, et son issue décisive pour la suite de la guerre. Mais ce n'était pas cela qui le préoccupait.

Lisaveta lui manquait.

Jamais, jusqu'alors, il n'avait laissé une femme encombrer son esprit, la veille d'une bataille. C'était d'ailleurs pour cela qu'il était capable de dormir à cheval, à même le sol, sous la pluie ou sous un soleil de plomb. Avant il n'aimait personne; et maintenant une femme occupait toutes ses pensées et l'empêchait de trouver le sommeil nécessaire pour aborder, l'esprit vif et les idées claires, la bataille dont l'avenir de son pays dépendait.

Il ne verrait peut-être plus Lisaveta, ni son enfant. Cette pensée le déchirait mieux qu'un coup de sabre et lui coupait la respiration. C'était une possibilité qu'il avait du mal à accepter.

Puis il essayait de se raisonner, de se rassurer. Il n'avait jamais été blessé... Les balles semblaient se détourner de lui... Son ange gardien ne l'avait jamais abandonné... Mais ces phrases par lesquelles ses amis — ou ses adversaires — saluaient sa chance insolente, ne lui étaient plus d'aucun réconfort.

Comme il s'asseyait brusquement, Ivan accourut.

— Je ne peux pas dormir. Puis-je avoir un verre de thé ?

Pendant que son ordonnance s'activait devant le petit fourneau de campagne, il s'habilla. Tunique propre, bottes, ceinture aux revolvers, fourreau décoré du ruban de Saint-Georges... Il compléta sa tenue avec une cartouchière supplémentaire et glissa dans sa ceinture ses poignards kurdes, son dernier atout en cas de difficulté.

Debout, il but son thé, puis le petit verre d'arak, cette liqueur très forte qu'Ivan lui donnait toujours avant la bataille.

— Merci, Ivan.

Accomplir les gestes familiers l'aidait à surmonter son trouble.

— Demain, nous dînerons à Kars, murmura-t-il. Souhaite-moi bonne chance.

L'ordonnance se jeta à genoux pour saisir la main du prince et la couvrit de baisers.

— Dieu chevauche avec vous, Batiouchka ! s'écria-t-il.

Et tandis que Stefan sortait dans l'air froid de la nuit, Ivan traça un grand signe de croix dans son dos.

Les troupes avaient pris leurs positions de départ au cours de la nuit et attendaient l'ordre de se mettre en mouvement. Selon une coutume solidement établie, Stefan se mêla aux hommes pour leur parler, leur redire toute la confiance qu'il mettait en eux, offrir des paroles d'encouragement aux uns et aux autres, et promettre à tous que bientôt ils danseraient sur la grand-place de Kars.

Cent fois, mille fois, il répondit à la même question : oui, il conduirait, en personne, l'assaut contre la forteresse.

Il se trouverait à la tête de la onzième division de cavalerie, forte de douze régiments, et chargerait sur les forts de Karadagh et de Tabias qui défendaient la citadelle.

C'était à la cavalerie qu'incombait de réussir la plus difficile des tâches : se lancer à la rencontre de l'ennemi, bousculer les lignes de défense et préparer ainsi le terrain pour l'infanterie. Et bien que les ordres n'eussent pas encore circulé, tous les cavaliers savaient qu'ils auraient à enlever les deux forts, coûte que coûte.

Pendant une demi-heure, Stefan conversa ainsi avec ses hommes, révisa rapidement le plan de bataille avec les officiers et les sous-officiers. Lorsqu'il fut certain que chacun avait bien compris ce qu'on attendait de lui, il se porta à la tête de la division pour l'ultime prière, ainsi qu'il le faisait toujours. Sa haute silhouette se découpa sous la lune. Il baissa la tête dans un geste de recueillement, et demanda à Dieu de donner à tous le courage nécessaire, et la victoire s'il Lui plaisait.

C'était un rituel qu'il tenait de son père, et auquel il attachait beaucoup d'importance, car il contribuait à la cohésion des troupes qui allaient combattre. Mais il n'ignorait pas qu'au même moment, Mouktar Pacha formulait d'autres prières tendant vers le même but, et qu'en définitive, c'étaient les hommes qui faisaient la victoire ou la défaite.

Un murmure de conversations reprit ensuite. Les soldats s'encourageaient mutuellement, s'adressaient d'ultimes confidences, formulaient leurs dernières volontés. Haci échangeait des plaisanteries corsées avec ses guerriers kurdes, puis, du même souffle, leur recommandait de ne pas quitter de l'œil leur général-prince. Autour de Stefan, les officiers fumaient une cigarette et vérifiaient leurs armes.

Le moment de vérité approchait. Battant ses flancs pour se réchauffer, Stefan consulta sa montre et dit avec calme :

— En selle.

Il régla ses étriers, puis se pencha sur Cléo pour lui flatter l'encolure et lui promettre de gras pâturages et du repos lorsque cette affaire serait terminée. Comme s'il comprenait, l'animal tourna la tête pour jeter à son maître un regard empreint d'intelligence et d'affection. Il y avait entre eux, qui avaient parcouru ensemble les plaines d'Asie et participé à toutes les batailles, une longue complicité. Presque de l'amitié.

Puis Stefan se retourna et croisa du regard des milliers de paires d'yeux. En rangs serrés, dans un ordre impeccable, les Circassiens, les Kurdes, les Daghestanis et les Cosaques frémissaient d'impatience, l'œil rivé à leur chef, le seul général qui précédait ses troupes dans la bataille.

Il portait l'uniforme blanc des chevaliers-gardes, reconnaissable entre tous. A son côté, un Circassien en cafetan doré et casque métallique soutenait haut l'étendard personnel du général, un immense carré de soie rouge portant la croix blanche de Saint-Georges et les initiales Y.B. Cette bannière glorieuse avait assisté à la chute de Kazan et à la soumission des tribus kirghizes, elle avait traversé tous les champs de bataille qui avaient fait la réputation de Stefan.

La lune toute ronde observait, étonnée, ces hommes qui se préparaient à s'entre-tuer. Un silence impressionnant régnait sur la plaine et sur les montagnes, dans les troupes d'assaut et parmi les défenseurs. Chacun retenait son souffle.

Stefan toisa la masse formidable des forts qui se découpaient sur l'horizon. Karadagh et Tabias, construits par des ingénieurs anglais et prussiens, ne seraient pas faciles à enlever. Mais le général connaissait bien le terrain, il aurait pu le parcourir les yeux fermés.

Il était prêt. Ses hommes étaient prêts.

L'heure était venue.

Enroulant les rênes autour de son bras gauche, de façon assez lâche afin que Cléo eût toute liberté de mouvement, il leva très haut le bras droit. C'était le signal. Un clairon sonna deux notes, et toute une fanfare sonna la charge.

Bannières flottant au vent, environnée d'un nuage de poussière si dense qu'on avait l'impression qu'elle flottait au-dessus du sol, la onzième division de cavalerie se mit en branle.

La fumée qui apparut presque aussitôt sur les remparts de Kars annonçait la mort. Les canons turcs se mirent à cracher une mitraille dense, effroyablement meurtrière, qui ne réussit même pas à ralentir la progression de l'armée d'assaut. Les hommes tombaient, d'autres prenaient leur place aussitôt. La cavalerie avançait.

Sous ce déluge de feu, Stefan avait enfin recouvré sa liberté d'esprit. Insoucieux des balles qui sifflaient à ses oreilles, il n'avait plus qu'un but : la victoire. Parcourant en tous sens le champ de bataille, il voyait tout, comprenait tout, et agissait en conséquence. Un bataillon semblait-il fléchir? Il allait se placer à sa tête; galvanisés, honteux peut-être d'avoir démérité, ces hommes repartaient à l'attaque avec une ardeur renouvelée. Mais d'autres, déjà, avaient besoin d'encouragement. Stefan y pourvoyait aussitôt.

Autour de lui, les soldats tombaient par centaines, ses officiers même étaient décimés, mais il semblait qu'une nouvelle fois le miracle dût s'accomplir : les balles passaient, mais ne touchaient pas Stefan.

19.

La puissance de feu des Turcs était telle que leur artillerie traçait sur le champ de bataille une ligne de feu quasi infranchissable. Découragés par une série de raids infructueux et meurtriers, les régiments russes commencèrent à flotter dangereusement. Avec horreur, Stefan reconnut les premiers signes de défaite : des hommes rebroussaient chemin pour ne plus affronter le déluge de feu. S'il ne réagissait pas immédiatement, c'est son armée entière qui se débanderait dans peu de temps.

Il n'avait que deux bataillons en réserve, mais les deux meilleurs de la division. D'un signe de son étendard, il leur donna l'ordre d'accourir, et prit aussitôt leur tête. Rameutant au passage les traînards et les fuyards, il reconstitua en un clin d'œil un corps considérable, quoique hétéroclite, qu'il lança de toutes ses forces contre la forteresse.

Mais Kars, devant eux, véritable matérialisation de l'enfer, environnée de flammes et de fumée, crachait toujours la mort. La tentation de fuir, de nouveau, effleura les hommes, mais ils n'eurent pas le cœur d'abandonner leur général qui les précédait de plus de cinquante pas, l'épée haute.

Une balle frappa cette épée qui fut arrachée des mains de Stefan et tomba au sol après avoir tourbillonné dans le soleil levant. Mais déjà, une autre lame, tirée de ses fontes, avait pris sa place.

Avec son uniforme couvert de boue et son visage noir de poudre, Stefan était effrayant à voir, et ce fut en hurlant comme un sauvage qu'il termina le sanglant parcours. D'un seul bond, Cléo passa par-dessus l'escarpe et la contrescarpe, franchit le dernier parapet et pénétra dans la redoute comme un ouragan. Stefan souriait, heureux de sentir en lui l'excitation de la bataille. A chacun de ses hurlements répondaient les vociférations de ses hommes qui ne le quittaient plus d'une semelle et le suivraient désormais jusqu'à la consommation de la victoire.

Vingt minutes plus tard, la redoute tombait aux mains de l'armée russe. Quelques survivants turcs, pour la plupart blessés, se rendaient.

Mais il s'agissait désormais de tenir la position chèrement acquise, dominée par le fort de Tabias, dont la puissance de feu restait intacte. Stefan savait qu'une contre-attaque ne manquerait pas d'avoir lieu. Pour conserver une chance de victoire, Mouktar Pacha n'avait d'autre choix que de renforcer sa position dans Tabias pour essayer de reprendre Karadagh. Les deux adversaires connaissaient parfaitement l'importance des deux forts qui défendaient l'accès à la citadelle.

La cavalerie de Stefan repoussa le premier assaut des forces turques regroupées, donnant ainsi aux grenadiers et à l'infanterie le temps d'escalader les parapets et de prendre leurs positions. Une nouvelle contre-attaque turque, de grande envergure cette fois, dévalait de Tabias.

Le choc brutal dépassa en horreur ce qu'on avait connu jusque-là. Stefan et ses Kurdes se trouvaient au cœur de la mêlée, fort confuse. Le cliquetis des armes blanches, obsédant, ponctué par les cris d'agonie de ceux qui tombaient, couvrait la pétarade de l'artillerie qui continuait aux alentours. Malgré la température toujours froide, la sueur coulait sur les visages. Ivres de rage, les hommes se concentraient sur ce seul but : tuer pour survivre, et chacun, en distribuant les coups d'épée, tenait la sinistre comptabilité de ses victimes.

A midi, le combat durait encore. Mais le temps n'avait plus d'importance. On se battait pour une casemate, un pan de mur, un simple trou. Le ciel tourna au gris, puis au noir; une à une, les étoiles s'allumèrent. Le combat n'avait toujours pas cessé.

Taché de sang, tailladé par les coups de sabre, l'uniforme blanc de Stefan portait tous les stigmates de cette effroyable mêlée. Son épaule droite ouverte jusqu'à l'os, il devait combattre désormais de la main gauche, après avoir enroulé les rênes autour du pommeau de la selle. Haci et ses hommes, une lame dans chaque main, faisaient de leur mieux pour protéger leur seigneur et maître.

Par deux fois, Stefan avait envoyé des estafettes à l'arrière pour demander des renforts, mais il n'avait rien obtenu. Ses hommes avaient-ils échoué à traverser la mêlée, ou l'état-major, jugeant la position perdue, hésitait-il à jeter de nouvelles forces dans la bataille ? En tout cas, la situation devenait très critique.

Le désespoir accabla Stefan lorsqu'il entendit les roulements des tambours qui annonçaient une nouvelle vague d'assaut turque. Même si ses renforts arrivaient maintenant, ils n'auraient pas le temps de gravir les escarpements pendant que les troupes de Mouktar Pacha dévaleraient de Tabias. Tous les hommes, épuisés après une journée de combat, avaient conscience que cette nouvelle attaque pouvait les anéantir.

Surmontant la douleur et la fatigue pour chercher, au plus profond de lui-même, ses dernières réserves d'énergie, Stefan rassembla d'un cri ses combattants et se porta au-devant des Turcs qui franchissaient déjà le parapet. Il devait les arrêter, sinon tout était perdu. Il n'avait pas le droit de laisser réussir cette contre-offensive, sans quoi des centaines d'hommes seraient morts pour rien.

Les nouveaux attaquants tirèrent par-dessus le parapet quelques salves meurtrières, décimant la garde personnelle de Stefan. Mais la cavalerie se jeta à leur contact, suivie de près par l'infanterie. Défendant pied à pied un terrain jonché de cadavres et de mourants, les Russes n'avaient plus guère d'autre perspective que la mort.

Haci tomba. Immédiatement, Stefan sauta au bas de sa monture, rameuta les sept gardes qui lui restaient. Ils formèrent un rempart vivant autour du Kurde blessé sur lequel se brisèrent plusieurs vagues d'assaut. Toute la nuit, l'ennemi tenta de venir à bout de la résistance de ce petit groupe d'hommes. Mais quand l'aube blanchit l'horizon, ils demeuraient invaincus. Accroupis derrière les cadavres qu'ils empilaient comme des sacs de sable, ils faisaient des ravages chez les Turcs impuissants et furieux.

Les Russes avaient mis la nuit à profit pour rassembler le maximum de forces et lancer une deuxième vague d'assaut qui s'ébranla au moment où le soleil surgissait derrière les montagnes. Bousculés, les Turcs durent très vite se résigner à reculer. Mais ils n'avaient rien perdu de leur pugnacité. Ils défendirent chaque rue, chaque maison, essayèrent de reprendre l'offensive chaque fois que c'était possible, infligeant de lourdes pertes aux assaillants.

Kars était la plus importante des forteresses turques; après avoir dépensé des fortunes pour l'entretenir, le sultan était prêt à tous les sacrifices pour la conserver. Le général commandant la place avait promis à ses hommes le paradis s'ils étaient tués pour sa défense. C'est pourquoi ils préférèrent mourir que de se rendre. Ils continuèrent de combattre à chaque coin de rue et sur chaque barricade hâtivement élevée. Chaque fortin ne tomba qu'après une lutte longue et difficile. Mais après des affrontements d'une rare férocité, la citadelle finit par tomber, et les armes se turent. Il ne restait pas un survivant du côté des Turcs.

Le soleil à son zénith éclaira un champ de bataille sur lequel le silence tombait lentement comme le couvercle d'un tombeau. Les Russes se taisaient car ils n'osaient pas encore croire à leur victoire.

Bientôt, pourtant, une rumeur monta. C'étaient des cris isolés qui se répondaient d'un bout à l'autre de Kars. Puis ces hommes épuisés par trente-six heures de combat trouvèrent la force de s'égosiller pour chanter leur joie d'être encore en vie alors que tant d'autres avaient trouvé la mort. Ils avaient vaincu ! L'idée faillit foudroyer les survivants, tellement elle leur paraissait énorme, incroyable : l'armée du tsar avait pris l'imprenable forteresse de Kars, la fierté du sultan, le rempart de l'Islam !

Mais les hurlements de joie se muèrent bientôt en cris de douleur, car une nouvelle terrible se répandait avec rapidité : le général-prince Bariatinsky avait été tué avec ses fidèles guerriers kurdes dans la défense d'une redoute qu'il avait enlevée aux Turcs. Comble de malheur, il était mort avant de connaître l'heureuse issue du combat.

D'abord, personne ne voulut le croire. Le prince n'avait même jamais été blessé dans un affrontement guerrier ! C'était sûr, il allait bientôt apparaître pour démentir en riant ces stupides rumeurs...

C'est alors qu'explosa la réserve de munitions. La moitié de la citadelle disparut dans la déflagration, et ce qu'il en restait se mit à brûler. L'incendie se communiqua de proche en proche et, en moins d'une heure, toute la citadelle était la proie des flammes.

⁂

Le lendemain, les Russes avaient circonscrit le feu. Il fallut bien alors se rendre à l'évidence : le prince Bariatinsky était mort. S'il avait survécu à la bataille — ce qui aurait déjà été un miracle —, il avait perdu la vie dans l'explosion ou l'incendie.

Ainsi, l'empire avait payé le prix fort pour sa victoire sur les Turcs. On s'accordait pour dire que c'était trop : Kars ne valait pas la vie du prince. On racontait que le tsar avait pleuré en apprenant la nouvelle, puis qu'il s'était enfermé pendant une demi-journée, n'autorisant personne à le déranger. Lorsqu'il était sorti de sa retraite, il avait vieilli de dix ans.

De Saint-Pétersbourg à Bakou et d'Odessa à Vladivostok, les cloches se mirent à sonner le glas de Stefan Bariatinsky.

Lisaveta pâlit en entendant sonner les cloches de Tiflis. Tout de suite, elle eut conscience que le message qu'elles transmettaient ainsi s'adressait à elle avant d'appeler à la dévotion des fidèles. Quant à la teneur du message, elle n'était que trop évidente.

Quand le vice-roi arriva en visite officielle, précédé de son héraut d'armes, Lisaveta savait déjà ce qu'il allait lui annoncer. Elle savait parce qu'elle avait bien écouté les cloches qui n'avaient cessé de lui dire :

— Stefan... est mort... Stefan... est mort... mort... mort... mort...

Dans le grand salon, assise à côté de Lisaveta, Militza lui tint la main pour écouter le message du vice-roi. Kars avait été prise, grâce à l'action héroïque de Stefan... Des témoins disaient l'avoir vu repousser difficilement les attaques d'ennemis supérieurs en nombre... On relevait les cadavres, mais on ne l'avait pas trouvé... La forteresse brûlait encore par endroits, ce qui ne facilitait pas les recherches.

— Merci, prince Melikoff, d'avoir bien voulu nous apporter ces nouvelles, si tristes soient-elles, déclara finalement Militza.

— L'évêque célébrera un office funèbre demain. Si vous vous sentez assez fortes pour y assister...

— Nous y serons. Stefan était un héros de cette cité.

— De l'empire ! corrigea aussitôt Melikoff.

Il se leva pour prendre congé. Incapable de cacher plus longtemps son chagrin, Lisaveta éclata en sanglots.

— Excusez-nous, dit Militza en l'entraînant vers ses appartements.

Cette nuit, Lisaveta dormit dans le grand lit de Stefan, environnée de tous ses vêtements qu'elle avait tirés des armoires. Elle avait pris tout ce qu'elle avait pu trouver, les uniformes comme les tenues de soirée, et les avait disposés en piles compactes, pour former un rempart derrière lequel elle s'était recroquevillée, comme un animal blessé.

Elle avait toujours su que les hommes se font tuer à la guerre. Elle avait même envisagé la mort de Stefan comme possible. Mais comme on lui avait affirmé à maintes reprises que son époux jouissait d'une chance peu commune, que la seule vue de son uniforme faisait fuir l'ennemi, elle avait fini par repousser l'effrayante possibilité, comme improbable.

Et maintenant, elle connaissait un désespoir sans limite, un désespoir qui l'accompagnerait chaque seconde de sa vie, qu'elle oublierait à peine en s'endormant, et qu'elle retrouverait chaque matin à son réveil.

La sensation de vide qu'elle éprouvait était telle qu'il lui semblait avoir perdu et son esprit et son âme. Lisaveta essaya bien de penser au paradis, à la clémence divine, mais elle n'en tira aucun réconfort. Aucune religion ni aucune philosophie ne pourrait jamais lui faire accepter l'absence de Stefan.

Militza fit de son mieux pour la réconforter en lui rappelant sa propre expérience : son propre mari avait trouvé la mort au combat. Mieux que quiconque elle était en mesure de comprendre le désespoir de la jeune femme, et elle savait que l'apaisement vient malgré tout, quoi qu'on pense, quoi qu'on dise. Le temps est le grand consolateur.

— Je veux mourir aussi, répétait Lisaveta.

— Non, répondait Militza d'un ton ferme. Je ne vous laisserai pas mourir. Votre bébé a besoin de vous.

— Le bébé... Je ne le sens même pas bouger. J'ai peur qu'il soit mort, lui aussi.

— Quelle folie ! Il est trop tôt pour sentir bouger le bébé... le bébé de Stefan. Le bébé de Stefan ! répéta Militza en prenant entre ses mains le visage de Lisaveta. Le bébé qu'il attendait avec tant d'impatience.

Elle s'interrompit, adressa au ciel une prière muette pour ne pas pleurer, puis demanda :

— Savez-vous ce que Stefan a fait, avant de partir pour Kars ?

Alors, elle se mit à évoquer les projets de Stefan pour son enfant. Il avait commandé des jouets à Saint-Pétersbourg, donné carte blanche à Mme Drouet pour une layette complète, et ses instructions à un menuisier pour fabriquer un cheval à bascule semblable à celui qu'il avait lorsqu'il était petit. Il avait retenu les services du médecin personnel du tsar pour l'accouchement. Enfin, il avait même prévu de planter un bouquet d'arbres dans le parc pour commémorer la naissance.

Ses mots semblaient tirer Lisaveta de sa léthargie. Aussi, Militza continua-t-elle longtemps à parler de l'enfance de Stefan : ses premiers pas, ses premiers mots, son ours préféré et son premier cheval. Il savait monter avant de savoir marcher ! se souvint-elle. Il surpassait ses camarades dans tous les exercices physiques : la course, l'équitation, la natation.

Militza évoqua ensuite l'amour de Stefan pour Tiflis, et l'adoration du peuple pour son prince...

— C'était un homme généreux, conclut-elle. Et il vous aimait.

— Le bébé lui ressemblera, soupira Lisaveta. Il aura ses beaux yeux, ou son sourire. Est-ce qu'il était grand ?

— Oui, il a toujours été le plus grand dans un pays qui ne comporte que des hommes grands.

— Nous apprendrons au bébé à monter à cheval, comme Stefan.

Lisaveta reprenait quelques couleurs, elle formait des projets. Assise sur le lit, elle repoussa en arrière sa lourde chevelure et sourit faiblement.

— Stefan n'aurait pas aimé me voir ainsi, n'est-ce pas ?

— Certainement pas ! Il croyait que chacun doit se prendre en charge et supporter avec dignité les épreuves que le ciel nous envoie.

— C'est ce qu'il faisait ?

— Toujours.

— Alors, je serai aussi courageuse que lui, affirma Lisaveta. Pour son enfant.

Emue jusqu'aux larmes, Militza prit les mains de la jeune femme et lui confia d'une voix brisée :

— Il serait fier de vous.

Les rumeurs commencèrent à circuler peu de temps après. Les corps de Stefan et de ses gardes kurdes n'avaient pas été retrouvés, et on pensa d'abord qu'ils avaient été pulvérisés par l'explosion ou consumés par l'incendie. La moitié des cadavres et un grand nombre de blessés avaient disparu de cette façon. Les hurlements des malheureux qui voyaient approcher les flammes sans pouvoir les fuir, l'épouvantable odeur des chairs brûlées, la fumée noire et dense qui plana pendant deux jours au-dessus du champ de bataille frappèrent l'imagination des survivants de façon indélébile.

C'est d'ailleurs de ces scènes dantesques que naquirent les premières légendes à propos de Stefan.

Ce dernier avait toujours entretenu avec son armée des liens très forts et d'une nature particulière. Il combattait avec eux, et toujours au premier rang, partageait leurs repas, dormait au milieu d'eux et endurait les mêmes épreuves. Il comprenait leurs frayeurs, s'associait à leurs triomphes, écoutait leurs confidences. Plus qu'un chef, il était un père pour eux ; pour cela, beaucoup ne voulurent pas admettre qu'il avait péri et cherchèrent à expliquer sa disparition d'une manière plus conforme à leurs désirs. Le général blanc, le prince, le sauveur de Miroum n'avait jamais connu la défaite. Même Kars, la forteresse des forteresses, avait dû s'incliner devant lui. Il ne pouvait pas connaître la mort.

On raconta aussi qu'il s'était fait pèlerin, comme le pieux et gentil tsar Alexandre Ier, et qu'il parcourait la steppe à la recherche d'un désert parfait où il pourrait mener la vie d'ermite.

Lorsque Nikki entendit rapporter ces faits étranges, il les prit d'abord pour des légendes naïves forgées par un peuple volontiers mystique. La disparition du général avait frappé la Russie dans son essence même. Chacun savait qu'il ne se trouverait pas de héros assez prestigieux pour remplacer le disparu, dont le charisme surpassait les dons d'un simple mortel.

Deux semaines passèrent. Les rumeurs sur la réapparition de Stefan circulaient toujours, et elles s'augmentaient même chaque jour de nouveaux récits, toujours plus merveilleux. En homme raisonnable, Nikki n'en tenait aucun compte, mais il écoutait avec patience et courtoisie ceux qui venaient les lui rapporter.

Haci, à son tour, intervint dans cette trame légendaire. Des témoins affirmaient l'avoir vu dans les montagnes, veillé par Stefan, qui soignait les terribles blessures de son fidèle compagnon. Les détails accompagnant ce nouveau développement sonnaient vrai.

Alors, Nikki rentra chez lui et ordonna qu'on fît ses bagages.

Il arriva à Tiflis quatre jours plus tard et demanda une entrevue à Lisaveta pour lui expliquer l'improbable recherche qu'il allait entreprendre. Militza, ombre tutélaire, se tenait un peu en retrait.

Très pâle, toute droite dans son fauteuil, Lisaveta écouta en silence les propos de Nikki. Ses grands yeux cernés de bistre semblaient lire directement dans l'âme de son interlocuteur.

Pourquoi se sentait-il obligé d'accorder foi à des récits qu'il avait d'abord méprisés ? Il l'ignorait, mais il avait conscience que son devoir l'obligeait à accomplir cette mission. De tout son cœur, il croyait maintenant en la véracité des rumeurs.

— Il faut manger ! lui dit tout à coup Nikki, malheureux de voir la jeune femme aussi maigre.

Elle lui répondit, dans un pauvre sourire :

— Je mange, Nikki. Pour le bébé de Stefan.

Il lui prit les mains pour mieux étudier son visage. Elles étaient glacées.

— Il faudrait que je sorte un peu, dit-elle encore. Mais toi, tu as l'air d'aller tout à fait bien.

Trop pris par l'importante mission qu'il s'était assignée, Nikki revint au but de sa visite.

— Les histoires dont je vous ai parlé ressemblent fort à celles qu'on a colportées après la mort d'Alexandre Ier. Je ne voudrais pas vous donner de faux espoirs, mais...

— Emmène-moi !

Déjà, agitée, Lisaveta s'était levée, prête à partir. Surpris par une réaction qu'il n'avait pas prévue, Nikki éleva les mains.

— Trop dangereux, dit-il. On continue de se battre autour de Kars et d'Erzouroum. Bien que les négociations aient commencé, l'armistice n'est pas signé. Je ne veux pas t'exposer à un tel danger.

— Nous pourrions nous faire accompagner d'une petite escorte...

Lisaveta se tourna alors vers Militza pour quêter son approbation.

— J'ai peur que Nikki ait raison, déclara doucement la vieille dame. Stefan ne voudrait pas que vous exposiez ainsi votre vie.

— Je vous maintiendrai constamment informées des progrès de mon enquête, proposa Nikki pour atténuer la dureté de ce double refus.

Lisaveta soupira, trop vite résignée, puis demanda :

— Quand repars-tu ?

— Demain matin. Militza a fort gentiment mis à ma disposition les écuries de Stefan.

Le regard de Lisaveta s'éclaira.

— Cléo nous est revenue ! N'est-ce pas un signe favorable ?

— Peut-être, répondit prudemment Nikki.

— Des témoins dignes de foi ont raconté que Cléo avait été capturée par les Turcs, expliqua Militza. Une prise de guerre, en quelque sorte. Mais trois jours plus tard, la jument réapparaissait au camp russe. On l'a ramenée ici. Est-ce que son instinct lui souffle que son maître est toujours vivant et qu'elle doit aller à sa recherche ? Vous la verrez, Nikki : elle ne connaît ni trêve ni repos. Cela fait deux fois qu'elle brise la porte de sa stalle... C'est un signe, insista-t-elle. Merci de bien vouloir accomplir cette mission de... vérification.

Lisaveta conservait une attitude pondérée, mais son cœur battait plus vite. Son cousin avait-il noté son agitation suspecte ? Non, il ne semblait pas...

— Tant que nous n'aurons pas vu Stefan de nos propres yeux, déclara-t-il, nous devons tenir pour nul et non avenu ce mythe de sa réapparition.

— Bien sûr, acquiesça la jeune femme.

Très fière de ses dons de dissimulation, elle calculait en même temps qu'un bon manteau de fourrure lui serait nécessaire : les nuits étaient déjà fraîches dans la montagne, et on allait vers l'automne.

Lisaveta et Militza se levèrent fort tôt le lendemain matin pour assister au départ de Nikki et lui souhaiter bonne chance. Il disposait de provisions pour un mois et de vêtements suffisamment chauds pour affronter le plus rigoureux des hivers — si sa mission se prolongeait au-delà de ce qu'il avait prévu. Il promit d'envoyer chaque jour une dépêche télégraphique sur l'avancement de ses recherches et fit ses adieux.

Le cortège se mit en route.

Prétextant une violente migraine, Lisaveta regagna aussitôt ses appartements.

Elle se défit de sa robe pour endosser une tenue de voyage préparée la veille. D'une armoire, elle tira le sac qu'elle avait bourré, hier soir, de tout ce qui lui serait nécessaire : manteau d'astrakan, vêtements de laine, écharpes, gants, bottes fourrées...

Son bagage sur l'épaule, elle emprunta un escalier de service, sortit du palais sans se faire remarquer de quiconque et gagna les écuries.

Surpris, les palefreniers satisfirent néanmoins sa demande.

Dix minutes plus tard, Lisaveta galopait à la poursuite de Nikki.

20.

Elle le rattrapa aux environs de midi.

Nikki avait fait une halte pour déjeuner et se préparait à repartir lorsqu'un de ses hommes lui signala le cavalier qui arrivait au galop. Ils attendirent et ne furent pas longs à reconnaître qui leur arrivait là. Nikki proféra alors une effroyable bordée de jurons, mais s'avança à la rencontre de la jeune femme.

— Je suppose, grommela-t-il en guise de bienvenue, que je perdrais mon temps à te conseiller de retourner à Tiflis ?

— Je ne te ralentirai pas, c'est promis.

Ses joues rougies attestaient l'effort que Lisaveta venait de fournir, mais plus encore la joie qu'elle éprouvait à agir enfin.

— Tu risques de faire du mal au bébé..., objecta encore Nikki.

— Les femmes de mon pays ne descendent de cheval que pour accoucher ! lui fut-il répondu fièrement.

— Ce n'est pas une raison pour...

— Je ne rentrerai pas, cher cousin. Que cela soit dit une fois pour toutes.

Nikki laissa échapper un soupir résigné, sans pouvoir cependant s'empêcher de sourire. Cette petite Lisaveta avait du caractère ; il s'en doutait déjà, mais à ce point-là, il ne l'aurait pas cru !

— Allons-y, lança-t-il en faisant faire un demi-tour à son cheval.

Ils chevauchèrent pendant une semaine, quittant peu à peu l'agréable climat de Tiflis pour les températures plus fraîches des premiers contreforts montagneux. Quatre jours avant d'arriver dans la région de Kars, ils passèrent leurs manteaux de fourrure ; ils s'arrêtaient plus souvent, afin de se réchauffer autour d'un feu de camp. Lorsqu'ils traversaient un village, ils questionnaient les habitants. Mais personne n'avait entendu parler de Stefan.

Bien que la Russie eût aboli, quelque vingt ans plus tôt, le vieux système féodal, les nomades kurdes des hauts plateaux autour de Kars considéraient toujours Stefan comme leur seigneur et maître. Les tribus, très indépendantes, louaient leurs services de mercenaires au plus offrant, mais plaçaient au-dessus de tout leur fidélité à la famille qui les fédérait depuis des siècles.

Nul parmi eux ne semblait avoir vu Stefan, ni comme soldat blessé ni comme pèlerin. Pourtant, les légendes avaient circulé, on les connaissait. Après des journées de palabres patients, Nikki n'eut même pas la satisfaction d'avoir glané un élément nouveau.

La guerre avait décidément tourné en faveur des armées russes. Les Turcs s'étaient repliés sur Erzouroum, cité contre laquelle allait être donné l'assaut final.

On croisait des troupes russes, de plus en plus nombreuses, qui convergeaient sur Erzouroum, tandis que dans l'autre sens remontaient les convois de blessés. Chaque fois qu'il le pouvait, Nikki interrogeait les officiers : avaient-ils entendu parler des rumeurs ? Avaient-ils aperçu quelqu'un dont le signalement correspondrait à celui de Stefan ?

Mais toujours il obtenait la même réponse : non.

L'hiver approchait, les chutes de neige ralentissaient leur progression. Ils parcouraient maintenant les plus hautes montagnes, des régions si désolées que même les rudes tribus hésitaient à s'y aventurer. Le froid intense faisait souffrir Lisaveta. Un matin — la veille de leur arrivée à Kars —, elle grelottait en se réveillant, malgré les couvertures et les fourrures dont elle était couverte.

— Tu ne devrais pas être là, lui reprocha doucement Nikki.

— Il le faut, répondit la jeune femme. Ne t'inquiète pas, tout va bien.

Un des hommes de l'équipe se hâta de rallumer le feu de camp et de préparer du thé. La première tasse, fumante, fut pour Lisaveta.

« Plus qu'un jour, décida alors Nikki. Demain, nous parlerons aux militaires stationnés à Kars, et si nous n'obtenons aucun renseignement significatif, nous rentrerons à Tiflis. »

Il se tourna vers sa cousine, à qui le chaud breuvage avait rendu quelques couleurs, et lui annonça, d'un ton encourageant :

— C'est aujourd'hui ou jamais...

La fin du voyage se fit en silence. Enfin, ils aperçurent la monstrueuse silhouette de la citadelle qui se découpait dans le soleil couchant.

— Demain matin, nous irons parler au commandant de la place, annonça alors Nikki, et si tu te sens assez forte, nous pourrons reprendre notre voyage de retour aux alentours de midi.

— J'aimerais aussi, dit Lisaveta, voir l'endroit où Stefan a trouvé la mort.

Nikki ne put s'empêcher de laisser échapper un soupir d'impatience. A présent, il avait hâte de rentrer.

— Tu sais, objecta-t-il, il y a eu une énorme explosion. Il ne reste pas grand-chose.

— Je comprends..., répondit Lisaveta d'un ton patient. Pourtant, j'aimerais quand même voir les lieux.

Le lendemain, ce fut le commandant en personne qui les emmena visiter le site où Stefan et ses gardes avaient tenu tête à l'armée turque tout entière, et sur lequel on avait dressé un mémorial à la gloire du grand soldat disparu. Sous un immense voile de crêpe noir, flottaient les drapeaux et les bannières pris à l'ennemi, la plupart en lambeaux ou à moitié déchirés. Au pied des mâts s'amoncelaient les offrandes apportées par les soldats, menus objets personnels dont la modestie et la naïveté auraient fait sourire en d'autres circonstances : portraits d'une mère ou d'une fiancée, médailles, petites icônes, bijoux... Il y avait même des bottes et des vestes d'uniforme.

Lisaveta voulut ajouter sa propre offrande à celles des soldats. Mais comme elle n'avait rien sur elle qui pût convenir, elle retira son manteau de fourrure et fit passer par-dessus sa tête le gros chandail emprunté à la garde-robe de son mari, qu'elle déposa sous le drapeau noir. A genoux sur le sol gelé, elle murmura :

— Tu me manques... tant...

Nikki vit ses épaules secouées par les sanglots. Il la prit dans ses bras et l'aida à se relever en essayant de trouver les mots propres à la consoler.

— Son souvenir restera éternel, car il fut le héros de toute la nation... Toute la Russie l'aimait...

Devant ce monument poignant élevé par les soldats à la mémoire de Stefan, ils prenaient tous deux conscience de la réalité d'une disparition à laquelle ils n'avaient pas voulu croire.

Tout était consommé.

*
**

Moins d'une heure plus tard, ils prenaient le chemin du retour, sous un ciel livide. Il faisait froid, et la neige ne tarda pas à tomber. Le vent, qui soufflait par violentes rafales, rendait leur progression difficile.

Nikki fit presser l'allure à la petite caravane.

— Il faut que nous soyons à Meskoï avant la tombée de la nuit, dit-il. Là, nous attendrons la fin de la tempête de neige.

Ils avancèrent en silence, serrés les uns contre les autres de peur de se perdre. Ils n'y voyaient pas à dix pas, et le vent et la neige effaçaient leurs traces. Ils étaient perdus dans un monde uniformément blanc et glacé.

La nuit commençait à tomber quand Lisaveta saisit soudain le bras de Nikki pour attirer son attention.

— Regarde ! fit-elle.

Sur une colline, deux silhouettes semblaient progresser avec difficulté dans la tempête.

Nikki hocha la tête, mais ne ralentit pas.

— Nous ne pouvons pas les attendre. Il nous reste un long chemin à faire et la nuit tombera vite.

— Ils ont peut-être besoin d'aide. Il m'a semblé qu'ils nous adressaient des signes.

— Mais non, ils réussiront très bien à s'en sortir sans nous. Les gens de ces contrées sont habitués au climat.

Il avait maintes fois entendu des récits de voyageurs imprudents saisis par la nuit et qu'on avait retrouvés, plusieurs jours plus tard, morts de froid.

— Combien de temps cela nous prendrait-il de les recueillir ? demanda Lisaveta. Regarde ! Les voilà de nouveau !

Nikki sortit ses jumelles pour observer les deux personnages.

— Je les vois, en effet.

Ils portaient le grand manteau noir en usage dans la région et une toque de fourrure. L'un soutenant l'autre, ils tentaient de gagner la route, ce qui n'allait pas sans mal.

— Ce sont deux paysans, indiqua Nikki. Ils connaissent la région comme leur poche ; ils sont bien équipés et n'ont besoin de rien.

— Nous devrions les aider.

Nikki jeta à la jeune femme un regard assez noir. Pourquoi tant d'obstination ? eut-il l'air de demander. Mais Lisaveta plaida la cause des deux inconnus.

— Il y a tant de neige ! Même si la région leur est familière, la tempête peut leur être fatale.

Comprenant qu'il n'aurait pas le dernier mot, Nikki soupira.

— Et toi ? demanda-t-il. As-tu au moins assez chaud ? Cette affaire pourrait nous prendre un quart d'heure.

— Après tout ce que j'ai enduré depuis le début de ce voyage, un quart d'heure de plus ou de moins...

Nikki replia ses jumelles et lança à un de ses hommes :

— Allons-y !

Rabattant sur ses yeux sa toque de loup gris, il quitta la route pour s'engager dans l'immensité neigeuse.

Pendant que les chevaux progressaient difficilement en direction des deux silhouettes, Lisaveta demanda à un des hommes de lui prêter ses jumelles. Elle put ainsi apprécier à sa juste mesure le combat que Nikki et son compagnon menaient contre l'épaisse couche de neige. Puis elle souleva l'instrument pour mieux voir les deux inconnus.

Elle nota que celui qui soutenait son compagnon était plus grand que la moyenne, et son cœur bondit, réaction instinctive qu'elle annihila aussitôt par le pouvoir de la réflexion : les Kurdes sont souvent grands... Pourtant, elle continua à scruter la silhouette dont elle distingua soudain les mains. Un détail la frappa...

— Non !

Lisaveta ne voulait pas formuler l'idée qui l'avait fugitivement traversée. Elle ne voulait pas tomber dans l'irrationalité ou la superstition. Stefan avait disparu dans la catastrophe finale de Kars, les rumeurs rapportées sur son compte n'avaient d'autre fondement que le désespoir de soldats qui refusaient de s'avouer orphelins.

Reposant les jumelles, elle détourna le regard pour forcer son esprit à un peu plus de sérénité. Mais la scène qu'elle venait de voir brièvement continuait de la perturber. Le plus petit des deux hommes lui avait semblé très handicapé, et l'autre le portait presque pour lui éviter de marcher dans la neige...

Moins d'une minute plus tard, elle donnait congé à sa raison et fixait les jumelles sur le plus grand des deux hommes, formulant les rêves les plus fous.

Le visage, qui lui apparaissait assez bien malgré l'épaisse toque de fourrure tombant sur les yeux, accusait un profil très aquilin. Comme chez Stefan...

Mais aussi comme chez la plupart des Kurdes !

L'homme se passa alors la main sur le visage pour en chasser la fatigue. Il ne portait pas de gants, et Lisaveta saisit un minuscule éclair vert et jaune.

Une bague portant une grosse émeraude...

Or les Kurdes ne portent jamais de bijoux !

Stefan, lui, ne quittait jamais son émeraude. « A quelle main, à quelle main ? » se demanda la jeune femme. Emue, affolée, elle ne savait soudain plus.

Les deux hommes avançaient toujours. Chaque pas leur était une souffrance. Soudain, ils semblèrent apercevoir les cavaliers qui venaient à leur rencontre, car le plus grand repoussa sa toque de fourrure et fit de grands gestes du bras.

— Stefan !

Lisaveta rejeta les jumelles et lança son cheval au galop dans la haute neige. Stefan, qui ne pouvait l'avoir encore vue, avait cependant reconnu le son de sa voix. Posant doucement l'homme blessé dans la neige, il se mit à courir à sa rencontre.

Nikki, lui aussi, avait forcé sa monture à accélérer dès qu'il avait reconnu Stefan, et ils se rencontrèrent enfin après une progression qui leur semblait devoir durer à l'infini. A bout de souffle, Stefan réussit cependant à sourire.

— Haci..., dit-il d'une voix à peine audible. Il faut le transporter...

D'un signe, Nikki ordonna à son compagnon de s'occuper du fidèle garde kurde.

Stefan fit encore deux pas et s'écroula dans la neige.

Cette chute n'échappa pas à Lisaveta, qui craignit aussitôt le pire. Elle éperonna son cheval en priant à haute voix :

— Mon Dieu ! Faites qu'il ne meure pas ! Faites qu'il ne meure pas...

Stefan se releva, lentement.

— Merci, mon Dieu ! s'écria alors Lisaveta d'une voix brisée par les sanglots. Oh, merci !

Debout, immobile dans la neige qui montait au-dessus de ses genoux, Stefan essayait de recouvrer une respiration normale. Ses inspirations rauques faisaient mal à entendre. Il porta la main à son épaule droite, dont la blessure venait de se rouvrir. Son sang, de nouveau, coulait, mais il souriait. Un sourire qui irradiait la joie, malgré la barbe qui lui mangeait le visage. Il souriait parce qu'un miracle venait de se produire et qu'il en était favorisé. Il souriait parce que Lisaveta, enfin, était là.

Il fallut à la jeune femme presque cinq minutes pour l'atteindre. Incapable d'attendre que son cheval eût parcouru les derniers mètres, elle se dressa sur ses étriers et parut s'envoler vers son mari retrouvé.

Comme il lui ouvrait les bras, le grand manteau noir se

déploya comme les ailes d'un immense oiseau. Elle tomba sur lui, et ils roulèrent dans la neige où ils restèrent immobiles, comme pétrifiés par un bonheur insoutenable.

Ils ne parlaient pas, le regard leur suffisait. Puis Stefan posa un index hésitant — et si rugueux ! — sur les lèvres de la jeune femme.

— Tu es vraie...

Oui, elle était vraie ! Lisaveta offrit alors à son mari un sourire plus radieux que le meilleur des souvenirs et lui avoua :

— J'avais peur, moi aussi.

Elle resserra son étreinte.

Cachant la douleur que lui causait ce geste d'amour inconsidéré, Stefan sourit héroïquement.

— J'ai rêvé de cette scène si souvent au cours des dernières semaines que, lorsque je t'ai vue, j'ai cru être le jouet d'une hallucination.

— Embrasse-moi, tu verras que je n'en suis pas une.

Lorsque Stefan eut sacrifié à ce tendre rite, Lisaveta lui demanda :

— Que faisais-tu dans cette neige ?

— Je rentrais à la maison, mon amour. Merci d'être venue à ma rencontre.

— Tu remercieras Nikki. Il m'a permis de venir avec lui.

— Permis ? Depuis quand demandes-tu la permission ?

Malgré les épreuves inhumaines endurées, Stefan restait capable de taquiner sa jeune femme ; il avait conservé tout son sens de l'humour. Et s'ils ne s'étaient pas trouvés dans un champ de neige, si Nikki et ses hommes n'avaient pas été présents, Lisaveta se serait aussitôt rebiffée pour affirmer haut et fort son indépendance.

La vie reprenait ses droits...

Mais la grimace de douleur que Stefan ne put dissimuler cette fois alarma son épouse. Elle prit un peu de recul et contempla avec horreur sa main pleine de sang.

— Mais tu es blessé !

— Rien de grave...

Pourtant, le sang coulait de plus en plus, imbibait le manteau de laine noire.

— Quelle sotte je suis ! s'exclama Lisaveta. Je ne pensais qu'à moi-même. Laisse-moi regarder. Est-ce que je t'ai fait mal ?

— Non, non. Je vais bien, rassure-toi. Comment pourrais-je aller mal, puisque tu es là ? Occupons-nous plutôt de Haci ; il est sérieusement touché, lui.

Le ton de Stefan changea brusquement. Préoccupé, les sourcils froncés, il se tourna pour voir comment Nikki s'occupait de Haci.

— Il a besoin d'un médecin..., poursuivit-il d'une voix brisée par l'émotion. Il est comme un frère pour moi, et il est le seul survivant de ma garde. Il m'a sauvé la vie. Maintenant, c'est à moi de l'aider.

Lorsqu'ils furent tous revenus sur la route, Stefan tint absolument à s'occuper du transport de Haci, et ils terminèrent le voyage.

Stefan raconta sobrement la bataille dans laquelle il avait failli perdre la vie ; il dit les minutes dramatiques au cours desquelles il avait vu tomber tous ses fidèles gardes autour de lui, et comment, alors que seuls survivants et tous deux blessés, Haci et lui se préparaient à repousser un nouvel assaut des Turcs. Il avait alors reçu par-derrière un violent coup de sabre, heureusement assené du plat, mais qui lui avait fait perdre conscience.

— Haci, encore plus mal en point que moi, a trouvé la force de me traîner dans une cave dont il avait repéré le soupirail. C'est là que nous avons attendu la fin des combats.

Pour ne pas troubler Lisaveta, il n'osa préciser qu'ils l'avaient échappé belle, car les Turcs avaient pour habitude de passer au fil de la baïonnette tous les blessés, de quelque bord qu'ils fussent. Ils ne s'encombraient pas d'ambulances, et les seuls chirurgiens qui accompagnaient leurs troupes étaient des volontaires idéalistes venus d'Europe.

— Ensuite, poursuivit Stefan, Haci a réussi à se procurer deux chevaux et à m'entraîner hors du champ de bataille. A ce moment, nous croyions encore à la défaite de notre camp.

— Mais nous avons gagné, précisa Nikki. Grâce à ta charge.

— Non, corrigea Stefan. Grâce à la charge de mes soldats.

Il compléta ensuite le récit de ces heures glorieuses.

— Haci ne pouvait pas connaître l'issue du combat lorsque nous nous sommes esquivés. Il y avait encore des Turcs partout. C'est pourquoi il m'a emmené dans les montagnes, pour plus de sûreté. Il a trouvé une cabane de berger où on avait laissé du fromage de chèvre séché et du millet, assez pour nous permettre de tenir jusqu'à la fin de l'hiver. Là, il m'a soigné avec un dévouement de tous les instants, sans craindre de mettre en danger sa propre santé. Je pense qu'il a une bronchite. C'est pourquoi je l'ai convaincu de quitter notre abri pour essayer de rallier les nôtres. C'était un pari insensé : sans moyen d'orientation, nous ne savions pas si nous nous dirigions vers le territoire de l'ennemi ou vers la Sainte Russie. Votre apparition est un véritable miracle.

Encaissée entre de hauts rochers déchiquetés, la route semblait gardée par d'immenses fantômes tourmentés. Le vent s'engouffrant dans la vallée ralentissait la marche des voyageurs, la neige tombait plus dru, et l'obscurité descendait plus vite. Des esprits faibles ou superstitieux n'auraient pas manqué d'y voir la conspiration d'esprits malveillants pour les empêcher d'atteindre leur but.

— Nous serons à Meskoï dans moins d'une heure,

annonça Nikki. Haci pourra y recevoir les soins nécessaires.

Stefan s'assura que son ami n'avait pas froid, puis il resserra autour de lui le grand manteau noir.

— Nous avons été élevés comme des frères, dit-il, et nous combattons ensemble depuis l'âge de seize ans.

S'approchant de lui, Lisaveta lui prit la main. Il tourna vers elle un regard embué de larmes.

— Nos fils seront amis. Je le lui ai promis.

— C'est une promesse à laquelle je m'associe de tout cœur, assura la jeune femme.

21.

— Tu es leur prince bien-aimé...

C'était le matin de Noël. Rayonnante de bonheur, Lisaveta reposait dans le lit conjugal au côté de Stefan. Les cloches de Tiflis, qui sonnaient à toute volée, célébraient sans retenue leur bonheur retrouvé.

Elles sonnaient depuis trois jours, sans discontinuer, pour annoncer au monde entier le retour de Stefan Bariatinsky. Les rues étroites de la vieille ville avaient été décorées de guirlandes de laurier, qu'on avait fait passer d'un balcon à l'autre et d'une fenêtre à celle de la maison d'en face.

Sur les grands boulevards, les soldats saluaient de salves incessantes le fier guerrier qui leur avait été rendu. Et les cloches, sans trêve ni repos, exigeaient des fidèles une action de grâces à Dieu, puisque Stefan Bariatinsky, le prince qu'on avait cru perdu, était rentré au pays.

— Je sais, dit Stefan avec une tranquille assurance. On nous aime bien, par ici.

— C'est plus que de l'amour, c'est de la dévotion, observa Lisaveta.

— Exactement ce que j'éprouve pour toi.

A ces mots, la jeune femme crut que du feu s'était mis à couler dans ses veines. L'homme que toute la

Russie adorait n'adorait qu'une seule personne : elle ! N'était-ce pas incroyable ?

— Dire que je t'ai trouvée, murmura encore Stefan qui agitait sans doute les mêmes pensées.

— Grâce aux bachi-bouzouks...

— C'est vrai. Il faudra que nous pensions à les remercier. Mais grâce aussi à ton imprévoyance, ne l'oublie pas.

Lisaveta protesta.

— Ce n'est pas ma faute s'ils se sont approchés si près d'Alexandropol !

— Non, répondit Stefan d'un ton conciliant. Rien n'était ta faute. Sauf, peut-être...

— Quoi ? Quoi ?

— Ton goût des études... spéciales. Si tu n'avais pas couru après les éditions de ton poète Hafiz, tu serais restée tranquillement à la maison à faire ce que les femmes sont susceptibles de faire.

— Et que sont-elles susceptibles de faire, les femmes ?

— Mais tu sais bien : le piano, la broderie, le thé, les bavardages insipides...

Les yeux de Lisaveta brillaient d'une colère non feinte. Mais elle riait quand même.

— Si vous continuez sur ce ton, prince Bariatinsky, vous allez recevoir une volée de bois vert dans peu de temps !

— Plaisante perspective. J'adorerais !

— Et je vous forcerai à retirer les scandaleuses paroles que vous venez de prononcer.

— Tu n'y penses pas sérieusement ?

— Si ! Je ne sais rien faire de ce que font les femmes.

— Tant pis. Tu es parfaite.

— C'est vrai. Tu l'avais remarqué, n'est-ce pas ?

— Oui. Et modeste, aussi.

Lisaveta sourit pour rendre son compliment à Stefan.

— Tout à fait comme toi...

Soudain, elle pensa qu'elle ne lui donnerait peut-être pas un fils. Cela le chagrinerait-il ?

— Et si nous avons une fille, demanda-t-elle alors très sérieusement, que se passera-t-il ?

— Elle sera princesse Bariatinsky. Les cloches de Tiflis sonneront pendant des jours et des jours.

— Vraiment, cela ne te ferait pas de peine d'avoir une fille ?

— Non. Elle sera notre enfant, conçue et élevée par amour.

A la pensée qu'elle aurait pu se retrouver seule pour s'occuper de leur enfant, Lisaveta ne put réprimer un frisson d'angoisse.

— Que se serait-il passé si Nikki n'avait pas entendu prononcer le nom de Haci ? interrogea-t-elle. Il n'aurait probablement pas décidé d'aller à ta recherche.

— Ne t'en fais pas, répondit tranquillement Stefan. Je t'aurais retrouvée, de toute façon. Mais je te serai éternellement reconnaissant d'avoir suivi Nikki dans cette recherche... très reconnaissant aussi, en fin de compte, que tu m'aies obligé à t'épouser.

Il roula sur le côté pour éviter le coup de poing de Lisaveta. Comme elle s'abattait sur lui pour faire mine de le frapper, il roula encore et tendit le bras en direction d'une petite table où il prit deux paquets.

— Ceci suffira-t-il pour obtenir la paix ? demanda-t-il en lui tendant le premier.

A genoux à côté de lui, Lisaveta s'arrêta, le bras levé.

— Homme prévoyant, dit-elle. Donne ! Voilà qui peut te sauver la vie.

— Je le savais !

— A condition qu'ils soient suffisamment précieux, bien sûr.

— Je crois que cela te plaira. Le deuxième est pour bébé.

Et il tendit un tout petit coffret de bois entouré d'un ruban de soie rouge.

Lisaveta ouvrit son présent. Elle y trouva un écrin de velours vert et un magnifique collier d'or auquel étaient suspendues deux ravissantes miniatures. Elles représentaient des villes d'Orient, hérissées de minarets et d'oriflammes. Tous les détails — les tours crénelées, l'appareillage des murs, les terrasses des maisons — étaient rendus avec une précision presque miraculeuse. Les portes, qui tournaient sur des charnières plus ténues que des cheveux, portaient le nom de la cité à laquelle elles donnaient accès : Boukhara, Samarkand.

Les yeux de Lisaveta s'emplirent de larmes. Comme l'amant des poèmes de Hafiz, Stefan lui donnait Boukhara et Samarkand.

— Si tu me promets de me faire un sourire, dit Stefan tout gêné par cette réaction, tu auras le droit d'ouvrir le présent de bébé.

Il sécha ses larmes, et la jeune femme lui sourit avant d'ouvrir le petit paquet.

Il contenait une clé.

— C'est une surprise, répondit Stefan au regard interrogateur que lui adressait Lisaveta. Viens avec moi.

Et il l'entraîna vers une porte qui ouvrait sur une pièce contiguë. Il introduisit la clé dans la serrure et dit :

— Ouvre.

Quand ce fut fait, Lisaveta resta immobile sur le pas de la porte, incapable de parler. La pièce avait été transformée en nursery ! Le plafond : un ciel de lapis-lazuli parsemé d'étoiles d'or. Le sol : une prairie de laine couverte de marguerites. Sur tous les murs : des personnages de contes de fées, joliment dessinés et peints.

Dans une embrasure de fenêtre, elle eut la surprise de reconnaître son propre berceau, et sur une table, son hochet d'argent, cadeau de Pierre le Grand à un de ses ancêtres.

— Qu'en penses-tu ? demanda Stefan, très fier de son œuvre.

— J'aime les étoiles.

— Petite fantaisie personnelle. Je suis content que tu approuves.

— J'aime tout, d'ailleurs. Tu es aimable et généreux, et je t'aime tant que mon cœur chante.

— Alors, répondit Stefan en enlaçant sa jeune femme dont la taille s'arrondissait, nous allons pouvoir faire chorus, car figure-toi que mon cœur chante aussi quand je te vois.

— Bientôt nous serons trois. Le début d'une vraie chorale...

— Dites-moi, princesse Bariatinsky, que vous ne pouvez pas vivre sans moi.

— Je ne puis, répondit Lisaveta de fort bonne grâce.

— Moi non plus, je ne peux pas vivre sans vous. A tel point que je n'ai même plus envie de guerroyer pour mon ami le tsar.

En réalité, il avait déjà pris sa décision : il irait remettre son épée entre les mains d'Alexandre II. La vie était trop courte, et il avait joué avec le feu trop longtemps. Il pensait de plus à son chalet dans la montagne, et aux travaux d'agrandissement qu'il y ferait entreprendre. Là, il pourrait mener une vie paisible, avec sa femme, ses enfants, ses chevaux et ses vignes. Oui, les forces qu'il ne prodiguerait plus pour la défense de l'empire, il les consacrerait désormais à la protection de son bonheur.

Suivant de l'index la profonde cicatrice — pas encore refermée — qui courait de l'épaule à la poitrine de Stefan, Lisaveta médita à voix haute :

— Les Bariatinsky ont accompli plus que leur devoir. Et puis, le traité sera bientôt signé. Qui sait ? Il n'y aura peut-être plus de guerres...

— J'espère bien que non ! s'exclama Stefan. Haci ne cesse de me dire qu'il est temps pour nous d'élever nos enfants et nos chevaux. Ce n'est pas une mauvaise idée, après tout.

LES HISTORIQUES

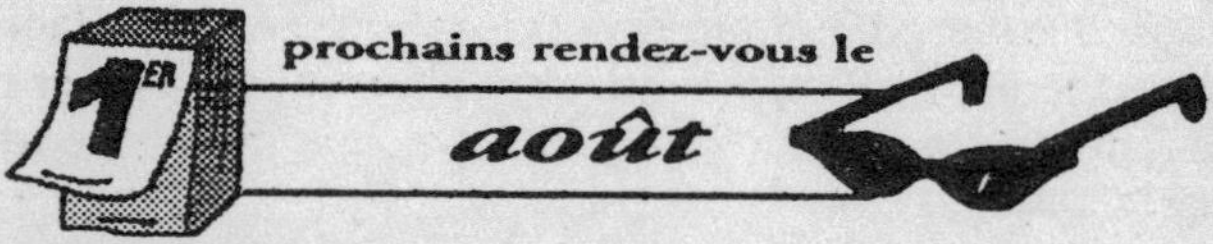

PERLE DE CHINE, *de Margaret Moore* • *n° 89*
Darcy Fitzroy, propriétaire d'une compagnie maritime, est bien aise d'apprendre que Wu Wing Toi, son débiteur chinois, est enfin décidé à acquitter ses dettes... mais il déchante lorsqu'il découvre qu'en guise de paiement, l'Honorable Wu lui a envoyé une jeune servante répondant au doux nom de Fleur de pêcher ! Certes, la mâtine est jolie et fort diligente, mais, selon Darcy, un homme du monde ne saurait se compromettre de la sorte. Il repousse donc les avances de Fleur de pêcher et tourne ses regards ailleurs — une attitude qui, assurément, découragerait la plus opiniâtre des Occidentales. Alors, pourquoi cette petite entêtée s'obstine-t-elle à vouloir lui complaire?

LA FÉE DE GWENFELYN, *de Maura Seger* • *n° 90*
En ce milieu du XIXe siècle, à l'aube de la révolution industrielle, Gwenfelyn n'est encore qu'un petit bourg gallois isolé du reste du monde, sur lequel l'énigmatique marquis de Montfort règne en véritable seigneur. L'homme vit reclus dans son manoir et ne fréquente que de loin ses administrés — jusqu'à ce que son regard croise celui de Morgana, la rousse institutrice du village. Aussitôt, le marquis pressent que le fleuve monotone de ses jours va bouillonner d'un courant nouveau. Car si Morgana possède la grâce et la légèreté d'un elfe, elle n'en possède pas moins une nature de feu !

LE CŒUR D'UNE ROSE, *de Catherine Archer* • *n° 91*
En digne suzeraine, Rose de Carlisle est décidée à refouler son orgueil de Saxonne pour éviter à ses fidèles vassaux de subir les représailles de l'envahisseur normand. Elle se prête donc à toutes les concessions et pousse même l'allégeance jusqu'à accepter d'épouser Hubert de Thorne, le chef des assaillants. Pourtant, quand elle rencontre Gaston, le frère d'Hubert, la jeune femme découvre la véritable signification du mot «conquête», et ses belles résolutions vacillent...

CAP SUR LE NOUVEAU MONDE, *de Elizabeth Lane* • *n° 92*
À la mort de son père, garde-chasse chez un riche propriétaire terrien aux mœurs dissolues, Dora Whitney subit le harcèlement de ce dernier. L'affaire tourne au drame. Dora s'enfuit et gagne le port de Southampton avec l'espoir d'embarquer pour l'Amérique, ce Nouveau Monde qui, en 1702, fait encore figure de terre promise.
Aux docks, la chance se présente sous les traits du capitaine Forrester qui accepte de la prendre à son bord à une condition : qu'elle consente à signer un contrat faisant d'elle pour cinq ans la servante de Célia, la jeune veuve que Forrester doit épouser bientôt en Virginie. Dora signe — et ne tarde pas à le regretter !

QUESTIONNAIRE

100 ravissants peignoirs à gagner*

Nous espérons que ce roman vous a séduite. Nous vous remercions de bien vouloir répondre à ce questionnaire (en échange de quoi vous participerez à notre tirage au sort afin de recevoir un ravissant peignoir brodé à vos initiales) et de nous le retourner au plus tard le 31/08/97 à l'adresse suivante :

Éditions HARLEQUIN
Service Marketing
83/85, Bd Vincent-Auriol
75646 Paris Cedex 13

1) Est-ce la première fois que vous achetez des romans Harlequin ?

❑ *oui* ❑ *non*

2) Aviez-vous déjà lu des romans Harlequin avant de lire les 3 romans du vanity ? (cochez la case qui correspond le mieux à votre situation)

❑ *Je suis une lectrice régulière de romans Harlequin.*
❑ *Je lis occasionnellement des romans Harlequin.*
❑ *J'ai lu régulièrement des romans Harlequin dans le passé, mais aujourd'hui je n'en lis plus.*
❑ *J'ai eu l'occasion de lire un ou quelques romans Harlequin dans le passé, mais actuellement je n'en lis plus.*
❑ *Je connais Harlequin de nom, mais je n'en avais jamais lu.*
❑ *Je n'avais jamais entendu parler des Éditions Harlequin.*

3) Quelles sont les principales raisons qui vous ont incitée à acheter ce vanity Harlequin ? (notez de 1 à 3 vos trois raisons prioritaires)

- ⎵ *le prix attractif*
- ⎵ *la présentation dans un vanity vous a séduite*
- ⎵ *vous aimez les romans d'amour*
- ⎵ *parce qu'il y avait 3 romans différents*
- ⎵ *par curiosité*
- ⎵ *pour votre lecture de l'été*

4) Les romans que vous venez de lire, correspondent-ils à l'idée que vous aviez des romans Harlequin ?

❑ *oui* ❑ *non*

5) Si vous aviez à définir les 3 romans du vanity, vous diriez qu'ils sont :

	Lisaveta et le prince blanc		Tricheuse de charme		La vie à tout prix	
	OUI	NON	OUI	NON	OUI	NON
intenses						
réalistes						
captivants						
bien écrits						
sensuels						
riches en rebondissements						
agréables (*ils vous ont fait passer un bon moment*)						
prenants (*vous aviez hâte de tourner la page*)						
émouvants						

6) Avez-vous l'intention d'acheter d'autres romans Harlequin ? ❑ *oui* ❑ *non*

7) Des titres qui paraissent le mois prochain, quel est celui qui vous attire le plus pour chacune des 3 collections ? (pour vous aider, vous trouverez des résumés à la fin de vos romans)

Amours d'Aujourd'hui (*voir* **La vie à tout prix** *page 279*)

❑ n°574 ❑ n°575 ❑ n°576

Rouge Passion (*voir* **Tricheuse de charme** *page 153*)

❑ n°781 ❑ n°782 ❑ n°783 ❑ n°784 ❑ n°785 ❑ n°786

Les Historiques (*voir* **Lisaveta et le prince blanc** *page 343*)

❑ n°89 ❑ n°90 ❑ n°91 ❑ n°92

8) Parmi l'ensemble des collections Harlequin, laquelle ou lesquelles vous attire(nt) le plus ? (pour vous aider dans votre choix, consulter la brochure que vous trouverez dans le vanity)

❑ *Les Best-Sellers* ❑ *Suspense*
❑ *Sixième Sens* ❑ *Rouge Passion*
❑ *Amours d'Aujourd'hui* ❑ *Les Historiques*
❑ *Blanche* ❑ *Horizon* ❑ *Azur*

Afin de nous permettre de vous adresser votre cadeau, merci de nous indiquer :

Nom.................................... Prénom....................................
Adresse..
....
Code postal ⌴⌴⌴⌴⌴ Ville....................................
Date de naissance ⌴⌴⌴⌴19⌴⌴ ***Vos initiales*** ⌴⌴
Profession...
Êtes-vous abonnée aux romans Harlequin ? ❑ oui ❑ non

**** Un tirage au sort désignera les 100 gagnantes***

Une seule participation par foyer (même nom et même adresse).
Conformément à l'article 27 de la loi 78-17 du 06-01-78 vous disposez d'un droit d'accès et de rectification vous concernant sur notre fichier clientèle. Seule notre entreprise est destinataire de ces informations.

... Harlequin ... [illegible]

Harlequin ? ☐ oui ☐ non

7) Des titres qui paraissent le mois prochain, quel est celui qui vous attire le plus pour chacune des ... collections ? [illegible]

Amours d'Aujourd'hui (voir la 4e de couv. page 779)

☐ n°774 ☐ n°775 ☐ n°776

Rouge Passion (voir l'extrait de chaque page [illegible])

☐ n°761 ☐ n°762 ☐ n°763 ☐ n°764 ☐ n°765 ☐ n°766

Les Historiques (voir 4e de couv. et le premier chapitre page [illegible])

☐ n°289 ☐ n°290 ☐ n°291 ☐ n°292

8) Parmi l'ensemble des collections Harlequin, quelle est celle qui vous intéresse le plus ? [illegible]

(Vous pouvez consulter la brochure que vous trouverez dans le volume.)

☐ Best-Sellers ☐ Suspense

☐ Black Rose ☐ Rouge Passion

☐ Amours d'Aujourd'hui ☐ Les Historiques

☐ Blanche ☐ Horizon ☐ Azur

Afin de nous permettre de vous adresser votre cadeau, merci de nous indiquer :

Nom ... Prénom ...

Adresse ...

Code postal ... Ville ...

Date de naissance ... 19... Vos initiales ...

Êtes-vous abonnée à une collection Harlequin ? ☐ oui ☐ non

10) Que diriez-vous de recevoir les 100 premiers ...

[illegible]

Composé sur le serveur d'Euronumérique, à Montrouge
par les Éditions Harlequin
Achevé d'imprimer en mai 1997
sur les presses de l'Imprimerie Bussière
à Saint-Amand-Montrond (Cher)
Dépôt légal : juin 1997
N° d'imprimeur : 961 — N° d'éditeur : 6690

Imprimé en France